아름다운 만남,
새벽을 깨우다

인간개발연구원 창립 45주년 기념 에세이

장만기 외 59인

■ 표지 그림 **화접도**

조선시대에 가장 많이 그려진 우리 조상들의 전통 그림인 민화는 무병장수, 부귀영화, 가정의 행복 등 일상의 소망이 담겨있다. 모란, 매화 등의 꽃과 나비가 그려진 화훼도는 기쁨과 행복 그리고 서로의 사랑을 바라는 마음이 담겨 있다.

■ 표지 작가 **김정아 컬러링미 대표**

Tufts University with SMFA, 순수미술 전공.
공공기관, 문화센터, 보스턴 미술관, 캐나다 한국문화원, 남산골 한옥마을 등 내,외국인 대상으로 민화 강의를 진행하고 있다.
색연필 민화 상품디자인으로 민화아트페어, 서울일러스트레이션페어, 핸드메이드페어 등에 다수 참가하였고, 한국무역협회에서 한국을 대표하는 디자인으로 뽑혀 뉴욕에서 열린 국제문구전에도 참여하였다. 저서로, 『우리 민화 여름 컬러링북』과 『우리 민화 겨울 컬러링북』이 있다.

인스타그램 coloringme_official
이메일 coloring_me@naver.com

도서 출판 **행복에너지**

아름다운 만남,
새벽을 깨우다

인간개발연구원 창립 45주년 기념 에세이

초판 1쇄 발행 2020년 2월 6일

지 은 이 장만기 외 59인
발 행 인 권선복
편   집 유수정
디 자 인 오지영
전 자 책 서보미
기록정리 장소영
발 행 처 도서출판 행복에너지
출판등록 제315-2011-000035호
주   소 (07679) 서울특별시 강서구 화곡로 232
전   화 0505-613-6133
팩   스 0303-0799-1560
홈페이지 www.happybook.or.kr
이 메 일 ksbdata@daum.net

값 25,000원
ISBN   979-11-5602-780-5   (03810)

Copyright ⓒ 장만기 외 59인 2020

인간개발연구원 창립 45주년 기념 에세이

장만기 외 59인 지음

아름다운 만남,
새벽을 깨우다

좋은 사람이 좋은 세상을 만든다.

Better People, Better World를 모토로 45년간 인간경영 철학을 실천한
인간개발연구원과 새벽을 깨우며 2000회 이상 조찬공부를 이어온
HDI 경영자들의 45년간의 세상 이야기

목차

1장   당신과 나의 스승, 그리고 인연

4장 세계 속에서 한국을 외치다

5장 주인의식을 갖고 삶을 이끌어나가다

격려사

─────────────────────────── 문용린

(인간개발연구원 명예회장)

책을 전통적으로 문집이라고 부른다. 중국 양梁나라 완효
서가 책을 7가지 항목으로 분류하고, 문집의 성격을 그렇게
규정한 이래, 조선조에서도 내내 그렇게 사용해 왔다.

신라시대 최치원의 계원필경이 우리나라에서는 문집의 효
시이며, 조선중기의 이익의 성호사설이 수많은 문집 중 영향
력이 남다르게 컸다. 이 두 문집은 선비들이 과거 공부할 때
책상머리에 두고 항상 펼쳐 보는 책들이었고, 임금께 올리는
상소문을 쓸 때도 전범으로 삼은 책들이었다.

그런데 우리나라 문집들은 중국·일본과 다르게 개인문집
은 엄청나게 많은데, 여러 사람의 글을 함께 수록한 문집은
매우 드물다. 개인 하나 하나는 빛이 났는데, 여럿이 함께 보
여주는 커다란 메세지는 드물었다.

한 예로 조선시대 한양을 찾은 선비치고, 도봉산에 올라
시를 읊지 않은 이가 없었고, 그 시는 개인 문집에 거의 수록

되어있다. 아마도 도봉산 관련 한시는 조선시대에 만도 수천 편에 이를 것으로 추정되나, 그 시들을 한 곳에 모아 편찬한 문집은 아직 발견된 바가 없다. 그래서 도봉산을 묘사한 개인의 시재詩才는 빛이 났으나, 도봉산 그 자체에는 빛이 덜 쬐었다.

이 책의 저자들이 각자가 개인문집을 낼만큼 충분한 삶의 두께가 있는데도, 문집의 형태인 이 책에 참여한 이유는 바로 여기에 있다. 개인의 책은 자신의 모습을 드러내는데 효과적이지만, 시대정신을 보여 주기에는 미흡하다. 60명의 집필자가 참여해서 자유롭게 쓴 이 문집형태의 책은 각자의 감성과 의견과 경험을 담고 있기 때문에, 전체로서 보여주는 시대정신이 담겨있다. 흡사 한 사람의 도봉산 시를 읽으면, 그의 재능에 감탄하게 되지만, 여러 편의 시를 함께 읽으면, 도봉산에 감탄하게 되는 것과 같다.

우리의 이 책은 장만기 회장께서 45년 간 가꾸어온 인간개발연구원이라는 정원에서 함께 노닌, 동학자同學者들의 시대정신을 담고 있다. 그들은 30대에서 90대에 이르고, 기자, 공무원, 교수, 기업인 등으로 직종이 다르다. 회사원에서 회장까지 직급이 다양하며, 남녀가 섞여 있고, 정치색도 다르다.

그럼에도 그들을 동학자로 부르는 이유는 세 가지다. 첫째는 배움에 부지런하다는 것이다. 45년간 춘하추동 변함없이 새벽 7시 조찬에 참여하는 그들은 부지런한 학습자로 불려 마땅하다.

둘째는 함께하는 학습자라는 것이다. 서로가 서로에게 도움이 된다는 생각과 믿음이 강하다. 서로 배우고 익히려는 작고 큰 사교와 교류가 대단히 활발하다. 연대감이 강한 학습조직인 셈이다.

셋째는 꿈을 꾸는 모임이라는 것이다. 특히 미래를 염두에 두고 무엇이 우리 후손들과 사회에 도움이 될지를 사색하는 일에 바쁘다. 그래서 이들이 멘토대학도 후원하고, 젊은 CEO 학습조직도 후원하고 있는 것이며, 꿈꾸듯이 동화처럼 기획된 이런 문집도 발간하게 된 것이다. 이 문집이 전하고자 하는 것은 이 시대의 정신을 미래세대인 젊은이들에게 알려 주고자 하는 것이다.

모범적으로 이 시대를 살아온 이 책의 저자들이 전하는 시대정신이 독자들, 특히 젊은 독자들에게 진정성 있게 전달되기를 기원한다.

● 격려사

발간사

————————————————— 장만기
(인간개발연구원 회장)

인간의 삶은 소중하다

최근 인구통계에 의하면 전 세계 인구는 70억 명에 이르고, 대한민국에는 5천만 명의 인구가 살고 있다고 한다. 한반도를 중심으로 보면 남한 5천만, 북한 2천4백만, 그리고 전 세계 180여 국가에 거주하는 해외동포 800만을 포함해 총 8천2백만 명의 인구가 살고 있다.

나는 매일 새벽, 기도시간에 인간개발연구원이 비전으로 실현하고자 한 세계의 평화Peace, 국가의 번영prosperity, 인간의 행복Happiness을 위해 기도한다. 더불어 전 세계 70억과 한반도를 중심으로 한 8천만 사람들의 인간문제에 대해 깊이 생각하면서 통계적인 숫자에 매몰되기 쉬운 '인생의 소중함'을 되짚어 본다.

지진, 쓰나미 같은 자연재해에 의한 희생은 어쩔 수 없다고 하더라도 시리아의 비극적인 대량학살과 미국과 같은 선진국에서의 총기사건에 의한 희생 등은 안타까운 마음을 금할 길이 없다. 하지만 그보다 더 걱정스러운 것은 교통사고에 의한 인명 피해, 그리고 우리 사회에서 생생하게 목격되고 있는 범죄에 의한 인명 피해이다. 우리나라는 오늘날 '3050클럽'에 가입한 부강한 경제국가가 되었지만 우리나라는 자살률 세계 1위라는 불명예 기록을 갖고 있다.

 이런 현상은 우리에게 무엇을 말해주고 있는가? 한마디로 인간생명과 그 삶의 소중함을 깨닫지 못했다는 사실에 그 원인이 있는 것은 아닐까? 한 사람이 지니고 있는 '생명의 가치'는 온 천하를 주고도 그 대가를 치를 수 없다고 성서는 말한다. 이렇게 소중한 생명을 살해하고 스스로 생명을 포기할 수밖에 없는 처지의 사람들. 그들을 외면한 채 이 글을 쓰고 있다고 누군가는 힐난할 지도 모른다. 하지만 사람들이 생명을 경시하는 가장 근본적인 이유는 바로 인간의 무지 때문이다. 무지의 결과라고 할 수밖에 없다.

 나는 이 글을 통해 전하고자 하는 메시지는 크게 두 가지다. 우리가 어떤 어려움에 처하더라도 '인생은 멋지게 한 번 살아볼만한 곳'이라는 사실, 더불어 인간교육이 소중하다는 것. 이 두 가지 사실을 다시 한 번 강조하고자 이 글을 쓰게 되었다. '뜻이 있는 곳에 길이 있다'는 말이 있다. 이 말은 인간으로서 도저히 헤어 나올 수 없는 한계에 부딪히더라도 자신이 꼭 실현하고자 하는 비전과 사명이 있고, 간절한 신념과 의지만 있다면 살아남을 수 있다는 것을 의미한다. 그리고 역경을 이겨낸 성숙된 힘이 원천이 되어 보통 사람들이 해낼 수 없는 일을 능히 해내는 기적의 사람으로 다시 태어나게 된다는 사실을 깨달아야 한다.

2009년 한국에서도 베스트셀러가 된 『아웃라이어OUTLIERS』의 저자 말콤 글래드웰은 1만 시간(하루 3시간씩 최소 10년 이상) 계속된 노력 끝에 거둔 결실은 보통 사람들의 범주를 훨씬 뛰어 넘는 특별한 것이라고 밝히고, 그들의 성공은 대개 보통 사람들이 30초 만에 포기하는 것을 22분간 붙잡고 늘어지는 끈기와 지구력, 그리고 의지의 선물이라고 했다.

석가모니 부처는 인생을 고해苦海라고 했다. 인간은 오히려 괴로움을 통해서 태어난다는 것이다. 산모가 산고를 치른 끝에 출산을 하듯 위대한 인간은 어려움을 통해서 태어난다.

실패란 괴롭다. 하지만 '실패는 성공의 어머니'라고 하지 않았는가. 석가모니 부처는 설산의 고행을 통해서 일체유심론一切唯心論의 깨달음을 얻었고, 예수도 40일간의 금식기도를 통해서 인류 구세주의 비전과 사명을 얻게 되었다. 인간은 태어나서 죽을 때까지 수많은 인생고를 겪는다. 이 문제를 해결하는 과정에서 남을 원망하고, 환경과 시대의 운명을 탓하는 것은 자신이 약하다는 콤플렉스를 드러내는 것에 지나지 않는다. 성공적으로 인생의 문제를 해결하는 사람들은 자신에 대한 강한 신념을 갖고 있다. 또한 문제의 원인을 타인이나 외부에서 찾지 않고 자신의 내면에서 찾는다.

세상을 탓하지 말고 자기 내면에서 성공의 비밀을 찾길 바란다. 로마를 이끌었던 황제 마르쿠스 아우렐리우스는 사색하고 행동하는 위대한 철학가이기도 했다. 그는 머릿속으로만 알고 있는 것을 실천해야만 성과가 나온다고 했다. 그는 역대 로마 황제 중 가장 오랜 기간 전쟁터에서 자신의 삶을 보낸 황제였다. 그의 명저 『명상론』은 전쟁터에서 내놓은 일기로 유명하다. 그는 이 책을 통해 "모든 사람은 다른 사람으로부터 인정받고자 한다. 그러나 모든 인정 중 최고의 인정은 자신으로부터 받는 인정이며, 자신에게 인정받지 못한 사람은 타인으로부터 인정받기 힘들며, 자신을 사랑하는 사람만이 남을 사랑할 수 있다."라고 강조했다.

세상은 한 번 멋지게 살만한 가치가 있는 곳이다. 그렇기에 인간의 삶도 소중하다. 이 소중한 인생은 스스로 포기하지 않는 한 누구에게도 그 소중함을 빼앗기지 않는다. 이런 생각들은 인간개발연구원을 창립하고 45년을 이어온 원동력이었다. 인간의 잠재력 개발을 위해 인생을 걸고 여기까지 헤쳐 온 것이다.

"새벽을 깨우는 사람들", "공부하는 CEO모임", "인간의 향기가 나는 곳". 인간개발연구원Human Development Institute에 붙여진 자랑스러운 별칭이다. 인간개발연구원은 1975년 2월 5일 첫발을 내디뎠다. 나는 우리나라가 빈곤을 면치 못하고 있던 시절 두 가지 목표를 가지고 인간개발연구원을 설립했다. 조국 대한민국을 세계 경제대국의 반열에 올려놓을 수 있는 길은 무엇인가?

선진 문화강국으로 가려면 어떻게 해야 하는가?

이 목표를 달성하기 위해 나는 기업을 창업한 기업가 및 경영자와 함께 학습하는 모임을 만들었다. 최고경영자를 위한 '인간개발경영자연구회'를 개설하고 매주 목요일 새벽을 깨우기 시작했다. 새벽을 깨우는 의식은 1년, 10년, 20년, 30년, 40년을 지나 45년이 되어가는 오늘에 이르기까지 계속되고 있다. 순수 민간 비영리공익법인으로 설립된 인간개발연구원은 모든 사람들이 자기 내면의 무한한 잠재능력을 개발하여, 개인과 가정, 기업과 지역사회의 성공을 도와주고 인간 중심의 사회를 구현하는 것을 그 목적으로 하고 있다.

또한 인생의 지혜를 공유하는 진정한 리더 커뮤니티로서의 소명을 다하기 위해 평생학습 리더공동체, 인간 중심의 사회 구현, 교육을 통한 사회공헌, 글로벌 리더 네트워크를 지향해 왔다. 이를 통해 대한민국 최고의 참 리더 그룹을 꿈꾸는 고품격CEO프로그램을 개설함으로써 각종 세미나와 포럼은 물론, 프로젝트별 아카데미 개설을 통한 교육, 방문 교류 활성화 등 다양한 활동을 전개하고 있다.

'좋은 사람 좋은 세상Better People Better World'이라는 인간개발연구원의 표어와 함께 인간성 회복, 세계 평화, 인류의 번영, 인간의 행복 등을 목표로 삼고 인간개발연구원이 그동안 많은 프로그램과 프로젝트를 진행해 왔음을 자부심과 보람으로 느낀다.

이번 45주년에 이렇게 인간경영의 동반자들이 공동문집으로 함께 생각을 공유하게 된 것에 깊은 감동을 느끼며 저자 60명의 인생스토리에 박수를 보내드린다. 편집위원장인 김창송 성원교역 회장님과 편집위원으로 함께해주신 양병무 교수님, 박춘봉 회장님, 전상백 회장님, 정문호 회장님, 구교근 대표님, 10년이상 책글쓰기대학의 역사를 이어주신 가재산 회장님과 김희경 총무님, 그리고 어려운 일정 가운데서도 좋은 책을 만들어 주신 행복에너지 권선복 사장님과 관계자 여러분에게도 감사드린다.

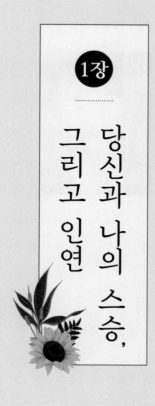

1장

당신과 나의 스승,
그리고 인연

| 강석진 |

| 이력 |

(현)도산아카데미 이사장

(현)CEO컨설팅그룹 회장

(현)융합상생포럼 공동대표

(전)GE 코리아 회장

(전)한국전문경영인협회 이사장

(전)국무조정실 정부혁신 자문위원장

(전)세계미술문화진흥회 이사장

| 수상내역 |

대한민국 경영자대상. 글로벌 경영자대상 외

인간개발연구원이
한국경제 성장의 기적에
기여한 45년의 역할

　인간개발연구원이 출발한 1975년은 한국의 경제가 수출산업을 국가 경제성장의 핵심 전략으로 추진하던 시기였다. 당시 국가 경제개발에 모든 역량을 쏟았던 박정희 대통령은 경제개발 5개년 기획을 국가의 핵심 경제정책으로 추진하여 한강의 기적인 한국경제 성장의 기반을 구축했었다.

　그 당시 한국의 국내시장은 그 규모가 경제성장의 기반이 될 수 없었기 때문에 해외시장을 목표로 한 수출산업이 국가의 산업개발과 경제성장 정책의 최우선 정책으로 추진했었다. 당시 한국의 초기 수출주력 상품은 단순 노동에 의한 섬유제품과 의류산업, 가발수출 등이었으나 박정희 대통령이 경제개발 5개년 기획을 지속적으로 추진하면서, 1970년대에 한국은 가전제품과 음향기기 등 초기의 전자제품들이 한국의 수출산업으로 발전을 했었다. 당시의 한국의 가전 전자제품 생산기술들은 대부분 일본에 의존했었던 기술산업개발의 초기시대였다.

한국의 R&D 기술개발 능력의 기반이 취약했던 시기였으며, 한국의 경제개발, 경제선진화의 핵심 기반이 되는 인재개발은 당시의 한국 산업계에는 체계적으로 정착이 되지 못하였으므로 주로 공교육에 의존 했었던 시기였다. 이처럼 인재개발이 한국의 경제선진화에 시급했던 시대에 정부가 아닌 개인이 '인간개발연구원'을 1975년에 출범하여 매주 1회씩 아침 7시에 시작하여 9시까지 진행하는 인간개발 조찬 경영 세미나를 출범시킨 것은 놀라운 기적이 아닐 수 없었다.

올해 80세인 장만기 인간개발연구원 회장께서 지금으로부터 45년 전 조찬세미나를 출발한 것은 당시로서는 생각하기 어려운 세계 최초의 일이었다. 그분이 실시한 조찬세미나는 한국경제와 기업경영의 선진화에 핵심이 되는 인재 개발 문화를 우리 사회에 확산하는 계기가 되었다.

인간개발연구원은 출범 이후 44년이 지난 오늘까지 단 한 번도 빠짐없이 매주 1회씩 아침 7시에 시작하는 조찬 세미나를 추진했으며 현재 제2010회 조찬 세미나가 진행 중이다. 인간개발 조찬세미나가 출발하면서 우리사회 여러 분야에서 다양한 주제의 조찬 세미나로 확산이 되었다.

　이처럼 새벽 7시에 시작하는 인재개발 조찬세미나는 세계 어느 나라에도 없었던 한국의 독특한 인재개발 교육 시스템 이며 현재도 세계의 다른 나라에서는 아침 7시에 시작하는 조찬세미나를 매주 주기적으로 추진하는 실제 사례를 찾아 볼 수가 없었다. 세계에서 어느 나라에서도 찾아보기 어려운 한국의 독특한 사회문화로 정착이 된 것이다.

　이러한 한국 산업 사회의 인재개발, 정보소통, 지식공유의 통로가 된 조찬 세미나는 한국경제성장의 기적을 이루는데 가장 중요한 인적자원 개발에 핵심적인 역할을 하였다고 본다. 이러한 한국적인 조찬세미나 풍토가 우리나라에 중요한 역할을 해주리라고 본다. 4차 산업 혁명시대다. 한국이 제2의 한강의 기적을 성취할 수 있도록 조찬 세미나는 핵심 기반인 인적자원 개발, 지식정보 교류와 소통, 창조적 지식개발에 중요한 역할을 하게 될 것이다.

　인간개발연구원 조찬세미나의 이러한 특별한 출범과정과 성장 발전과정, 사회경제발전에 기여한 성과 등을 검토해볼 때 인간개발연구원은 1975년에 출발하여 현재까지 44년간 단 한 번도 쉬지 않고 210회째 지속해오고 있다. 장만기 회장님의 인간개발연구원의 사례는 세계 최초의 인재개발 노벨상으로 추천할 수 있을 것이다. 이러한 인간개발연구원 사례가 세계의 개발도상국과 신흥 개발국가들에게 전파된다면 세계경제와 세계산업 선진화에도 큰 기여를 하게 될 것이다.

　80~90년대에 인간개발 조찬세미나에 참여했던 다양한 분야의 경영자들 중에는 지금도 조찬세미나에 열심히 참석해오고 있는 분들이 있다. 이들이 인간개발 조찬세미나에서 30~40년을 함께한 우호적인 인간관계는 어느 단체나 모임보다 확고한 신뢰를 바탕으로 하고 있다. 이들은 지금도 끊임없이 자기개발에 열정을 쏟고 있으며 정신연령이 젊은 편이다.

　본인은 40대 중반에 조찬세미나의 초청연사로 초대되어 참석한 이후 지금까지 함께 해오고 있다. 한국의 경제산업분야의 지속적인 성장 발전을 체험해 왔다. 인간개발을 위한 조찬세미나의 행보가 앞으로 쭉 계속되길 기원해본다.

| 김병일 |

| 이력 |

(전)기획예산처 장관

(현)도산서원 원장

도산서원선비문화수련원 이사장

| 저서 |

『퇴계처럼』(2012)

『선비처럼』(2015)

『퇴계의 길을 따라』(2019)

김병일

HDI가 추구하는
인재상과 선비정신

인간개발연구원은 이미 45년 전에 우리나라가 가진 자원은 인적자원 밖에 없다고 판단하고, '좋은 사람이 좋은 세상을 만든다.'는 슬로건 아래 '사람'의 중요성을 강조해오고 있다. 도래하고 있는 4차 산업혁명 시대에는 인재의 중요성이 더욱 커지고 있다. 이렇게 볼 때 인간개발연구원이 그동안 펼쳐온 선각자적인 역할과 공헌에 대해 존경하지 않을 수가 없다. 그러면 새 시대가 필요로 하는 인재는 어떤 인재일까? 필자 생각에는 아무래도 '선비정신'을 갖춘 인물이 되어야 할 것 같다. 왜 그럴까?

기업의 궁극적 목표는 누가 뭐래도 영속경영이다. 누군들 반짝하고 문 닫고 싶겠는가? 그런데 기업경영을 둘러싼 대내외 여건은 점점 어려워지고 매출과 순익 등 기업 활동은 점차 위축되어 문을 닫는 기업이 늘어나고 있다. 언제든 닥칠수 있는 이런 어려운 여건에 부딪혀도 쓰러지지 않으려면 기업 스스로 내공을 쌓고 체질을 강화해야 한다. 일찍이 아놀

● 1장

드 토인비(1889-1975)는 세계적으로 찬란한 유산을 남긴 문명은 하나같이 어려운 환경 아래서 도전을 통하여 성취된 것이라고 밝힌 바 있다.

어떤 기업도 영속경영을 위한 노력을 소홀히 하지는 않는다. 이런 관심에서 그동안 기업들은 경영전략과 기법의 개선, 신기술 개발 그리고 새로운 사업영역의 개척 등의 노력을 기울여 왔다. 요약하자면, 주로 하드웨어와 소프트웨어의 향상에 해당하는 시도들이다. 그러나 이러한 노력에도 불구하고 기업의 존속 기간은 점점 단축되고 있다. 이 방식만으로는 한계가 있다는 증거가 아닐까? 그래서 새롭게 주목하고 있는 핵심적인 과제가 앞서가는 기업들 사이에서 시도되고 있다. 단순한 매출 증대에서 벗어나 소비자의 행복한 삶에 대한 기여 쪽으로 기업이 지향하는 가치가 옮겨가고 있는 추세가 좋은 예이다. 또 사무실 출근이 괴롭지 않고 즐거운 일이 될 수 있도록 조직문화와 구성원의 자세를 쇄신하기도 한다. 나아가 지금까지 등한시 했던 협력업체나 지역사회 등 외부 파트너들의 호감을 얻는 데도 눈을 돌린다. 모두 안팎으로부터 신뢰와 협조를 이끌어내기 위한 인간존중의 과제들이다. 따라서 여기서는 운영주체인 '사람'의 역할이 점점 중요해지고 있다. 이를테면, 휴먼웨어가 더욱 주목을 받고 있다는 것이다.

● 당신과 나의 스승, 그리고 인연

이제 4차 산업혁명 시대에 본격적으로 접어들고 있다. 과거와 달리 4차 산업혁명은 엄청나게 빠른 속도로 진행되고 있다. 이에 비례하여 사람들의 생활이 편리해지는 잇점이 많아질 것이다. 하지만 어쩌면 부작용 또한 더욱 치명적일 수 있다. 바로 인공지능을 갖춘 로봇이 인간의 일자리를 급속하게 대체하고 있는 문제이다. 이 속에서 인간은 어떻게 살아남을까?

먼저 새로운 가치를 창조하고 융합하는 능력이 지금보다 더 요구될 것이다. 빨리 모방하고 추적하는 능력Fast Follower으로는 한계가 있다. 선도자First Mover만이 경쟁력을 갖게 된다. 그런데 이보다 더 필요한 사람은 공감능력을 갖춘 사람이다. 지식과 기술로서는 인공지능을 당해낼 수가 없다. 그렇다면 인간은 쓸모없는 존재가 될 것인가? 반드시 그렇지 않다. 로봇이 할 수 없고 인간만이 할 수 있는 능력을 소유하면 된다. 그것은 바로 '사람을 품는 공감능력'이다. '공감'은 사람들이 타인에게서 가장 원하는 것을 베풀어주는 능력이다. 기계로부터 인간이 소외될수록 인간은 타인에게 더욱 더 공감을 바랄 것이다. 그렇다면 이제 관건은 창의성과 융합능력을 갖춘 신지식인으로서 공감능력과 인간존중의 바른 인성까지 갖춘 새 시대 인재를 어떻게 길러낼 것인가이다.

현 시대에만 국한하지 말고 시공을 넘나들며 가장 타당한 인재 확보 방안을 찾아야 한다. 왜냐하면 인간의 마음과 배움의 속성이 예나 지금이나 결코 바뀌지 않기 때문이다. 우선, 인간의 마음이 한결같다는 사실에 주목해야 한다. 좋은 것은 하고 싫은 것은 하지 않으려 하는 것이 인간의 속성이다. 이에 따라 자기 좋은 것만 하면 모두가 싫어하고, 먼저 양보하고 솔선하면 모두 존경한다. 그러니 어느 시대 어느 나라에서 공감과 인간존중이 가장 왕성했었는지 살펴보고 그곳에서 찾아야 한다.

다음은 배움의 속성도 변하지 않는다는 사실이다. 교육의 두 축의 하나인 지식교육은 생각하고 판단할 수 있게 깊이 있게 이루어져야 높은 수준에 도달할 수 있다. 요즘처럼 깊이 없이 이것저것 그저 읽고 듣고 쓰기만 하는 교육 소위 박학博學으로는 시대가 요청하는 신지식인을 길러내기 어렵고 노벨상 수상은 요원하다. 다른 한 축인 인성은 세 살 버릇 여든까지 간다고 했듯이 보는 대로 따라한다. 말과 글로 절대 안 된다. 어느 때 인성교육이 제대로 되었나?

우리 전통시대 지도자인 선비들의 지식공부는 깊이가 있었고 인성교육을 무엇보다 중요시 하였다. 먼저 지식공부를 보면 박학博學에서 시작하되 배운 것을 깊이 묻고 답을 찾는 심

● 당신과 나의 스승, 그리고 인연

문審問과 그 결과를 신중하게 생각하는 신사愼思, 이를 토대로 분명하게 판단하는 명변明辯 그리고 마지막으로 독실하게 실천하는 독행篤行의 5단계 공부를 중시하였다. 그 결과 15세기 전반에는 세계적인 발명품(62개) 중 거의 절반(29개)이 우리나라에서 나올 수 있었던 것이다. 지금부터 선비들의 5단계 공부법을 익혀 다시 세계 최고의 과학문명국가가 되도록 하자.

그리고 새 시대에 필요한 바른 인성을 갖추기 위해서 선비들의 무릎교육, 밥상머리교육을 하루 빨리 복원하고, 모든 인간관계에 적용할 수 있는 인류의 도리인 부자유친父子有親, 군신유의君臣有義, 부부유별夫婦有別, 장유유서長幼有序, 붕우유신朋友有信의 오륜五倫을 오늘에 맞게 실천하여 동방예의지국을 하루 빨리 부활하자. 그리하여 새 시대에 필요한 창의력과 공감능력을 갖춘 세계인으로부터 사랑과 존경받는 지성인을 길러내야 한다. 이런 점에서 인간의 가치와 중요성을 확신하고 인간개발연구원을 창설하신 장만기 회장님을 비롯한 많은 관계자들의 그간의 노력에 다시 한 번 진심으로 존경을 표한다. 그리고 안동 도산의 시골에서 선비문화수련을 하고 있는 필자에게 제1회 인간경영대상 특별상을 수여한 데 대하여 지금도 무거운 책임감을 느낀다. 새 시대 인재상에 필요한 퇴계의 선비정신을 더욱 실효성 있게 확산시키라는 숙제를 받은 것으로 생각하지 않을 수 없기 때문이다.

| 김창송 |

| 이력 |

성원교역 회장

최재형장학회 명예이사장

수필 등단

산업포장 수훈

| 저서 |

『지금은 때가 아니야』외 다수

연못가에 핀 수련睡蓮 한 송이
- 인간개발연구원 창립 45주년 즈음하여

김창송

　오늘은 드디어 졸업식 날이다. 우리는 들뜬 마음으로 식을 마치고 교실로 돌아온다. 이제 졸업장만 받으면 집으로 돌아간다. 담임선생은 한 사람 한 사람 이름을 부르며 졸업장을 나눠준다. 그런데 끝까지 불렀는데도 나의 졸업장은 없다. "선생님! 저의 졸업장은 없습니다." 이렇게 이야기하니 교무과에 다녀온 선생의 대답은 이러했다. "너는 졸업앨범 사진 값을 내지 않아 그 돈을 가져오면 준다고 한다." 아니 이럴 수가, 그야말로 청천벽력이었다.

　난리통에 홀로 월남하여 일 년 반 동안을 편입하여 학칙대로 무사히 마쳤으니 졸업장은 당연히 받아야 하는 것이 아닌가. 너무도 분하고 억울했다. 다른 아이들은 벌써 다 떠난 빈 교실에 홀로앉아 실향민 고아의 서러움을 한탄한다. 느닷없이 어머니가 보고 싶다. 한없이 눈물이 뚝뚝 떨어진다. 얼마나 앉아 있었는지 사방이 컴컴해서야 교문을 나섰다. 원효로 종점에서 전차의 기적소리가 나를 부르는 듯하다. 그 소리마저도 나를 비웃는 것만 같다.

인파속을 뚜벅뚜벅 헤치며 남영동골목을 지나 서울역 하숙방까지 걸어야했다. 밤하늘에는 둥근달이 그나마 길벗이었다. "어머니 졸업은 했으나 졸업장은 없답니다." 이렇게 중얼거리며 걸어가노라니 지난 1년 여 동안 무사히 공부한 것마저도 너무나 행운이었다. 지난 학기 어느 날 영어시험지를 나누어 주기 전에 선생이 나를 포함한 몇 사람의 이름을 부르며 시험 칠 자격이 없다고 밖으로 쫓아냈다. 수업료를 미납했다는 이유에서였다. 집으로 가서 밀린 수업료를 가져와야 한다고 했다. 나는 서울의 그 어딜 가도 돈을 구할 길이 없었다. 일가친척 하나 없는 나로서는 길바닥에 주저앉을 뿐이었다. 멍하니 저 하늘만 쳐다보다가 퇴학하고 말아야지하고 결심할 때였다. 이때 나는 용기를 내어 교무주임을 찾았다. "우리 학교 안의 교실증축 공사장에서 지게 지며 막노동하는 일꾼으로 저를 써주세요. 그날마다 일당벌이 노임을 모아 월사금으로 대체할 수 없을까요?" 머리가 땅에 닿도록 숙여 애원했다. 교무주임도 마침 단신 월남한 처지로 딱한 나의 사정을 듣고 한참이나 생각한 끝에 승낙을 해 주었다. 이런 사연 속에서 겨우 마친 졸업이 아니었던가.

그 이듬해도 일 년 동안 막노동을 하며 등록금을 마련한 후 대학에 간신히 들어갔다. 이렇게 힘겹게 들어갔으나 한 학기만 하고 2학기 등록금을 또 마련할 길이 없어 결국 중도에 퇴학을 당하고 말았다. "너만은 꼭 사각모를 써야한다."는 평소 어머니의 유언은 나의 삶의 전부였기 때문이다. 낮에는 지게 지며 공사판에서 밤에는 달빛 밑에서 그야말로 주경야 독하면서 대학 졸업장만은 끝내 애써서 받고야 말았다. 그러 나 실속 있는 공부를 다 하지 못한 것이 늘 한에 맺히고 서러 웠다. 대낮에 가방 들고 학교 가는 우리 또래들을 길에서 볼 때마다 어쩐지 증오심마저 생겼다. 세상은 왜 이렇게 불공평 한가, 졸업장이 문제가 아니라 내실을 기하는 것이 더 중요 하다고 생각되었다.

이리하여 대학에서 못 배운 부분을 보충하기 위해 여러 교 육장을 찾아 헤맸다. 무역협회에서 진행한 무역 영어공부를 비롯해, 무역진흥공사, 수출학교, 상공회의소, 능률협회 등 단기 야간 혹은 주관교육 조찬회 때마다 어느 것 하나 놓치 지 않고 찾아다니며 배고픔을 채웠다. 어느새 40년 전 이야 기다.

인간개발연구원이라는 조찬 세미나가 있다는 소식을 들 었다. 구로공단 새마을 교육을 함께 수료한 어느 고등학교 이사장과 같이 소공동 L호텔을 찾아갔다. 간판 이름이 좀 색 달라 무슨 연구실인가 싶기도 했다. 첫째 날 조찬세미나에 서의 느낌이 기대 이상으로 너무도 감동적이고 분위기가 좋 았다. 이한빈 대사의 열변은 참으로 존경스러웠다. 그날 명 함을 나눈 장만기 원장은 부드러운 인상에 친절했다. 또한 함께 참석한 동료 사장님들도 마음에 들었다. 이리하여 그날

이후부터 오늘에 이르기까지 기나긴 세월을 다 바쳤다.

경영자들의 마음에 꼭 알맞은 맞춤형 세미나로 영상기법과 이론이 좋았다. 때로는 주인공인 외국기업인들이 구체적인 도표를 제시하며 성공사례와 현장 체험을 얘기할 때마다 노트에 빠짐없이 메모했다. 밑줄까지 그어가며 열심히 배웠다. 어떤 날의 강의는 스스로 감동되어 그대로 토씨 하나 빼지 않고 회사의 직원들 교육에 인용했다. 때로는 찾아오는 외국인 바이어들에게 미래·경제·전망을 설명하곤 했다. 그러면 그들로부터 대단히 유식하다고 찬사를 받기도 했다. 특히 회사의 국내 판매 대리점 사장들에게 분기마다 하는 전달교육은 여기서 배운 테마로 예화까지 설명하면 모두가 박수로 환영했다. 특히 지난 23년 동안 운영해온 경로대학의 강의를 내가 맡아 큰 몫을 해냈다.

이리하여 지난 세월동안 알게 된 강사들을 통해 배운 많은 지식은 나의 인격형성에도 밑거름이 되어 스스로 성장하는 듯 했다. 그로부터 우리 협회의 연수원장, 해외 통상사절 단장, 그리고 디아스포라 동포들의 선교현장에 가서도 여기서 배운 다양한 지식들을 바탕으로 늘 맞춤형 스피치로 많은 강의를 하기도 했다. 아세아 지역의 CBMC의 CEO총회에서나 멀리 유럽, 남미 등지에서도 한국 구매사절 단장으로 우리나라와 세계 경제전망도 설명하기도 했다.

인간개발연구원 조직 내에는 '찾아가는 CEO 교실'이라는 프로그램이 있다. 국내외 대기업이나 모범 성공기업 현장을 직접 찾아서 벤치마킹하는데 주저하지 않았다. 그중에 가장 큰 사례는 '일본 전국 최고경영자 대회'였다. 매년 신년 초에 주관하는 아세아 신년경제전망 세미나는 무려 800여 명의 본국의 노익장 회장들은 물론 대만, 한국, 기타 여러 나라에서 모인다. 이때의 연사들은 또한 아시아 존의 정치 경제의 최고 지도자급들이었다. 마치 아시아의 다보스포럼 못지않은 참신하고 최고의 VIP모임이었다. 세계 경제전망 일정을 마쳤을 때마다 나는 마치 석·박사 학위라도 받은 듯 너무도 자신감에 넘쳤다. 그 외에도 중동의 두바이 건축현장을 비롯해 일본 도요다, 중국의 상하이만국박람회 등 제주도 아세아지역 하계 세미나 등 이루 말할 수 없는 교육은 거의 빠짐없이 참여하여 지식의 폭을 넓혔다.

몇 해가 지난 어느 날은 KBS 방송국에서 생방송으로 인간개발연구원을 소개할 때 장원장과 내가 대담하는 형식으로 우리 조찬회를 소개한 바도 잊을 수가 없다. 지행일치智行一致라 아는 것만큼 경영현장에서 실시해야한다고 강조했다.

지난 10년간 시베리아의 '항일투쟁의 대부 최재형 장학회'도 뜻을 같이하는 우리 지성인들의 숭고·배움을 현실로 이행할 때 진정한 학문의 효력이 있는 것이라 생각한다. 역시 이곳으로 산업시찰을 계획했던 장 회장의 발상이 아니였던들 있을 수가 없었다.

● 1장

"내일 지구의 종말이 오더라도 나는 한 그루의 나무를 심 겠노라."는 스피노자의 이야기를 상기시켜본다. "세상을 바 꾸는 것은 인간이고 그 인간을 바꾸는 것은 교육뿐이다." 라 는 말이 있다. 우리는 빵으로만 살지 않는다. 그러한 참 진리 를 이곳에서 터득했다.

어느덧 케이팝K-POP이며 인공지능AI며 로봇시대다. 4차 산 업혁명의 현실 속에서 진정 한 치도 놓칠 수 없는 변화무쌍 한 인간교육의 불확실성 시대가 도래되었음도 이곳에서 배운 덕이다. 장 회장 같은 혜안이 넓은 지구촌 리더십도 이곳에 서 터득했다.

장 회장님이 속히 병상에서 훌훌 털고 일어나 제2의 45 주년 프로그램을 그려보아야 할 때라 생각한다. 더 늦기 전 에 팔을 걷어붙여야 한다. 당신은 어려운 가정환경에서 태어 났다. 마치 진흙탕 연못 속의 수련같이 온갖 만난을 극복하 고 세상의 길을 밝혀주었다. 장만기 회장은 선견지명이 있는 선구자였다. 일찍이 남녘땅 고흥 외곽에서 태어나 가정교사 로 전전하며 명문대학원을 마쳤고, 30대 젊은 교수로, 뉴욕 타임지에 일찍이 우리나라를 홍보한 수재였다. 아울러 에티 오피아와 아프리카에 KOREA를 대표하여 한때 공무도 수행 한 바 있는 야심찬 지적청년이었다.

"창업보다 수성이 더 힘들다"고 하는 말이 옳은 말이다. 나 도 미수의 언덕으로 오르며 60여년의 무역 인생을 되돌아보

● 당신과 나의 스승, 그리고 인연

면 그 어느 날 하루도 마음 편한 날이 없었다. 창파 속에서 노를 저어봐야 참 인고의 맛을 느낀다고 합니다. 어서 속히 그날 그때 옛 자리 L호텔 메인테이블 앞자리에서 다시금 재회의 기쁨을 나누어 봅시다. 이 아침에 아련하고 해맑은 연못가에 핀 수련 한 송이를 그려봅니다.

| 문국현 |

| 이력 |

한솔섬유 대표이사 사장
뉴패러다임 인스티튜트 대표이사 회장
아시아재단우호협회 이사장
남북산림협력 자문위원장
드러커연구소 이사(미국)
(전)킴벌리클라크 북아시아 총괄사장 겸 이사회 회장
(전)유한킴벌리 대표이사사장 겸 이사회 회장
(전)유한학원 이사장

장만기 회장,
기업인들의 스승

　누구에게나 평생 사숙하는 스승이 있다. 특히 기업인들이
나 사회 리더들에게는 자기계발과 혁신역량을 끊임없이 가
능케 하는 평생학습 실천 동아리와 위대한 멘토·스승 역할을
해줄 존재가 필요하다. 기업인이나 사회 리더들은 기술변화
와 사회변화에 따른 혁신의 최선봉에 서 있는 존재들이기 때
문이다.

　미국, 유럽, 일본, 심지어 중국의 초일류 저명 기업들의 최
고경영자에게 위대한 스승이나 멘토가 있냐고 물으면 그들
의 대답은 놀랍게도 하나같다. 상당수의 CEO들이 현대경영
학의 아버지 '피터 드러커 박사(1909~2005)'를 위대한 스승의
첫째로 손꼽는 것이다. 생산자 중심, 공급 중심 경영학을 시
장 중심, 고객 중심 경영학으로 대전환시킨 피터 드러커 박
사. 평생학습과 지속적 혁신을 통한 고객만족과 사회적 책임
을 기업의 사명으로 재정립시켜 준 그야말로 세계적 기업들
과 사회 리더들의 평생 멘토이자 스승인 것이다.

장만기 회장님은 한국의 피터 드러커이시다. 지난 45년간 무려 2,000회가 넘는 조찬 CEO포럼을 주최하셨다. 이것은 세계적으로도 아주 드문 위대한 업적이다. 학습동아리를 통하여 수많은 CEO들이 서로 배우고 격려했다. 우리 대한민국의 경제사회가 산업화, 세계화, 민주화, 디지털화 등 끊임없는 혁신에 앞장설 수 있는 플랫폼을 만든 것이다.

그뿐만이 아니다. 지역 균형 발전의 중요성과 차세대 지도자 육성의 필요성을 간파하여, 일찍이 "21세기 장성 아카데미" 등 지역사회 학습 및 혁신 포럼을 확산시켰다. 또한 차세대 멘토 및 혁신 포럼을 창설하였다. 좋은 일들을 여러 가지로 하셨다. 장 회장께서는 몇 번의 역경에도 불구하고 지난 45년 간 굳건히 해내셨다. 함께하신 인간개발연구원 임직원들의 노고와 동료 기업인, 학자, 각계 원로들의 헌신에 경의를 표한다. 장 회장님께 깊은 감사와 경의를 표하지 않을 수 없다.

특히 제4차 산업혁명과 디지털 대전환이 급속히 확산되어 평생학습이 그 어느 때보다도 긴요해졌다. 장만기 회장님의 선견지명과 불굴의 의지와 탁월한 업적을 되새기지 않을 수 없다. 국가적 서훈을 기대한다. 전 세계 주요 선진국들과 저명기업들은 제4차 산업혁명과 디지털 대전환의 선도국이자

수혜국이 되고 있다. 우리나 일본보다 5~10년 앞서 직장에서의 평생학습과 지속적 혁신을 선도하고, 표준화하고, 제도화한 덕분이다.

미국 드러커 연구소가 매년 발표하는 미국의 초일류 기업 250개의 성과 평가 및 혁신 기회 평가 보고서에 의하면, 기회 혁신 및 성과혁신은 이제 CEO는 물론 모든 임직원들의 끊임없는 학습기회와 역량강화 및 혁신·창조 역량에 달렸다고 한다.

내년 봄에는 미국 인디애너주 사우스밴드시에서 지난 3년 동안 준비해온 전도시적 전생애적, 평생학습, 역량강화, 취업, 전직, 사회적 활동 등을 실시간으로 지원하는 '벤더블 Bendable프로젝트'가 공식 출범한다.

그보다 이른 내년 1월말 다보스에서 개최되는 세계경제포럼에서는 MIT 토마스 코칸 교수 등이 연구한 전 세계적 직장 내 평생학습 사례가 보고되었다. 그곳에서 학습사회 창조를 위한 세계적 연대를 제안할 전망이다.

2004~5년 노무현 대통령께서 꿈꾸었던 '사람입국 신경쟁력'을 포기하다시피 했다. 하지만 선진국 정부와 사회, 세계적 저명기업들은 '제4차 산업혁명'과 '디지털 대전환' 시대를 맞이했다. 그리하여 전 사회인을 상대로 평생학습을 본격적

으로 도입·확산하려는 것이다.

나는 운이 좋아 피터 드러커 박사님과 장만기 회장님 두 분 모두를 멘토이자 스승으로 사숙하며, 가까이 모실 수 있었다. 90년대 초중반 유한킴벌리에서 4조 2교대 기반 사람 중심 평생학습체제를 도입할 때부터 "드러커 소사이어티"를 국내에 설립하고, 미국, 독일, 일본, 중국 등의 드러커 소사이어티나 경제인 포럼과 교류할 때, 장 회장님은 늘 함께해 주셨다.

기업의 사회적 책임을 선도하는 기업인들과 학자, 전문가들의 모임인 "한국윤경포럼", "유엔 글로벌 콤팩트" 창립 때는 물론, "우리강산 푸르게 푸르게", "생명의 숲 국민운동" 같은 생태보전 및 일자리 창출 운동에도 늘 함께해 주셨다.

장 회장님의 시들지 않는 열정, 특히 평생학습과 국제협력에 대한 열정은 참으로 대단하셨다. 내가 70이 가까운 나이에 중국 장강경영대학교 정식 MBA 과정에 입학할 때였다. 나는 내가 최고령자일 것이라고 생각했다. 그러나 착각이었다. 나보다 더한 최고령자가 있었다. 그 분이 바로 장만기 회장님이다. 회장님은 매주 젊은이들과 함께 공부하며 격월 단위로 대학원 과정에 참여하셨다. 중국에서 개최하는 대학원 과정에 2년여 동안 말이다. 회장님이 학생들과 함께 공부하는 모습을 지켜보며 나는 감탄했다. 회장님의 학습의욕, 청년정신과 심신의 건강에 탄복했었다.

장만기 회장님께서 하루 빨리 병마를 딛고 일어나시길 소망한다. 전 국민에게 시급한 평생학습체제의 도입과 확산을 위해 범국민적 운동을 다시 이끌어 주시길 간절히 기원한다. 대한민국에도 25세까지의 공교육 외에 75세까지의 직장 내의 평생학습의 중요성과 시급함을 역설하셨던 피터 드러커 박사님. 박사님께서도 90세 이후엔 건강이 크게 쇠약해지지 않으셨던가. 그러함에도 불구하고, 멘토 역할과 저술 활동을 왕성히 펼치셨다. 박사님은 만 92세 때 미국인으로서의 최고 영예인 국가최고 훈장을 수여받으셨다.

대한민국 기업인, 사회 리더의 위대한 멘토이자 스승이신 장만기 회장님과 인간개발연구원 관계자 모든 분들께 감사하며 존경과 성원의 박수를 보낸다.

| 문용린 |

| 이력 |

서울대 명예교수

푸른나무재단 이사장

인간개발연구원 명예회장

40대 교육부장관

19대 서울시 교육감

| 저서 |

『지력혁명』(2004)

『한국인의 도덕성 발달진단』(2011)

『행복한 성장의 조건』(2011)

『행복동화』(2014)

『행복교육론』(2014)

『우리는 무엇으로 행복해지나』(공저 2016)

장만기 회장과
함께한 즐거움

문용린

지금으로부터 45년 전.

1975년 2월 첫째 주 목요일 아침.

30여 명의 젊은 기업인들이 모여 시작한 조찬 모임이 지금의 인간개발연구원의 모태였다. 설립자이신 장만기 회장께서 이런 말씀을 하신 적이 있다.

"세계 인류에게 존경받고 신뢰받는 나라, 선진국의 꿈을 실현하는 데 교육만큼 중요한 것이 없다. 인간개발연구원은 인류의 미래는 인간에게 달렸고, 인간의 미래도 교육에 달렸다는 신념을 가지고 지난 40년간 '좋은 사람 좋은 세상Better people, Better World'를 모토로 인간개발 운동을 꾸준히 전개해 왔습니다."

이런 그의 인재개발 철학은 당시 교육부장관(2000년)으로서 교육부가 단순히 학교관리부서로 존재하기보다는 국가의 인재를 산출하고, 유통하고 활용하는 총괄기능을 갖는 교육인적자원부로 변신해야 한다는 나의 신념과 거의 일치하는 것이었다. 그렇게 해서 두 사람은 운명적으로 만나게 되었다.

드디어 그해 5월 장만기 회장의 간곡한 초청으로 나는 롯데 호텔 목요조찬 특강 자리에 올라섰다. 대한민국 5천만 국민을 소중한 인적자원으로 보고, 산출과 유통과 활용을 거대 관점에서 총괄하는 기능이 있어야 하는데, 현재 정부는 그런 시스템이 작동하지도 않고, 철학도 부재한다. 그런 점에서 인간개발연구원의 이런 역할은 참으로 중대하고, 소중하다. 그때 당시 이렇게 이야기했던 기억이 아직도 생생하다. 당시에 유행했던 말이 있었다. "한 명의 인재가 10만 명을 먹여 살린다." 이 말이 그럴 듯해 보이기는 하나, 완전한 진실은 아니다. 반 정도의 진실일 뿐이다. 나나 장만기 회장의 인재개발 철학과는 차이가 있다. 주변의 도움 없이는 어떤 인재도 출현할 수 없기 때문이다. 지하수의 물은 가느다란 파이프를 통해 분출된다. 하지만 그 파이프를 묻기 위해서는 수많은 사람들의 도움이 필요하다. 사람들이 도와 넓은 구멍을 파주어야 한다. 그런 점에서 장 회장님이 목요조찬에는 그런 철학이 배어있었다. 대한민국의 경제로 빼어난 소수에 의해 주도되는 것처럼 보인다. 하지만 그들만이 전부가 아니다. 보이지 않는 곳에서 평범한 다수의 사람들이 지원해주기 때문에 오늘날의 경제는 발전할 수 있었다. 평범한 다수의 힘의 중요하다는 그의 인재철학에 나는 전적으로 동감한다.

이렇게 의기투합한 장 회장님과 나는 많은 시간을 함께했다. 이시형 박사, 강석진 회장, 그리고 장 회장님 등등 몇

● 당신과 나의 스승, 그리고 인연

몇이 모여 태평로 모임을 결성하고 원칙을 지키는 삶을 살기로 결의한 바도 있었다. 이 모임은 지금도 김혜경 숲출판사 사장이 회장을 맡아 면면이 이어지고 있다. 장 회장님과의 중국여행도 좋은 추억거리로 남아 있다. 함께 숙식을 하며 나눈 지칠 줄 모르는 장 회장님의 호기심과 대화의 깊이에 크게 감동한 바도 있다.

어느 날 장 회장께서 정중하게 인터뷰 요청을 하셨다. 인터뷰 내용을 'Better People Better World'에 싣자고 하셨다. 표지사진도 멋있어 보여서 선뜻 응했는데, 그것이 그만 덫이 되어버리고 말았다. 인터뷰가 일 년치 칼럼 청탁으로 이어지게 된 것이다. 2007년 8월호~2008년 7월호까지 1년 동안 '문용린의 칼럼'을 쓰게 된 것이다.

마감 시간이 다가오면 스트레스가 컸다. 하지만 그만큼 긴 사색을 하고 글을 쓰는 시간만큼은 행복했다. 더 즐거운 것은 장 회장께서 읽으시고 꼭 중요한 촌평을 해 주시는 것이었다. 태평로 모임을 마치고 광화문역에서 3호선 전철을 타고 강남까지 오는 동안에 그는 불쑥 칼럼 이야기를 하곤 하셨다. 자신의 글을 읽어주는 독자가 있다는 사실만큼 또 행복한 일은 없다.

많은 칼럼 중에서 장 회장께서 크게 관심 보이고, 캐묻고 하셨던 '부유한 노예'라는 책이 생각난다. 나중에 책도 한 권 보내드린 기억이 난다. 이 칼럼을 다시 한 번 소개하면서 나의 글을 마치고자 한다. 칼럼의 제목은 '부자가 되는 사이에, 잃어버린 여유로움(2008년 Better People Better World 1월호)'이다.

로버트 라이시의 『부유한 노예』라는 책이 있다. 이 책은 성공한 현대인의 패러독스를 묘사한 책이다. 부유하지만 돈의 노예나 다름없는 현대인들의 삶이 이 책에 고스란히 녹아 있다. 원래의 영어 제목은 '성공의 미래 *The Future of Success*'였다. 현대인들이 추구하는 사회적, 경제적 성공이라는 것이 어떤 의미를 갖는 것인지를 설득력 있게 보여주고 있는 책이다.

이 책은 에릭 프롬의 『자유로부터의 도피』와 비슷하다. 병든 사회 속에 사는 개인은 병든 삶을 벗어나기가 힘들다는 주제를 다루고 있는 책이다. 프롬이 선택의 자유 앞에 무력해진 인간의 모습을 그리고 있다면, 이 책은 부유할수록 더 일을 해야 하는 현대사회의 모순을 이야기한다. 그는 현대사회가 요구하는 인간의 주된 생존방식이 신기술 경쟁으로 특징 지워지면서 부유할수록 그 부를 지키기 위한 기술개발에 더 바빠지게 된 파라독스를 예리하게 꼬집는다. 성공을 최선의 가치로 밀어붙이는 현대의 신경제 질서는 개인으로부터 삶을 차압해간다. 성공한 사람일수록 일에 더 몰두하기 마련이다. 일을 향한 몰두는 삶의 여유를 해체시킨다. 특히 1980년대 이후 기술혁신을 주된 경쟁으로 하는 신경제(미국식)가 등장하면서 일과 삶의 균형이 철저히 파괴되고 있다. 이렇게 기술혁신의 치열한 경쟁이 주종을 이루는 신경제 사회에 적

● 당신과 나의 스승, 그리고 인연

응하는 인간유형이 있다. 하나가 기크Geek이고, 다른 하나가 쉬링크Shrink이다. 이 두 인간형은 모두 '돈을 벌기 위해서 지독히 몰두'한다는 점에서는 동일하다. 다만 몰두하는 일의 성격이 다를 뿐이다. 기크는 과학, 기술, 예술, 문학, 수학, 컴퓨터, 사이버 게임제작 등의 어떤 구체적인 삶의 영역에 푹 빠져서 문제를 해결하고 새로운 아이디어를 창출한다. 모두가 그렇게 몰두하는 이유는 부자가 되기 위해서다. 한편 쉬링크는 특정 영역에 대한 전문성보다는 대중의 인기와 관심을 모으는 일에 몰두하는데, 그 몰두도 결국 돈에 대한 욕심에서 출발한다. 그들은 사람들이 원하는 것, 두려워하는 것, 갈망하는 것 등등 충족되지 않은 대중의 공통적인 문제를 푸는데 더 관심이 있다. 오늘날의 기술혁신을 바탕으로 한 정부나 기업 또는 어떤 단체의 경쟁력은 바로 이 두 인간 유형의 협동으로부터 나온다. 그래서 기크와 쉬링크는 자기의 일에 목숨을 걸 듯 매달린다. 일류대학 입시에 온 힘을 다해 매달리고 있는 고3 입시생처럼 그들은 일에 지독히도 매달리고 있는 것이다. 이렇게 일한 기크와 쉬링크는 남이 부러워하는 경제적 보상을 얻어 부자가 된다. 그 보상으로 삶의 여유를 얻기보다는 그 보상 수준을 유지하기 위해 더 열심히 일에 몰두해야한다. 노예처럼 말이다. 그래서 그들은 부유해질수록 더 바빠진다. 그럴수록 일과 삶의 불균형이 더욱 심화될 수밖에 없다.

성공한 기크와 쉬링크는 현대인의 우상이다. 특히 경제적인 부유함이 사람을 여유롭고 자유롭게 하리라는 그릇된 믿음을 가지고 있는 일부의 기성세대가 이런 젊은이들을 양산시키고 있다. 이 책은 이 점을 안타깝게 지적하고 있다. 부유함이 여유를 보장하는 것은 아니다. 저자인 라이시는 이 책을 통해 케인즈 이론을 비판하고 있다. 부유해질수록 노동시간이 줄어들고 그래서 삶이 더 여유로워질 것이라는 케인즈 이론에 대한 비판을 전개하고 있다. 100년 전보다 수십 배나 더 부유해진 오늘날의 선진국 중산층들이 일에 매여서 얼마나 고달프게 살고 있는가. 그들이 얼마나 귀중한 삶을 희생당하고 해체 당하고 있는지를 섬뜩하게 보여준다.

이 책을 펼쳐서 읽는 순간부터 긴장감이 앞선다. 주제가 심각해서라기보다는 로버트 라이시라는 이 저자의 용기와 결단 때문이다. 일에 파묻혀서 가정과 가족, 친구 그리고 지역사회를 잊고 지내던 그가 어느 날 결단을 내려서 직장에 사표를 낸다. 미국 클린턴 정부의 노동부 장관직으로부터 사퇴를 하는 것이다. 그의 사퇴는 일을 향한 몰두만을 요구하는 현대 사회의 병리적 경향에 용감하게 반항하는 프로미테우스적 용기라 할 수 있다. 노동 장관으로서 꼭 해야만 할 일을 그는 해낸 것이다. 인류는 "일에 몰두해서 부자가 되는 삶의 길"을 미화美化해왔다. 이런 관행 속에 드리워진 어두운 그림자를 그는 뼈아프게 지적하고 있다.

● 당신과 나의 스승, 그리고 인연

| 민남규 |

| 이력 |

(현)자강산업 회장

케이디캠 대표이사

주식회사 자강 대표이사

JK머티리얼즈 대표이사

포브스아시아 선정 '2014 기부 영웅'

안중근의사 숭모회 이사

자랑스러운중소기업인협의회 회장

장만기 회장님과 나는
창업동기다

　몇 년 전 사회봉사부문 대상을 주겠다는 인간개발연구원이 무슨 단체인지 잘 몰랐다. 그때는 그랬다. 수상을 하고나서야 인간개발연구원이 1975년부터 매주 CEO를 대상으로 우리나라 최고의 호텔인 롯데에서 조찬 포럼을 하고 있다는 사실을 알게 되었다. 그 후 매주 조찬 포럼에 참석해 장만기 회장님을 뵈면서, 회장님의 소탈하신 인품에 크게 감동 받았다. 또한 80세에 중국 장강대학 박사 과정을 이수하는 열정에 크게 감동받았다. 그분의 인재교육에 대한 열정을 보고 인간개발연구원의 긴 역사를 믿게 되었다.

　오늘날 우리나라가 경의적인 발전을 이룬 것은 CEO들의 일에 대한 열정과 수업을 통한 자질향상 덕분이었다. 오늘날의 기적이 우연이 아니라는 사실을 알게 되었다. 우리나라는 1974년 절대 빈국(1일 1$년 소득 $365)에서 벗어났다. 나는 1974년에 생업을 위해 창업을 했고, 지난 10월 창업 45년을 기념하면서 짧지 않은 45년을 회고했다. 국가가 아닌 개인이 정부나 기업의 지원 없이 불특정 CEO를 상대로 45년을 지속해

교육을 해왔다는 건 세계최초의 일이다. 오늘날 우리나라 발전의 초석이 됐음을 믿고 자랑할 만한 사실이라고 본다.

지금으로 부터 45년 전, 장만기 회장께서 인간개발연구원을 창립하던 바로 같은 해에 나는 생업을 위해 전 재산을 동원했다. 빚을 내서 영등포에 허름한 공장 25평을 임대해 그 안에 작은 방을 만들었다. 기숙사로 삼을 생각이었다. 방 옆에 칸을 막아 사무실을 들였다. 거금을 주고 백색전화기 한 대를 사서 3명의 일꾼과 주야로 기계를 돌려 주문된 제품을 생산했다. 낮에는 영업을 하러 거래선을 찾아다녔다. 만삭인 아내는 사무실 일과 3륜 용달차에 물건을 싣고 거래공장에 배달을 하러 다니던 때였다.

당시 최빈국이었던 대한민국에 백 년 앞을 내다본 CEO조찬포럼 인간개발연구원을 발족해 지속적인 교육을 펼친 장만기 회장. 오늘날 이 나라의 경제발전 기적을 이룩케 한 인간 장만기 회장의 업적에 찬사를 보낸다. 45년 전 비슷한 시기에 창업한 작은 기업인으로서, 나는 지난날을 회고하면서 감사의 절을 넙죽 드린다.

내가 처음 시작할 때 30평 정도의 자가공장을 갖고 단란한 가정을 꾸리는 것이 제일의 소망이었는데, 45년간 제조업을 지속하며 세상의 발전과 함께 나름대로 발전했다. 지금은 11개의 공장에서 700여 명의 식구들이 십여만 평에 가까운 자가공장에 제조 시설을 돌리고 있다. 인류가 필요로 하는 제품을 연간 십여만 톤 가까이 만들어 전세계에 공급하는 대견한 모습으로 성장한 것이다.

우리나라의 경이로운 경제발전은 전적으로 투철한 기업가 정신과 강력한 국가의 리더십 덕분이었다. 인간개발연구원처럼 기업인들을 교육시켜 미래를 준비하게 한 결과였다고 믿는다. 45년이라는 세월을 돌아보면 그간 남이 못하는 특허를 가져본 적도 없다. 그저 누구나 하는 일을 조금 더 성실하게 노력했기에 잘할 수 있었을 뿐이다. 그것이 내가 45년 동안 살아남을 수 있었던 비결이라고 할까?

잠시라도 안심할 수 없었던 국내외의 변화에 따라가느라 바쁘게 지냈다. 사업을 하는 동안 함께하는 식구들이 가장 중요했다. 회사의 사훈을 '분위기 좋은 회사'로 정하고 소통에 주력했다. 윤리 경영을 선언하고 솔선수범에 앞장서서 상호 신뢰를 구축하게 되었다. 지난 45년간 사내외에서 상호불신의 부끄러운 일이 없었던 것 같다.

주변의 어려운 이웃들에게 도움을 줄 수 있는 봉사를 하고 싶었다. 의미 있는 기부에 참여하다 보니 몇 년 전엔 포브스지에서 아세아 48명의 기부왕으로 선정되기도 했다. 그때 기분이 얼떨떨했었는데, 앞으로도 CSV에 적극적 자세로 임해야겠다는 생각이다. 한 번도 경험해보지 못한 총체적 혼란으로 그간에 이룩한 세기적 기적이 물거품이 되는게 아닌가 하는 우려도 있지만, 사회지도층과 기업인들이 사명감을 갖고 이를 바로잡는데 앞장서면 되지 않겠는가?

미래의 주역이 될 CEO들, 인간개발연구원에서 그들을 교육시키는 것이 국가혼란을 막는 길이며 미래 발전과 지속 성장의 첩경이라는 사실이라고 믿는다. 인문학과 역사를 통해 미래를 예측하고 오늘을 다지는 것이 CEO의 역할이다. 45년 전부터 이 땅에 오늘의 혜안을 갖고 CEO교육에 모든 걸 바치신 장만기 회장님. 그분에게 깊은 존경과 감사를 올린다.

| 박춘봉 |

| 이력 |

경남 통영고교 졸

78 국방대학원

부원 광학㈜ 회장

광학기기협회 회장

최재형기념사업회 공동대표

나는 연구원의 회원인 것이 자랑스럽다
(인간개발연구원의 설립 45주년에)

"Better People Better World(좋은 사람이 좋은 세상을 만든다)."
이 말은 인간개발연구원이 추구하는 이상이고 목표이다. 인간개발연구원의 설립자인 장만기 회장의 인생철학이기도 하다. 연구원의 설립자인 장만기 회장은 교수 시절 세계적인 성공철학의 실천자인 폴 J. 마이어와의 만남이 계기가 되어서 좋은 사람이 좋은 세상을 만든다는 신념을 갖게 되었다. 그 신념을 구현하려고 1975년 2월에 부인과 단둘이서 충무로4가의 적산가옥에 연구원을 창업해 오늘에 이르고 있다.

연구원 초창기 조찬강의의 강사는 대학교수가 중심이었다. 횟수가 쌓이면서 국회의장을 비롯해 총리, 장관 등 관료가 가세했다. 국제화가 되면서 각국 대사 등 외교관도 강사진으로 참여했다. 3김 씨와 이명박 전 대통령, 정주영 현대그룹 명예회장, 최종현 SK그룹 회장, 김우중 대우그룹 회장 등 정·재계 고위급 인사들도 강사를 거쳐 갔다. 이어령 교수, 김태길 교수를 비롯하여 김형석, 안병욱 교수 등 철학 3걸을 모셨고 침, 뜸의 대가 김남수(1915년생)옹, 얼굴 없는 시인 박노해 씨, 바람의 딸 한비야 씨 등의 유명인사도 기억에 남는다.

연구원이 이렇게 수준 높은 저명인사를 초청할 수 있었던 것은 그림자처럼 뒤에서 받쳐준 든든한 버팀목이 있어서였다. 창립 초기에 박동묘 농림수산부장관을 초대 회장으로 모신 이후 주원 건설부장관, 최형섭 과기처장관, 이한빈 부총리 겸 경제기획원장관, 이규호 교육부장관 그리고 최창락 회장을 거쳐 조순 부총리까지를 회장이나 명예회장으로 모셔서 연구원의 기둥이 되게 했다.

장만기 회장! 잘 보면 참 좋은 사람이라는 느낌이 온다. 누구에게나 겸손하고 따뜻하게 인사하는 모습을 보면 전형적인 호인에게서 풍겨 나오는 온화한 성품이 몸에 배어있는 것을 알 수 있다. 이런 선량한 품성의 사람이어서 'Better People Better World' 라는 발상을 할 수 있지 않았나 생각된다. 이

● 당신과 나의 스승, 그리고 인연

분이 강단에서 강사를 소개할 때의 말투는 다른 사람에게서는 못 느끼는 따뜻하고 부드러우면서도 독특한 음색이라서 늘 정겨웠다. 나이 80의 중턱에 와 있으면서도 연구원을 거쳐 간 저명인사의 인적사항을 성직자가 경전을 외우듯이 그냥 줄줄 읊는다. 우리 또래의 사람들이 그 많은 인명을 쉽게 기억해 내지 못하는 현상과는 사뭇 다르다. 이분은 연구원 설립 이래 조찬강의가 있는 목요일 새벽 여섯 시 경이면 조찬 세미나 마당에 와 있다. 대한민국 최고의 엘리트 부부가 40년간을 괜찮은 사업체를 경영해 오면서 무소유로 사업에만 전념해 왔다는 사실은 아는 사람은 다 아는 이야기이다. 이런 일화도 있다.

인간개발연구원 장만기 회장

설립 10여 년쯤이 지나고 IMF이후 연구원이 어려워지자 승용차도 없이 일에만 몰두하는 장 회장의 사정을 딱하게 여긴 중견 회원 몇 사람이 성금을 각출해서 승용차를 마련해 드리려고 했었는데 장 회장께서 한사코 반대해서 좌절되었다고 한다. 안타까운 일이지만 이것이 성품인걸, 인생철학인걸, 하고 지나갈 수밖에. 장 회장의 이런 원칙은 말없이 뒤에서 받쳐준 부인의 헌신적인 내조 덕분이라고 말하는 사람이 많다. 장만기 회장은 기회가 있을 때마다 부인께 미안하고 감사하다는 말씀을 한다. 그런 바탕에는 이런 이야기가 숨어 있을 것이다. 내가 보기에도 여러 번 미안해하고 감사해야 할 일일 것 같다. 그런 연으로 1997년에는 대통령 표창을, 2004년에는 제5회 서울대학교 경영인 대상을 수상하기도 했다.

나는 연구원의 회원이 된 덕에 얻은 수확이 여러 가지가 있다.

첫 번째로 지식경제부 홍석우 장관을 만난 일이다.

2013년 3월에 홍석우 장관이 연구원에 와서 강의한 적이 있다. 강의가 끝나고 질문시간에 당시 광학기기 산업 협회장이었던 나는 열악한 광학산업의 현상을 짧게 말씀드리고 "기회가 되면 광학산업의 실상을 좀 챙겨봐 주셨으면 고맙겠습니다."라고 말씀드렸다. 우리나라는 전자나 반도체, 조선, 철강, 자동차산업 등은 일본이나 중국 등 주변국에 비해서 상당한 경쟁력을 갖고 있었는데 광학산업만은 대만에도 뒤처지는 매우 열악한 위치에 있었던 것이 사실이다. 이런 실상을 좀 봐달라는 말씀이었다. 놀랍게도 장관께서는 잊지 않고 이 문제를 챙겨봐 주셨다. 장관이 다녀가시고 얼마 뒤에 광학산업 관장업무가 '기계공업 시스템과'에서 '전자산업과'로 바뀌었다는 소식을 들을 수가 있었다. 정부의 관리체제가 바뀐 큰 변화가 일어난 것이다.

홍석우 전 지식경제부 장관

우리 광학산업계는 놀라운 변화에 감동하고 환희 일색이었다. 이것은 홍석우 장관이 연구원에서 내가 한 질문을 진솔하게 받아들여 주시고 적절한 후속 조치를 해주었기에 이루어진 쾌거다. 업계에서는 기념비적인 업적이라고 칭송이 자자했다. 덕분에 나도 광학기기협회 회장직을 명예롭게 마칠 수 있었다.

둘째는 IBK홍보대사라는 뜻밖의 감투를 쓰게 된 일이다. 2012년 5월, IBK가 매년 봄 실시하는 해외여행을 중국의 시안西安로 갔다. 여행 중 어느 날 조준희 행장이 삼백여 명 일행 중에서 연장자 몇 사람과 저녁 식사하는 자리를 별도로 마련했다. 그 자리에서 행장으로부터 은행 역사상 최초로 행원에서 행장까지 승진한 이야기를 포함, 여러 금과옥조 같은 말씀을 들을 수 있었다. 장애인 고용을 정원보다 초과 고용한 이야기, 은행 최초로 고졸 행원을 채용한 이야기, 오지에 급식차를 만들어 밥차를 운용한 이야기 그리고 사회의 약자를 도운 이야기 등 감동적인 일화가 많았다. 이날 들은 감동적인 이야기를 내가 고정 칼럼을 쓰는 광학세계에 게재하고 행장께 그 사실을 말씀드렸더니 은행 홍보에 좋은 역할을 할 수 있는 것으로 본 것 같았다.

좌로부터 필자, 장만기 회장, 조준희 전 IBK 행장, 최재형 기념사업회
김창송 회장, 최재형 기념사업회 전상백 공동대표.

　그 일이 계기가 되어 IBK홍보대사로 위촉받는 영광이 있었고 연해주에서 활동하신 독립 운동가이자 노블리스 오블리주의 화신인 최재형 선생에 관한 말씀을 드릴 수 있었다. 조준희 행장께서는 이야기를 들으시고 최재형 기념사업회에 연간 2천만 원이라는 거액을 기부해 주셨다. 장학회 회장을 비롯한 여러분들이 얼마나 감사했는지 모른다. 이 일이 있고부터 후임 권선주 행장에서 김도진 행장에 이르기까지 매년 빠짐없이 2천만 원이라는 거액을 기부해 주고 있다. IBK가 최재형 기념사업회의 든든한 후원자가 된 것이다.

　세 번째로 연구원이 뿌린 씨앗이 최재형 기념사업회라는 결실을 맺은 일이다. 선생의 빛나는 그리고 눈물겨운 업적을 소개받았다. 여행을 다녀와서 여행팀의 좌장격인 김창송 회장께서 잊혀져가고 있는 선생의 업적을 기억하고 자손만대에 선양하기 위한 사업을 하자는 제안을 했다. 그 말씀이 계기가 되어 최재형 기념사업회가 만들어졌다. 처음에 매우 어렵게 출발한 사업회는 이제 착근이 되어 많은 분으로부터 좋은 평가와 지원을 받고 있다.

일찍부터 연구원은 숱한 고난의 역사를 간직한 연해주의 고려인을 위해 여러 가지 지원을 해 왔다. 2011년에는 연구원 회원들에게 고려인들의 연례행사인 추석 잔치 초청장이 왔다. 그 초청에 따라 이십여 명의 회원이 가족 동반으로 여행을 했다. 그 여행에서 연해주 고려인들의 눈물겨운 수난사를 들으며 모두는 아픈 가슴을 다독였다. 또 그 자리에서 잊히고 있으나, 고려인의 훌륭한 지도자였고 독립투사였던 최재형과 4명의 공동대표가 있다.

4명의 최재형 기념사업회 창립 공동대표 김수필, 박춘봉(필자), 김창송, 전상백

　　이런 여러 업적이 쌓이면서 나는 (1)광학기기산업협회 회장이라는 자리도 맡아서 성공적인 업적을 남길 수 있었고, (2)에세이클럽 회장이라는 직분도 맡아서 재미있게 공부한 덕에 자서전도 쓰고 이런 글도 쓰고 있다. (3)참 좋은 은행 IBK 기업은행의 홍보대사라는 직분을 맡아 최재형 기념사업회의 훌륭한 후원자도 만날 수가 있었다. 그런 연으로 (4)최재형 기념사업회의 공동대표로서의 역할도 잘해 내고 있다.

　　이런 일들은 내가 연구원 회원이 되었기에 이루어진 것이다. 그래서 나는 연구원을 마음 깊이 사랑하고 감사하지 않을 수 없다. 강의가 있는 목요일 아침이면 연구원과 함께 하는 것이 즐겁고 회원들과 아침 인사를 나누는 일이 한없이 행복하다. 그래서 나는 연구원의 회원이라는 사실이 자랑스럽다. 할 수만 있으면 마지막까지 이렇게 살다 갔으면 좋겠다.

　　그런데 이 연구원의 설립자이고 상징인 장만기 회장께서는 지금 기약 없는 투병 생활을 하고 있다. 주변에서는 이 분이 아픈 까닭이, 몸을 사리지 않고 모든 일을 헌신적으로 몰입한 과로過勞 때문이라고 안타까워한다. 우리 모두는 장 회장님이 훌훌 털고 일어나서 다시 우리 앞에 늠름히 서는 기적이 있기를 간절히 빌고 있다. 신의 가호가 있기를….

| 손병두 |

| 이력 |

호암재단 이사장

박정희대통령기념재단 이사장

삼성꿈장학재단 이사장

KBS 이사장

한국학중앙연구원 이사장

서강대학교 총장

한국대학교육협의회 회장

전국경제인연합회 상근부회장

또 한 분의
스승과의 만남

    나는 살아오면서 많은 스승을 만났다. 장만기 회장님도 그 분들 중 한분이다. 장만기 회장님과의 만남은 70년대 중반으로 거슬러 올라간다. 내가 삼성그룹 회장실 비서실에서 기획, 조사, 홍보팀장으로 있을 때였다. 장 회장님이 30대 중반이었을 것이다. 정부의 해외광고를 대행한다는 KMIKorea Marketing International의 광고 회사일로 나와 만난 것이 첫 대면이었다. 삼성그룹의 광고를 유치하기 위해 나를 만난 것으로 기억되는데 그때 내가 도움을 드렸는지는 잘 기억나지 않는다. 그런 후 얼마 뒤에는 그 일을 그만 두었다면서 미국의 성공동기연구소SMI. Success Motivation Institute 폴 마이어 박사가 개발한 리더십 프로그램LMI을 소개하면서 영어로 된 테이프를 구매해주기를 권유했다. 그 당시 꽤 비싼 값으로 기억되는데 한 질을 삼성 비서실에서 구매한 기억이 난다. 아무튼 이런 저런 일로 인연이 이어지면서 장 회장님은 뭔가를 열심히 하려는 청년실업가로 내 눈에는 비쳤다.

    그럴 즈음 '인간개발연구원'이라는 경영자 교육을 위한 비영리 연구원을 설립했다고 했다. 내 생각에는 사업을 하려는 분이 어떻게 돈도 벌 수 없을 것 같은 연구원 경영을 하겠다는 건지 자못 의아한 마음으로 지켜보았다. 그 때 나는 그분의 경력도 내면의 정신세계에 대해서도 잘 알지 못했다. 또 알려고도 하지 않았다. 다만 겸손하고 성실한 분이기에 그분이 하시는 일이 꼭 성공을 했으면 좋겠다고 생각했다. 그러면서 인간개발연구원이 펼치는 사업에 점차 관심을 가지면서 조찬모임에도 나갔고, 그 분이 하시는 일, 그 분의 꿈을 점차 이해하게 되었다. 그리고 그 분이 하시는 일이라면 내가 할 수 있는 한 협조해야겠다고 생각했다.

1995년경으로 기억된다. 내가 한국경제연구원 부원장으로 있을 때였다. 마침 정부가 지방자치제 실시를 정책과제로 택했을 때 한국 경제연구원과 서울대 행정대학원과 공동으로 '우리나라 지방자치제의 바람직한 방안'이란 연구과제를 수행했다.

지방자치제가 실시되어 선거에 의해 지방자치단체장이 뽑혔을 때였다. 장 회장님이 나를 찾아와서 지방자치제가 성공하려면 지방공무원에 대한 교육이 필요한데 장성군 김흥식 군수와 함께 '장성아카데미'를 개설하기로 했다면서 나더러 연사로 출강해 달라고 요청했다. 그때 나는 이분이 국가를 위해 이런 아카데미까지 창설하고 그 영역을 넓혀나간다는 착상에 감탄했다. 나는 기꺼이 응해 장성군 공무원 500여

명이 모인 자리에서 두 번씩이나 초청강사로 출강했던 기억이 새롭다.

그 뒤 2001년 전경련 부회장 시절 조찬모임에 초청되어 'IMF이후 한국재계위상변화와 향후 과제'란 주제로 이야기한 바 있고, 2010년 KBS이사장 시절에 또 한 번 '호암 이병철 회장과 김수환 추기경을 생각한다'란 주제로 강연을 한 바있다.

나 역시 경영자로 성장해 가면서 기업경영에 있어서 사람의 중요성을 체득해 갔다. 특히 삼성회장비서실에서 이병철 회장님을 모시면서 그 분의 경영철학인 사업보국과 인재제일의 삶을 곁에서 지켜보고 배우면서 인재의 중요성을 깊이 깨닫게 되었다.

인간개발연구원이 우리나라 경영자들의 자기개발을 위한 조찬학습모임을 시작하면서 우리나라 경영자들의 새벽잠을 깨웠다. 경영자들의 새벽공부의 열풍이 시작되었다. 외국의 경영자들이 이 같은 조착학습모임을 보고 경탄해 마지않았다. 한국이 급성장을 한 배경에는 경영자들의 이러한 공부와 부지런함이 있었다는 것을 알게 되었다고 했다.

나는 인간개발연구원이 우리나라가 산업화에 성공하는데 숨은 공로자임을 결코 부인할 수 없다고 생각한다. 이러한 공로는 장만기 회장님의 집념과 기도가 일구어 낸 성과라고 믿는다. 미안한 이야기지만 나는 장만기 회장님 개인사에 대해서는 그 분의 자서전을 읽기 전에는 전혀 몰랐다. 그 분의 자서전을 통해 역경을 헤쳐온 그분의 삶과 철학을 알고서는 더욱 존경하게 되었다. 그 분은 독실한 기독교 신자로 모든 것을 예수님과 기도로 소통하면서 성경을 바탕으로 연구원을 경영했다. 그러한 신앙심이 역경과 실패를 극복하고 오늘의 인간개발연구원을 우뚝 서게 했다고 확신한다.

45년 동안 인간개발연구원을 키워오셨는데 지금 건강이 안 좋으시다는 소식을 접하면서 마음이 우울해진다. 내가 마음속으로 존경했던 한 분의 스승이 그 분의 말씀대로 사계절의 마지막 단계에 이른 것 같아 몹시 안타깝고 아쉬운 마음이 절실하다. 그래도 한 가지 위안이 되는 것이 있다. 내가 전경련 부회장 때 아끼던 인재였던 국제경영원 한영섭 부원장을 원장으로 영입한 것이다. 한 원장이 대를 이어 장 회장님의 꿈을 이루어 갈 것으로 믿는다.

그 분이 '좋은 사람이 좋은 세상을 만든다'는 신념으로 인간개발연구원을 설립하면서 꿈꾸었던 두 가지 목표를 세웠다고 한다. 하나는 조국 대한민국을 세계 경제대국의 반열에 올려놓을 수 있는 길은 무엇인가? 다른 하나는 선진문화강국으로 가려면 어떻게 해야하는가? 이 두 목표 중에 첫째 목표는 달성했다고 본다. 그러나 다음 목표인 선진문화강국의 실현은 아직 미완성이라고 여겨진다.

그 다음 목표는 그 분이 우리에게 남겨주신 우리의 과업이

● 당신과 나의 스승, 그리고 인연

라고 생각한다. 우리사회가 정직과 신뢰가 없고 위선과 증오가 범람하며, 이웃에 대한 배려가 부족하고 모두 남의 탓이고, 법치가 상실되고 공권력이 무력화 되고 있는 현실이 아닌가. 서로 소통하지 못하고 분열되고 화합하지 못하는 공동체로 변해가는 모습을 보며 우리가 해야 할 소명을 되새겨 본다. 윤리와 도덕을 바로 세워 그 분이 염원한 문화강국으로 가야 할 길을, 어떻게 해야 할지 고민하고 노력해야 할 때라고 생각한다.

| 양병무 |

| 이력 |

한국인간개발연구원 원장

서울사이버대학교 부총장

재능교육 대표이사

대통령 자문 일자리위원회 위원

(현)인천재능대학교 교수

| 저서 |

『주식회사 장성군』

『행복한 논어 읽기』

『감자탕교회 이야기』

『행복한 로마 읽기』

『일생에 한 권 책을 써라』등 총 37권

양병무

새벽을 깨우는 사람들, 평생학습의 모델이 되다

"수출만이 살길이다. 모로 가도 서울만 가면 된다."

온 나라가 경제성장에 매달릴 때 생소한 '인간개발'이란 신조어에 대해서 사람들이 던진 질문이다. 45년 전 경영자들이 매주 목요일 새벽을 깨우면서 공부하러 집을 나섰다. 호텔에서 7시에 아침 식사를 하고 최고 전문가의 강의를 듣고, 질의·응답 시간을 가진 후 일터로 달려갔다. 인간개발연구원의 설립자 장만기 회장은 1975년 2월 5일 조찬 경영자연구회를 이렇게 시작했다.

"경영자가 공부하지 않으면 기업을 제대로 경영할 수 없다." 장 회장은 아무리 바빠도 공부하지 않는 경영자는 경쟁력을 가질 수 없다는 경영철학을 가지고 있었다. 공자가 논어에서 설파한 "학이시습지불역열호學而時習之不亦說乎 : 배우고 그것을 제 때에 실행하면 또한 기쁘지 아니한가?"를 실천한 것이다. 계속해서 공부하기 위해서는 선생님이 훌륭해야 한다. 장 회장이 최고의 강사를 선정하기 위해 최선을 다한 이유이다. 학계, 정부, 정치, 경제, 문화 등 각 분야에서 내로라하는 명사를 초청하기 위해 장 회장은 쉬지 않고 연구했다. 강사에 관한 자료를 모으고, 책을 읽고 직접 찾아갔다. 삼고초려를 하여 모셔온 강사가 모든 것을 쏟아놓도록 분위기를 만들었다. 장 회장의 강사 소개하는 모습은 하나의 예술이다. 마음과 뜻과 정성을 다해 강사를 소개함으로써 강사 자신과 듣는 사람들에게 감동을 주었다. 강의가 끝난 후 질의응답 시간을 두어 궁금한 것을 즉시 해결하도록 하니 공부하는 모임은 입소문이 나 사람들이 모여들었다.

조찬학습문화의 원조, 새벽을 깨우는 사람들, 공부하는 CEO 모임. 인간개발연구원에 주어진 자랑스러운 별칭들이다. 인간개발연구원의 조찬학습모델은 기업과 각종 단체모임에도 벤치마킹 대상이 되어서 각 기업들이 공부하는 모임을 만드는 촉매제가 되었다. 조찬학습 열기는 기업으로 빠르게 퍼져나갔다.

1995년 지방자치제 실시와 함께 서울의 조찬학습문화는 전남 장성군에서도 꽃을 피우기 시작했다. 민선 초대 김흥식 장성군수가 그 주인공이다. 김 군수는 기업체 임원 시절 인간개발연구원 회원으로 10년 동안 열심히 경영자연구회에 참여한 후 군수가 되었다. 공무원 조직을 어떻게 바꿀 것인가? 그는 고민에 고민을 거듭했다. 김 군수는 장 회장에게 인간개발연구원의 조찬학습문화를 목요일 오후학습문화로 바꾸어 장성아카데미를 개설하자고 간곡히 도움을 요청했다. "세상을 바꾸는 것은 사람이고, 사람을 바꾸는 것은 교육이다."라는 모토를 내걸고 무사안일과 복지부동의 대명사인 공무원 조직에 경영 마인드를 접목시켰다. 장성군의 공무원과 주민들이 변하기 시작했다. 장성아카데미는 지방에 공부하는 열풍을 불어넣었다. 다른 지방자치단체에서 장성군을 벤치마킹하여 학습하는 문화는 전국으로 확산되었다.

나는 장 회장의 추천으로 장성군의 장성아카데미 강사로 강의에 갔다가 인간개발연구원이 지원하는 평생학습의 모델에 흠뻑 빠져들었다. 급기야 인간개발연구원 창립 30주년을 앞두고 원장으로 오게 되었다. 그 당시 어떻게 학습조직을 30년이나 끌어왔을까 몹시 궁금했다. 장수의 비결은 바로 장 회장의 인간 사랑이었다. 첫째도 사람, 둘째도 사람, 셋째도 사람이었다. "좋은 사람이 좋은 세상을 만든다"는 신념이 있었기에 힘들고 어려운 긴 세월을 견딜 수 있었다. 넓고 쉬운 길 대신에 좁은 길을 선택했다. 정부의 예산으로 도와주겠다는 제안이 있었지만 거절했다. 힘들지만 원칙이 있는 길을 묵묵히 걸어갔다.

나는 장성군의 혁신과 변화의 이야기를 소재로 『주식회사 장성군』이라는 책을 썼다. 전남에서도 가장 낙후된 장성군을 교육을 통해 변화시킨 내용을 진솔하게 담았다. 장성군수와 공무원들이 조직의 문화를 일류기업의 임직원처럼 바꾼 변화의 과정을 실감나게 기록한 것이다. 노무현 대통령이 2006년

1월 "공무원에게 보내는 대통령 편지"에 장성군 책을 소개하여 화제가 되기도 했다. 지난해 장성군은 유럽연합EU으로부터 세계 최장기 사회교육 기관으로 선정되어 인증을 받았다. 지방자치단체 학습모델 장성아카데미의 기적은 장 회장의 헌신과 열정이 있기에 가능한 일이었다.

► 75

장 회장은 인간개발연구원의 영광은 성숙한 회원들의 적극적인 지원과 협조가 없으면 불가능한 일이라며 기회가 있을 때마다 강조한다. 회원들은 정말 대단하다. 늘 먼저 출석하여 공부할 준비가 되어 있는 평생학습의 전사들이다. 유적지 견학을 가거나 기업탐방을 갈 때도 항상 일찍 나온다. 회원들은 질문을 잘하기로도 유명하다. 우리나라 대부분의 강연장은 강의가 끝나면 질문할 사람이 없어서 애를 먹는 경우가 많다. 하지만 인간개발연구원은 질문할 사람이 넘쳐나서 질문자 선정이 어려울 만큼 토론문화가 정착되어 있다.

나는 7년 반 동안 원장을 하면서 많은 분들을 만나고 강의를 들었다. 원장직을 떠나 교육회사인 재능교육 사장을 하면서 연구원의 학습모델이 얼마나 기업 현장에서 유용한지 실감했다. 사장을 하면서도 경영자연구회가 기다려졌다. 회원들이 왜 바쁜 가운데서도 열심히 학습하는지 그 이유를 알게 되었다. '공부하는 사장'이란 별명이 붙어 있기에 경영에 큰 도움이 되었다.

사람들은 독서의 중요성을 강조한다. 책을 읽는 민족은 희

● 당신과 나의 스승, 그리고 인연

망이 있다. 선진국 국민들은 책 읽기를 좋아한다. 인간개발연구원의 경영자연구회는 책 읽기뿐만 아니라 책을 요약하여 해설까지 들려주는 엄청난 효과가 있다. 각 분야의 최고 전문가는 자기 분야에서 잔뼈가 굵은 사람들이다. 일생동안 쌓은 지식과 노하우를 강연하는 한 시간에 혼신의 힘을 다해 쏟아낸다. 얼마나 효율적인지 모른다. 공부하면서 강사를 만나고 사람도 사귈 수 있으니 참으로 즐거운 일이 아닐 수 없다.

인간개발연구원의 이종기업 모임도 흥미롭다. 매주 아침에는 공부하고 저녁에는 다른 기업을 경영하는 사람들이 모여서 서로의 경험을 공유하는 모임이다. 웅진그룹의 윤석금 회장과 코리아나화장품 유상옥 회장이 이종기업동호회에서 만나 기업을 창업한 것은 유명한 이야기이다.

책·글쓰기대학은 인간개발연구원의 또 하나의 자랑이다. 장 회장과 나는 성원교역 김창송 회장과 유상옥 회장과 함께 두바이 여행 및 일본 도요타 자동차 견학을 다녀와서 책·글쓰기대학을 만들었다. 소중한 경험들이 사라지는 것이 아쉬워서 기록문화를 정착시키자는 취지였다. 자기만 아는 암묵지를 공유하기 위해 형식지로 전환하는 지식경영을 실행하기 위한 것이다. 책·글쓰기대학은 김창송 회장, 박춘봉 회장, 정문호 회장, 정지환 회장이 차례로 회장을 맡아 모임의 기반을 닦았다. 현재 가재산 회장이 이어 받아 많은 회원들이 모이고 매년 회원들이 몇 권의 책을 펴내면서 전성기를 구가하고 있다.

인간개발연구원은 지난 9월에 2000회 기념 경영자연구회를 개최했다. 기적 같은 연륜이다. 2020년 2월은 창립 45주년이 된다. 오는 강사마다 강연회의 역사를 보면서 "저절로 고개가 숙여진다."며 "한국이 경제 기적을 이룬 데는 경영자들이 이렇게 새벽을 깨우면서 공부한 덕택"이라는 소감을 밝힌다. 외국인들은 더욱 신기한 눈으로 바라본다. 세계에서 가장 부지런한 일본 사람들을 게으른 사람으로 만들었다는 한국인의 진가를 조찬학습문화에서 본다고 말한다.

장 회장은 45년 동안 새벽을 깨우는 사람들과 더불어 조찬학습문화를 만들고 쉬지 않고 달려왔다. 인간개발연구원의 경영자연구회는 자랑스러운 평생학습의 모델이 되었다. 경영자연구회는 연륜이 한 회씩 늘어날 때마다 기적을 창조하고 있다. 지금까지 달려온 45년이란 세월이 감동이었듯이 앞으로 달려갈 45년도 기대가 된다. "좋은 사람이 좋은 세상을 만든다."는 장만기 회장의 인간사랑과 평생학습 철학 정신은 세월이 지나도 계속 흘러가리라.

| 오종남 |

| 이력 |

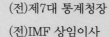

김앤장 법률사무소 고문

SC제일은행 이사회 의장

서울대학교 '과학기술최고전략과정(SPARC)'
(명예)주임교수

Scranton Women's Leadership Center 이사장

JA(Junior Achievement) Korea 회장

(전)제7대 통계청장

(전)IMF 상임이사

인간개발은
경제개발의 초석礎石

오종남

►79

우리나라가 '하루 세 끼 밥 먹는 문제'를 해결하게 된 때는 대략 언제쯤일까? UN은 1인당 국민소득 하루 1달러one dollar per day를 빈곤poverty의 기준으로 삼는다(달러 가치 하락으로 지금은 1.9달러)

한 나라의 1인당 국민소득이 '하루 1달러, 연간 365달 러'에 도달하면 빈곤선을 넘어선 나라로 분류한다. 이 기준 에 따르면 우리나라는 1인당 국민소득이 400달러에 도달한 1973년에 빈곤선을 넘어섰다.

불과 1년 남짓한 시간이 지난 1975년 2월 5일(목) 장만기 청 년은 인간개발을 위한 조찬 프로그램을 시작한다. 1937년 생 이니 38세 때의 일이다. 그로부터 44년 7개월 후인 2019년 9월 5일(목)에 2000회 포럼을 맞는다. 이를 기념하여 서울 소공 동 플라자호텔에서 '대한민국 산업의 미래, 인공지능AI에 달 려 있다'를 주제로 포럼을 개최했다.(참고로, 필자는 2011년 7월 14일 (목) 같은 장소에서 열린 1700회 포럼의 모더레이터를 맡은 바 있다.)

● 당신과 나의 스승, 그리고 인연

하루 세 끼 밥 먹는 문제를 겨우 해결하던 1975년 장만기 청년은 왜 '경제개발이 아닌 인간개발'에 눈을 떴을까? 의아해하며 묻는다. 그 질문에 대한 그의 답은 명료하다.

"경제가 좋아지려면, 국가의 정책도 중요하지만, 기업을 운영하는 CEO의 능력이 절대적이다. 경제의 주체는 기업이고, 기업의 리더는 CEO 아닌가? 그래서 CEO를 강하게 키워, 그들로 하여금 나라를 잘 키우게 해야겠다는 생각으로 시작했다." 달리 표현하면 인간개발을 경제개발의 초석으로 생각하고 시작했다는 이야기다.

우리나라의 경제개발 과정에서 많은 도움을 준 'Think Tank'인 '한국개발연구원KDI=Korea Development Institute'이 있다. KDI는 우리나라 경제전반에 관한 정책과제를 연구하고 '경제개발 5개년 계획' 수립 및 정책 입안에 도움을 줄 연구기관이 필요하다는 인식하에 1971년 3월 정부에 의해 설립되었다. 그로부터 4년 후, 정부가 아닌 한 개인이 경제개발을 위해서는 인간개발, 특히 기업 CEO의 인간개발이 절실하다는 인식하에 '인간개발연구원HDI=Human Development Institute'을 설립했다. 지금 돌아보아도 대단히 경이로운 생각이 아닐 수 없다.

필자는 KDI와 HDI를 경제개발과 인간개발 연구의 양대 축이라고 말하곤 한다. HDI를 설립한 지 20년이 되던 1995년 9월 장만기 회장님은 김흥식 전남 장성군수님과 손을 잡고 지방자치단체 '평생교육 아카데미'의 효시이자 훗날 최고봉으로 자리 잡은 '장성아카데미'를 개설한다.(참고로, 필자는 2015년 9월 15일 '장성아카데미 출범 20주년 기념 토크콘서트'에 방송인 김미화님과 함께 모더레이터로 참여했다.)

이는 상주시, 경주시, 서산시, 서울 강서구, 함안군, 부산 서구, 무안군, 광주 동구, 하동군 등 수 많은 지방자치단체가 평생교육 아카데미를 시작하는 계기가 되었다. 한 걸음 더 나아가 이제는 기득권을 가진 리더들에게 경제발전 과정에서 소외된 분들을 배려와 섬김의 자세로 돌보는 일이 자본주의와 민주주의를 지키는 지름길임을 인식시키는 소위 '노블레스 오블리주noblesse obilge' 교육까지 지평을 넓혀가고 있다.

장만기 회장님을 뵈면 수긍이 선뜻 잘 안 되는 면이 있다. 한 가지는 누구라도 장 회장님의 부탁을 받으면 왜 쉽게 거절하지 못하는지. 또 하나는 그렇게 많은 분들과 친할 수 있는 친화력은 어디서 나오는지. 다음으로 이토록 유명해진 'HDI'의 설립자이면서 왜 큰돈은 모으지 못했는지(혹은 않았는지).

이 세 가지 질문에 대해 장 회장님께서는 '3불'로 간단하게 답을 정리하신다. "정치, 돈, 종교, 이 셋과는 얽매이지 않겠다."는 자세를 처음부터 견지한 덕분이다. 개인적인 인간관계도, 인간개발연구원 모임도, 정치나 돈이나 종교에 얽매이면 초심初心이 깨진다. 정치적으로 여당 야당, 좀 더 잘 하기 위해 필요한 돈, 그리고 첨예하게 대립하는 종교. 이 세 가지에 얽매이지 않고 살아온 덕분에 남들이 의아해하는 위 세 가지가 실현되었다는 말씀이다. 이 대목에서 저절로 고개가 숙여진다.

인간개발연구원은 출범 이후 장만기 회장님의 열정 그리고 모든 관계자의 합심 협력으로 여기까지 성장했다. 향후 인간개발연구원이 어떻게 진화할까 궁금하지 않을 수 없다. 앞으로 더욱 나아가게 될지, 이 수준에 머무를지, 아니면 퇴보하게 될지.

인간개발연구원 좌장단의 일원으로 인연을 맺고 있는 필자로서 HDI의 앞날을 걱정하게 된다. 이제까지 쌓은 기반을 바탕으로 관계자 모두의 지혜와 열정이 모아져서 더욱 발전하는 HDI가 되기를 비는 마음이다.

아울러 장 회장님의 건강이 빨리 회복되시기를 두 손 모아 기도드린다.

| 이만의 |

| 이력 |

(전)환경부 장관

(현)로하스코리아포럼 이사장

(현)한국온실가스감축재활용협회 회장

2013 순천만국제정원박람회 조직위원장

2008.03~2011.05 제13대 환경부 장관

2003~2006 환경관리공단 이사장

2002~2003 제6대 환경부 차관

2000~2002 대통령비서실 공직기강비서관,
　　　　　　행정비서관

1992~1993 전라남도 목포시 시장

1989 제3대 전라남도 여천시 시장

인간개발연구원,
국가와 국민이 키워야

인간개발human development이라는 어휘는 매우 매혹적인 테제 thesis다. 인간은 어떤 존재인가. 한 개인이 갖는 속성으로부터 사람 사이人間의 사회적 관계와 집단지성의 과제에 이르기까지 범주도 넓지만, 신神. God과 개Dog 사이에서 막측한 행동반경을 가진 애매한 존재이기도 하다. 그러한 인간을 어떤 쪽으로 개발한다는 것인가? 자욱한 안개의 전후를 겪고 나면서, 인간이 안개인지 안개 걷힌 현상이 인간들인지 생각하곤 한다.

인간은 신묘한 존재다. 신묘한 인간을 관리하고 개선·개량할 수 있다는 데서 개발과 발전을 추구하고 그 정형화된 방식이 교육이고 훈련일 것이다. 평생을 교육에 바친 내 장인은 댁에 '교학불권教學不倦'이라고 쓰인 액자를 늘 걸어 두었다. 교육이란 아무리 하여도 부족하다는 자기 고백일 것이다. 이것은 평생교육lifelong education이 인류 사회의 주요 이슈로 자연스레 자리 잡은 배경일 것이다.

'조국근대화'를 최우선 정책으로 내건 박정희 정부에서 역점적으로 추진한 '교육입국敎育立國'과 그 목적이 개인의 생존 의미에 투사된 '국민교육헌장'은 과거 유물이 될 수 없는 슬로건이다. 나는 교육에 기여할 의향으로 사범대학을 지망했기에, 오천석吳天錫 교수의 '민족 중흥과 교육'에 열정을 갖고 공감하였다. 2년간 중등학교 영어 교사를 경험하면서 정규학교교육에 그치지 않고 사회적 에너지를 충전하는 시민교육市民敎育이 확대되어야 한다는 신념을 갖게 되었다.

새마을운동 초엽에서부터 '새마을교육'에 혼신의 정열을 쏟는 것은 내게 큰 행운이요 행복이었다. 스스로의 노력으로 삶의 터전과 방식을 더 낫게 바꿔 나가도록 마중물과 선의의 경쟁 동인動因을 제공하는 교육은 신나는 일이었다. 밤을 새워가며 지치는 줄 모르고 헌신하는 기쁨에 오늘날 운위되는 '워라벨Work-life balance' 같은 건 애국심의 격류 속에 묻혀버렸다. 지방을 전국적으로 관리하고 지원하는 내무부內務部가 새마을운동의 주관기관이므로 창조적 기획을 하면 바로 모든 지방에서 새싹으로 돋고 꽃과 열매로 귀결하는 보람의 세월이었다.

도지사 자리를 보장 받는 '큰 직함'의 지방국장께서 찾는다기에 뛰어가니 훤칠한 분을 소개해 주셨다. 바로 장만기 인간개발연구원 설립자였다. 인간개발을 위한 연구원의 발전에 도움이 되는 일은 적극적으로 협력해 드리기로 약속하는 만남이었다. 교육입국과 조국근대화의 대업大業에 관과 민의 힘을 합하는 협력관계partnership를 구축한 것이다. 독일의 사회통합과 자조발전自助發展에 불을 당긴 피히테J.G. Fichte를 들먹이며 장 회장님께 거듭 감사와 기대의 인사를 드렸다.

'잘 살아 보세'의 드센 도전 파고에 거국적으로 합류하는 분위기를 활용하여 사회 각계의 지도층 인사들까지 새마을교육 과정에 짧게나마 참여하여도, 나는 독일식 정치교육이나 미국식 민주시민교육, 아니면 일본의 마쓰시다 정경숙政經塾 교육처럼 '시민다운 시민' 프로그램을 꿈꾸고 있었다. 진정한 자유민주주의와 시장경제에 대한 담보는 올바른 시민의식, 국민의식에 바탕한 국민이기 때문이다. 국가가치, 국민가치가 정부가치를 넘는 곳에 지속가능한 민주국가, 자본주의 경제의 안전판이 흔들림 없이 작동하는 것이다.

인간개발연구원은 민간 비영리공익단체로 견실하게 발전하여 사회 각계에 적지 않은 영향력을 가진 순기능을 하고 있어 자랑스런 이름이 되었다. '장성아카데미'를 비롯한 수많은 자치단체의 주요 구성원들과 시민사회에 새로이 나아가야 할 진로를 열어주는 '내비navigation' 역할을 해주고 있으며, 미래의 지도자들을 양성하는 기능도 하고 있다. 일본과 중국 등 국제관계까지 챙겨서 모든 문제의 해법solution이 인간에 있음을 널리 깨우치고 있음은 온 국민과 정부가 감사하기에 마땅하다고 본다.

최근에 '한국이라는 나라는 지도자 복이 없다'는 얘기들이

나온다. 5년마다 정권이 바뀌면서 정권이 아닌 '나라'가 달라
진 것 같아 국민, 특히 주요 기업이나 단체가 정치적으로 어
려움을 겪는다는 뜻 같다. 국가의 수장首長이었던 분들이 감
옥에 갇히는 상황이 거듭되니 그러한 얘기가 예사롭지 않게
들린다. 어떤 조직이건 최고 지도자가 바뀌더라도 고객이나
구성원을 기준으로 일관되거나 '플러스(+)'가 되어야 좋은 법
이다. 하지만 중단되거나 뒤집히는 서비스가 되면 신뢰를 잃
고 고객을 잃는다. 그런 면에서 장만기 회장께서는 복을 참
많이 받으신 듯하다. 한영섭 원장이 후속 리더가 되었기 때
문이다. 정부가 마음 담아 보고 배웠으면 좋을 것 같은 승계
承繼이다.

인류사회가 21세기에 들어오면서 '제4차 산업혁명' 화두가
최상위로 떠오르고 있다. 인류 역사의 흐름에 비춰 당연한
주제이고 숙제일 것이다. 기후변화와 인공지능, 사물인터넷,
연결사회와 빅데이터 등 수 많은 요인들이 혁명적 대응을 요
하고 있는 것이 현실이다. 인간개발의 방향과 컨텐트, 변수
가 총체적으로 변이하고 있다. 한 원장께서 직면한 상황이
결코 녹록하지 않지만, 장 이사장께서 튼실하게 다져놓은 기
반 위에 충실히 소프트웨어software를 구축하는 신창조新創造의
위업을 해내리라 믿는다. 선의와 명예를 제외하곤 어떤 것에
도 우리는 패하지 않는다는 W.처칠의 결기로 잘 성취해 주시
길 기대한다. 앞으로 대한민국이 열어갈 길을 생각하면 많은

● 당신과 나의 스승, 그리고 인연

어려움을 예견할 수 있다. 인간개발연구원이 거기에 필요한 해법과 에너지를 인간, 인적 자원 중심으로 제공하기 위하여 지식을 뛰어 넘는 지혜, 지식이 융합되어 추출되는 지혜를 창조하는 데 기여해야 할 것이다. 나라를 걱정하는 애국자가 함께 키워 나가는 건강한 시스템system으로 발전해 나가기를 기원한다. 인간이 책을 만들고 책은 인간을 만든다. 품격 있는 국민이 품격 있는 나라를 만들고, 전략적인 나라가 전략적 시선을 갖춘 국민을 만들 수 있다고 믿는다.

1970년대에 온 겨레의 목표는 '잘 사는better living 나라 만들기'였다. 21세기 전반의 국민적 지향은 '올바른right livng 행복국가'이다. 국민정신이 새로운 역사적 요청에 부응하여 명실상부한 선진한국을 이뤄낼 태세와 능력을 갖추는데 필요한 역능을 인간개발시스템이 수행토록 하자는 것이다. 40년 넘게 뿌리를 강화해 온 인간개발연구원이 이제는 국가와 세계 사회의 불안한 내일을 용기 있게 뚫고 나갈만한 산삼山蔘의 경지에 이르도록 관련 네트워크의 내실 있는 역량과 시야를 키우자. 이제는 국가와 국민이 역사적 '테제'로 짊어져야 할 과제인 것이다.

| 장태평 |

| 이력 |

(현)한국혈액암협회 회장

(현)강남대학교 석좌교수

(전)한국마사회장

(전)농림수산식품부장관

(전)국가청렴위원회사무처장(차관급)

(전)재정경제부 정책홍보관리실장

| 수상내역 |

2012.6.30 : 청조근정훈장
2008.6.20 : 황조근정훈장
2000.12.30 : 대통령표창
1997.3.27 : 녹조근정훈장

좋은 사람이
좋은 세상을 만든다

올해 가을 단풍은 유난히 아름다웠다. 이제 잎들은 낙엽이 되어 나무의 몸체를 떠나고 있다. 이런 장면을 보면 여러 가지 감회가 떠오른다. 잎들은 봄철 어린 싹으로 시작하여 무더운 여름을 지나 열심히 성장했다. 스스로 영양분을 만들어 나무의 몸체를 더욱 키웠다. 또 나무의 아름다운 자태를 만들어 주기도 했고, 비바람을 맞으며 울기도 했다. 몸체와 고락을 같이 했다. 이제 더 이상 할 일이 없을 때, 잎들은 스스로 떨어져 몸체의 부담을 덜어주고 있다. 이것이 자연의 순환이다. 동물도 마찬가지이며, 사람들도 마찬가지이다.

사람들은 뭉쳐서 가정을 만들고, 사회를 만들고, 국가를 만든다. 이런 인간 공동체는 세대를 이어가며 발전한다. 공동체 내에서 아기가 태어나면, 부양하고 교육하여 구성원으로 양육한다. 그러면 이 새로운 구성원들은 나뭇잎처럼 성장해서 각자 제 몫을 한다. 공동체에 자양분을 만들어 공급하고, 공동체의 아름다운 자태를 만들며 생사고락을 같이 한다. 그리고 때가 되면, 나무의 낙엽처럼 사라져 간다. 좋은 공동체를 이루는 건 좋은 구성원들의 몫이다. 그러한 공동체는 다른 공동체보다 더욱 성장하기 마련이다. 그런 공동체는 우수한 구성원들이 헌신적으로 힘을 모아 노력한 결과이고 유산이며, 시간이 가면서 더욱 발전한다.

세상에는 많은 나라들이 있다. 우리나라처럼 이렇게 짧은 시간 안에 부유한 국가로 발전한 나라는 없다. 우리나라는 한때 가장 가난한 나라였다. 그러다가 두 세대 만에 이렇게 부유한 나라로 발전했다. 그것은 모두 우리 국민들의 헝그리 정신과 피나는 노력 덕분이었다. 그리고 지도자들의 '하면 된다'는 도전정신과 뛰어난 비전이 있었기 때문에 가능한 일이었다. 많은 학자들이 대한민국의 기적의 원인에 대해 연구를 해왔다. 많은 요인들이 있었지만, 그 중에서 가장 공통적인 주요 요인으로는 교육이 빠지지 않는다. 우리나라는 전통적으로 교육에 대한 가치가 높다. 그 결과 지식이 상당히 축적되어 있었고, 교육열이 높았다. 과거에는 선비가 되기 위해 사람들이 열심히 교육을 받았다. 공부를 많이 한 선비들이 과거시험이라는 등용문을 통과하여 고위관직에 올랐다. 그래서 가문을 일으켜 부모들의 소원을 풀어주었고, 자신도 자랑스럽게 출세를 하였다. 근대화가 시작된 경제개발 초기에도 그랬다. 자녀들 중에 똘똘한 아이가 있으면 서

● 당신과 나의 스승, 그리고 인연

울로 보내고 가산을 팔아서라도 유학을 보냈다. 그래서 당시 우리나라는 교육을 받은 인재들이 어느 정도 대기하고 있었다. 지금도 부모들은 아이들의 교육을 위해서 최선을 다해 노력한다. 온갖 수단과 방법을 동원하고, 어떤 어려움도 이겨낸다. 이처럼 과도한 교육열이 많은 문제점을 야기하기도 한다. 하지만 이러한 교육열이 없었다면 우리나라가 이만큼 발전할 수 없었을 것이다.

인간개발연구원의 상징적 표어는 '좋은 사람이 좋은 세상을 만든다.'이다. 장만기 회장은 44년 전 인간개발연구원을 설립하였다. 그는 세상을 이끌어 가는 것은 사람이라고 일찍이 말했다. 더 좋은 세상을 만들려면 더 좋은 사람들이 필요하다는 것을 꿰뚫어 본 분이었다. '인간개발'이라는 작명부터가 멋지고 꿈이 서려있는 말이었다. 모든 것이 열악하던 시절, 우리에게는 모든 것이 절실했다. 특히 물질적인 자원들이 태부족이어서 여기에 눈길이 머무르기 마련인데, 장만기 회장은 달랐다. 우리가 발전하려면 실력 있는 '사람'을 먼저 육성해야 한다는 것을 정확히 인식하였다. 우리가 가진 것도 사람밖에 없는 현실에서 우리가 할 수 있는 일은 사람을 기르는 일이 급선무였다. 현대 경영학의 아버지로 불리는 피터 드러커(Peter Ferdinand Drucker)는 1954년 『경영의 실제』에서 기업의 미래를 결정하는 것은 기술이나 자본이 아니라 사람이라는 것을 역설하였다.

장만기 회장님은 우리에게 '사람은 하나님의 형상을 닮은 존재로 창조되었고, 하나님은 사람에게 땅을 정복하고 세상을 다스리라고 명령했다.'는 성경 말씀을 상기해주셨다. 하나님의 형상을 닮았다는 것은 하나님의 창조능력도 닮았다는 말이다. 그러므로 곧 인간의 능력은 무한하다는 뜻을 담고 있다. 그래서 이 무한한 창조능력을 개발하여 세상을 발전시키고, 세상을 이끌어 나가게 해야 한다는 것이다. 창조능력을 가진 '사람'은 자원 중에서 최고의 자원이고, 기술 중에서 최고의 기술이다. 그래서 우수한 '사람'을 만들어 내는 기술이야말로 공동체 발전의 핵심이라 할 수 있다. 인간개발연구원은 기업을 이끌어가는 지도자들에게 이런 철학을 확실히 심어주고, 체계적으로 훈련을 시켰다. 국가발전의 엔진역할을 하는 주체는 기업이고, 그 기업 경쟁력의 핵심은 '사람'임을 강조했다. 말하자면, '사람경영'의 전도사였다. 많은 우여곡절을 거치며 오늘에 이르기까지 끊임없는 노력을 해 왔고, 그래서 우리나라 국가발전에 끼친 효과가 지대하다고 생각한다. 또한 많은 조찬 공부모임의 선례가 되었고, 좋은 모델이 되었다. 존경스럽다.

최근 많은 사람들이 우리나라의 장래를 걱정하고 있다.

내부적으로 우리나라는 발전의 한계에 직면하고 있다는 것
이다. 잠재성장률의 저하, 도전적인 기업가 정신의 쇠퇴, 이
념 대립 및 지역 갈등, 빈부격차 확대, 퇴행적 정부제도 등
이 총체적으로 발목을 잡고 있다. 노동비용이 생산성을 훨씬
추월하고, 성장의 논리보다 분배의 논리가 압도하고 있는 것
이 오늘날의 사회분위기이다. 경쟁의 필요성보다 평등의 이
념성이 인기가 높다. 사업하는 사람들은 사업하기가 어렵다
고 아우성이다. 큰 기업이라고 해서 예외는 아니다. 사업자
들 모두가 그렇다. 그런데 바깥세상은 4차산업의 혁명이 소
용돌이치고 있다. 지금까지 우리가 겪어보지 못한 새로운 시
대로 접어들고 있다. 선후진국 할 것 없이 모든 나라들이 기
술혁명과 국가 시스템의 혁신에 혈안이 되어 있다. 산업단지
건설과 투자유치 등 과감한 국가적 지원을 아끼지 않는다.
기업과 산업이 하루가 무섭게 발전하고 있다. 신규 벤처 기
술기업이 국가의 전폭적인 지원 아래 우후죽순처럼 등장하고
있다. 특히 우리와 경쟁관계에 있는 중국에서는 세계적인 거
대기업이 속출하고 있다. 그런데 우리는 멈칫거리며 뒷걸음
질만 하고 있다.

　우리가 현재 직면해 있는 위기를 극복할 수 있는 핵심 수
단은 특정한 자원이나 기술이 아니다. 이 난관을 극복해 낼
수 있는 가장 좋은 핵심 수단은 바로 '사람'이다. 창의성이 있

고 비전과 전략을 세울 수 있는 '사람'이다. 어떤 장애물이 있
더라도 이를 뛰어넘어 기필코 성취하고야 말겠다는 열정과
의지를 갖춘 '사람'이다. 이런 사람들이 좋은 사람들이고, 좋
은 세상을 만드는 필수 요건이다. 그리고 후세대 좋은 사람
의 육성은 나라 발전의 미래 희망이다. 인간개발연구원의 역
할이 다시 한 번 기대되는 대목이라고 할 수 있다. 인간개발
연구원이 우리나라의 꽃을 피우는 미래에 공헌하게 되기를
기원한다.

| 정문호 |

| 이력 |

(현)동국산업 고문·부회장·대표이사
동국제강그룹 미국현지법인 사장
동국제강 사우디아라비아 지사장
한국강구조협의회 부회장
주한미국상공회의소 부회장
서울대 AMP로타리클럽 회장
국제로타리 3640지구 총재

| 수상내역 |

수출1억불탑 대통령상, 납세자의날 대통령상
전경련 국제경영원 경영인대상

| 저서 |

『커피씨앗도 경쟁한다』

아름다운 만남

인간은 태어나면서부터 만남을 시작한다.

부모·형제의 만남, 학교와 사회생활의 만남으로 누군가를 만나고 반복하는 일을 계속한다. 인생은 사람과 사건을 만나는 일의 연속이다. 누군가의 말 한마디가 곧 그 사람을 좋은 운명으로 이끌기도 한다.

'좋은 만남'이란 곧 유익한 만남을 뜻한다. 그러한 만남은 모두에게 기쁨을 주기도 한다. '나쁜 만남'은 그 반대가 된다. 하지만 인간에게는 '좋은 만남'과 '나쁜 만남'을 구별하고 선택할 능력이 부족하다. 그것은 그 당시 사람을 만나고 있는 과정 중엔 모르는 것이다. 오로지 결과를 통해서만 알 수 있다.

일상생활에서 이러한 만남의 유해성과 유익성을 알고 그 만남을 잘 활용하거나 피하는 것은 더 많은 정보와 지식을 필요로 하는 삶의 지혜이다. 만남이 사람을 키우기도 하고 사람을 만들기도 한다. 빌 클린턴은 16세에 백악관을 방문하여 케네디 대통령을 만난 후 대통령의 꿈을 키우기 시작했다. 마침내 그는 46세에 미국의 40대 대통령이 되었다. 이순신과 류성룡의 '위대한 만남'은 임진왜란 당시 우리가 왜적을 물리치는 결정적 역사를 만들었다. 이렇게 사람과 사람의 만남은 역사를 만들기도 하고 한 인간의 삶을 결정하기도 한다.

누구나 좋은 만남이 이루어지기를 원한다. 좋은 만남이 되기 위해서는 누군가의 도움을 받아야 하고 누군가에게 도움을 주는 즉 서로에게 유익을 주어야 한다. 그리고 상대방으로부터 도움을 받으며 진심으로 감사해야 한다. 하지만 대부분의 사람들은 도움을 받기만 한다. 도움을 주고자 하는 경우는 많지 않다. 또한 평소의 마음가짐을 통해 받을 준비를 하는 사람 역시 드물다. 가난한 무명시절 교회창고에 살면서 생쥐를 벗 삼아 미키마우스를 발굴한 월트 디즈니, 온갖 실패와 좌절을 딛고 상상의 세계 가운데서 해리포터를 탄생시킨 조앤 롤링. 이들은 모두 현실의 어려움을 미래의 희망으로 가꾸는 '마음가짐'을 가졌다.

나에게도 잊을 수 없는 만남이 있다. 인간개발연구원의 장만기 회장님과의 만남이다. 이 만남은 행운의 만남이요 감사의 만남이다. 인간존중의 창업가 정신 하나로 시작한 인간개발연구원은 리더 양성, 지역혁신, 인재 네트워크 등 다양한

● 1장

분야로 우리나라의 인재 개발의 중추적 역할을 감당해 왔다. 지난 45년간 우리나라에 수많은 공부방을 만들어 지식의 씨앗을 뿌렸다. 이제 그 열매를 하나둘씩 거두어들이고 있다. 사회의 여러 분야에서 성공한 많은 분들과 인연을 맺고 공부한다는 것이 얼마나 행복하고 아름다운 만남인지 모른다.

장만기 회장님은 회원들을 모두 공부하게 만든다. 인간개발연구원 산하에 많은 모임이 있지만 나는 '이종기업 모임', '테이블 모임', '책·글쓰기 모임', '운동 모임' 그리고 옛 선인의 발자취를 찾아가는 '달리는 공부방' 등에 적극적으로 참여하고 있다.

이종기업 모임은 매월 1회 석찬 모임을 갖고, 아침 조찬회 모임 때 못다 한 주제로 토론을 한다. 이때 각자가 준비한 5분 스피치로 지식과 정보 교환의 장을 만들어야 한다. 이러한 과정에서 새로운 창업이 이루어지기도 한다. 때로는 회원들의 공장을 방문하여 현장 체험도 한다. 경영 현장의 생생한 경험담은 회원들에게 산지식이 되고 공부가 된다. 이 모임의 역사는 인간개발연구원과 같은 시기에 출발하였으니 근 40여 년이 되어간다.

'테이블 모임'은 아침 조찬회 모임에서 같은 테이블에 앉은 회원들끼리 월 1회 점심 모임을 갖는다. 좌장이신 김동철 회장님은 고령이신데도 불구하고 각종 자료를 모아서 역사, 인문학 등 미니 강의를 준비해 오신다. 자유스러운 분위기 속에서 지식, 건강 등 각종 정보를 공유하는 가족 같은 모임이다.

관심이 제일 많이 가는 모임은 '책 · 글쓰기' 만남이다. 이 모임은 10여 년 전에 시작했다. 현재는 가재산 대표의 지도 아래 매월 1회씩 전문작가를 초청하여 수필과 자서전 쓰는 방법을 공부한다. 회원들이 쓴 수필 등을 수정하고 평을 듣는 유익한 시간이다. 수필 강의에는 손광성 선생님이 수고하고 계시고, 글쓰기 강의는 신광철 작가님이 수고하고 계신다. 이 모임에서 3대 회장을 맡으면서 책 한 권을 쓴 것이 나의 큰 기쁨이고 수확이다. 나의 저서, 『커피 씨앗도 경쟁한다』는 양병무 교수님의 특별한 관심과 지도로 이 세상의 빛을 보게 된 책이다. 항상 감사한 마음을 가진다.

'달리는 공부방'은 버스로 옛날 명승지나 유명작가를 찾아가서 강의도 듣고 현장 체험도 하는 유익한 모임이다. 그동안 다산초당, 김영란 생가, 김용택 시인, 나태주 시인의 생가 등 여러 곳을 탐방하였다. 장만기 회장님은 오고 가는 버스 안에서도 회원들에게 마이크를 잡게 한다. 자기소개, 경험, 지식, 유머 등을 발표하게 하여 지식 전달뿐만 아니라 스피치에 자신감을 심어주고 인간관계 향상에도 신경을 쓰신다. 지난 45년간 수많은 기업가와 전문경영인이 인간개발연구원을 거쳐 갔다. 그들은 모두 경제개발과 산업화과정에 이바지한 분들이다. 그분들 덕택에 기업경영의 통찰력, 리더십 등을 배워 기업현장에서 활용할 수 있었다.

우리나라의 국민소득 3만 불 달성과 선진국 문턱에 오기까지는 장만기 회장님의 숨은 노력과 헌신이 있었다. 그것이 밑바탕을 이루었기에 발전이 가능했다고 생각한다. 조찬모임 때는 가장 먼저 출근하여 환하게 웃으셨다. 그때마다 선생님은 밝은 웃음으로 회원들을 맞이하곤 했다. 장만기 회장님의 모습이 지금도 눈앞에 선명히 그려진다. 장만기 회장님의 인재양성의 창업정신이 앞으로 50년, 100년은 뻗어나가기를 기원한다. 매번 조찬모임을 준비하는 한영섭 원장님, 장소영 상무의 열정과 노력에 격려와 찬사를 보낸다. 시인 피천득 선생은 그의 수필 『인연』에서 "어리석은 사람은 인연을 만나도 몰라보고, 보통 사람은 알면서도 놓치고, 현명한 사람은 옷깃만 스쳐도 인연으로 살려낸다."라고 말했다. 하루에도 수없이 이루어지는 만남과 헤어짐을 소중한 인연으로 만들어가는 지혜가 필요하다.

우리에게 무슨 행운이 있을까 하고 기대한다면 그에 앞

서 평상시에 받을 그릇부터 미리 준비하는 마음가짐이 필요하다. '좋은 사람이 좋은 세상을 만든다'라는 꿈을 실현하기 위하여 지난 45년의 긴 세월동안 헌신하고 노력하신 장만기 회장님! 회장님의 빠른 건강회복을 기도한다. 그 밝고 환한 웃음을 다시 한 번 보고 싶다!

| 차진영 |

| 이력 |

1949년 9월생

영남대 경영학과 졸업

㈜성부트레이딩 대표이사

서울YMCA 운영위원

HDI 공로상(2019)

무역협회 1천만 불 수출탑 수상(2004)

성공사다리

내 고향은 경북 영일만 포항이다.

넓고 푸른 동해바다를 바라보면서 나는 무한한 꿈을 키우며 자랐다. 그 꿈을 이루어 기업을 경영하게 되었고 새로운 아이디어를 창출하려고 무던히도 애쓰던 중 선배 기업인들의 경영기법에 귀 기울이며 스스로를 계발할 수 있는 좋은 기회를 접하게 되었다.

25여 년 전, 매주 목요일 아침 7시에 미팅을 갖는 인간개발 조찬경영 세미나에 참석하게 되었다. 회사를 창업한 지 10년쯤 될 무렵인데, 기업정보와 교류 및 경영지식계발에 갈급함을 느낄 즈음 이 모임을 만나게 된 것이다. 여러 업종의 다양한 정보와 새로운 아이디어로 눈부신 발전을 꾀하는 기업경영인들과의 만남에서 나는 많은 도전을 받았다.

특히 세미나에서 장만기 회장님의 강사소개와 응답시간은 큰 감동의 순간이었다. 초청 강사는 각계의 최고권위자로 인정받는 인물로서, 터득한 전문적인 지식과 경험담은 나의 기업경영에 이모저모로 큰 유익이 되었다. 또한 '인목회' 소모임을 통한 친목도 빼놓을 수 없는 소중한 자산이 되었다.

지난해인가, "돈이 아닌 지혜를 유산으로 남기자"라는 슬로건으로 'HDI 멘토대학'이 출범했는데, 나는 제2기로 추천되어 대학생들의 멘토 역할을 맡게 되었다. 젊은 대학생들의 관심과 진로를 함께 나누며 고민도 많이 했다. 이야기를 나누다 보니, 대학생들이 취업보다는 창업에 관심이 많다는 사실을 알고, 염려도 되었지만 나라의 미래가 밝음을 느껴 매우 기뻤다. 지금 세계의 젊은이들은 창업을 통해 자기 능력을 발휘하려고 준비 중이다. 실례로 하버드대학이나 스탠포드대학 등 유수한 대학에서 많은 인재들이 창업을 꿈꾸고 있다고 하지 않는가.

나는 그동안 기업경영을 통해 쌓은 지식과 경험을 멘토대학에서 학생들에게 소상하게 알려 주었고 받아들이는 그들의 진지한 모습에서 큰 자부심을 느낄 수 있었다. 어느덧 중소·섬유제조업을 창업한 지 35년이 되었다. 국내에 본사와 공장을 두고 지난 1993년에는 폴란드와 중국에 합작공장을 세워 많은 제품을 생산했고 특히 동유럽과 미국, 일본시장에 적극적으로 진출하여 수출기업으로서의 면모를 당당히 드러낸 바 있다. 현재는 신흥경제개발국인 베트남에 진출하여 새로운

● 당신과 나의 스승, 그리고 인연

사업을 펼치고 있다.

HDI 멘토대학에서 회원기업 탐방은 학생들이 매우 큰 관심과 흥미를 가지고 임했던 행사로서 많은 유익을 준 프로그램으로 확신하고 있다. 샘표식품, 유한양행, 파나소닉 회사를 찾았을 때, 바쁘신 중에도 대표이사가 직접 회사소개와 더불어 취업이나 창업에 도움이 되는 최신 정보 등을 소상하게 설명해 주는 열성에 모두가 깊은 감동을 받은 기억이 아직도 새롭다. 선물까지 받아 기쁨을 감추지 못하는 그들의 표정에서 순수함을 느끼며 소리 없는 박수를 보내기도 했다. 대표님들께 다시 한 번 감사드린다.

멘토대학의 프로그램은 멋진 이벤트다. 국가 경제의 미래를 위해 기업의 귀중한 체험으로 얻은 지혜를 후배들에게 전수하기 위해서라면 말이다. 그 과정을 통해 자긍심과 자신감을 가지도록 진행한 제2기 수료식이 아직도 기억이 생생하다. HDI 한영섭 원장님께 감사드린다. 멘토대학은 경영대학의 Case Study보다 더 실제적이고 유익한 학습과정이라 평가해도 과언이 아니라 생각된다. 특별히 함께하시고 사무실을 제공해 주신 ERA코리아 이영석 회장님께도 감사드린다.

성공을 위한 '최고의 동기부여'의 멘토로 알려진 지그 지글러Zig Ziglar는 그의 저서 『정상에서 만납시다』에서 다음과 같은 말을 했다. "성공에 이르는 엘리베이터는 늘 많은 사람들로 붐빌 뿐만 아니라, 영구적으로 고장 난 상태이다. 정상에 오르고자 하는 사람은 계단으로 올라가야 하고 그것이 정도다. 우리 모두가 새겨들어야 할 명언이 아닌가.

  창업을 꿈꾸는 젊은이들이 갖고 있는 재능은 무엇인가. 자신이 찾는 것이 무엇인지를 꾸준히 탐색하여 반드시 정상에 오르길 소망한다. 여러분은 성공하기 위해 태어났고 성공할 수 있는 가능성을 지닌 인물이다. 그 사실을 증명해 주지 않겠는가. 우리 젊은이가 성공을 향해 야망을 갖고 달려가는 기업인이 되었으면 하는 마음이 간절하다.

● 당신과 나의 스승, 그리고 인연

| 최성모 |

| 이력 |

한국인간개발연구원 조찬회원 8년째 참여 중

경제학 석사

(현) ㈜아이엔피에셋 대표이사

㈜유비로지텍 대표이사

㈜레몬통상 대표

HDI차세대리더상(2018)

특별한 인연

2012년 4월 20일은 특별한 날이다.

대한민국 경제발전사에 지대한 공헌을 하신 장만기회장님을 만나 뵙고, 그 분의 철학과 삶에 매료되어 인간개발연구원과의 인연이 시작된 날이다.

나이 마흔에 접어들고 난 후였다. 나의 내면에는 인간 존재에 대한 의구심이 자라나고 있었다. 우주는 왜 존재하는 것이며, 인간은 왜 존재하는 것인가? 인간의 생각은 어디에서 오는 것이며, 그 생각의 존재는 삶에 어떠한 영향을 미치는가?

끝이 없고 해답이 없는 질문이었다. 이러한 질문은 한국을 방문한 세계적인 양자물리학자인 존 헤글린 박사의 조찬 강연에 참석하는 계기가 되었다. 아쉽게도 인간개발연구원에서의 강연은 간발의 차이로 듣지 못했다. 그러나 다행히도 다음날의 조찬 강연이 대전·충청 CEO포럼에서 있다는 소식을 접했다. 새벽 4시에 대전의 유성호텔로 차를 몰았다. 특별한 강연이었지만 인간 존재에 대한 호기심을 충족하기엔 부족하였던 터였다. 다녀와서 인간개발연구원에 대해서 관심을 가지고 알아보았다. 홈페이지와 검색을 통해서 자세히 살펴보고 나서 놀라지 않을 수 없었다. 인간개발학이라는 개념도 없는 시기에 인간 존재에 대한 철학을 가지고 좋은 세상을 만들기 위한 평생을 헌신하고 있는 장만기 회장님에 대해 깊은 관심을 가질 수밖에 없었다.

반드시 꼭 만나야 한다는 생각이 마음 깊은 곳에서 올라왔다. 인간개발연구원에 무작정 전화를 걸어서 장만기 회장님을 만나고 싶다는 의사를 전했다. 회장님은 무명의 젊은이가 만남뵘을 청하였을 때 기꺼이 만남을 허락하셨다. 젊은 사람의 호기심과 열정에 애정 어린 눈길을 주시던 인자하신 모습은 지금도 생생하다.

"인간은 신의 모습을 따라 창조되었으며, 무한한 가능성을 지니고 있는 존재이다. 인생을 생생하게 상상하고 간절하게 바라라. 반드시 실현될 것이란 확신을 가지고 가치 있는 삶을 위해 살아가자. 그리하면 그 바라는 것이 어떠한 것이든 반드시 이루어진다." 라는 평생의 철학을 말씀해 주셨다. 더불어서 사탄이 예수님을 향해 돌을 빵으로 만들라고 했던 성경구절 속에서 인간의 교만한 모습을 보아야 하며, 우리 모두는 신 앞에 겸손해야 한다는 것을 마음에 새겨야 한다고 말씀해주셨다.

장만기 회장님의 다음 일정으로 인해 당초 20여분 가량의 담소만을 나눌 예정이었다. 하지만 대화는 1시간 30여분 가량 계속되었다. 대화 내내 알 수 없는 감동과 충만감이 나의 내면을 가득 채웠다. 평생 잊을 수 없는 시간이었다. 그 분이 걸어온 삶이 한 편의 영화처럼 다가왔다. 장만기 회장님은 보이지 않는 곳에서 지금의 대한민국 성장을 뒷받침하신 우리시대의 거인이라는 생각이 들었다.

비바람 폭풍우 몰아치는 광야와 같은 척박한 시대에 단기필마로 깃발을 세워든 장만기 회장님. 백절불굴의 뜻으로 초지일관 '좋은 사람이 좋은 세상을 만든다'는 신념을 갖고 45년의 역사를 써오신 것이다. 한 사람의 뜻이 없었다면… 어쩌면 한국의 조찬문화는 존재하지 않았을지도 모른다. 새벽을 깨우며 달려온 대한민국 성장의 지도도 지금과는 달라졌을 것이다. 무에서 유를 창조한 것이다. 오직 창립자의 뜻이 인간개발연구원의 오늘을 있게 만든 것이다.

장만기 회장님은 시대를 살아가는 우리에게 "당신은 참된 리더인가?" 라는 자문을 끊임없이 하게끔 하시는 정신적인 지주시다. 진정으로 참된 인간, 참된 리더이다. 우리시대의

● 당신과 나의 스승, 그리고 인연

손꼽히는 어른이시다.

부귀영화를 뒤로한 채, 참된 리더를 키우고 좋은 세상을 만드는데 평생을 헌신하셨기에 그 분의 뜻이 더욱 가슴을 울린다.

인간개발연구원의 창립자이신 장만기 회장님의 평생의 뜻이 담긴 사회공헌 사업이 있다. TPTTotal People Technology 멘토대학이다. 경험을 통해서, 경영을 통해서 얻은 지혜를 후세에게 유산으로 전하는 일이다.

"Better People make Better World." 좋은 사람이 좋은 세상을 만든다는 뜻이다. 이것은 연구원의 설립 정신이다. 나 또한 설립 정신에 동참하고 뜻을 함께하고자 한다. 또한 TPT 멘토대학 사업에 작은 힘이라도 보탬이 되고자 참여하고 있다.

성경에는 지혜와 관련된 말들을 엮어놓은 잠언이라는 책이 있다. 잠언에는 지혜의 가치와 유익에 대해서 다음과 같이 말하고 있다.

"너의 분별력이 너를 지키고 깨달음이 너를 보호할 것이다. 지혜가 악한 자의 길과 추하고 더러운 말을 하는 자들에게서 너를 구할 것이다. 지혜를 사랑하라. 지혜가 너를 지킬 것이다. 지혜는 가장 소중한 것이다. 지혜를 얻어라. 그

어떤 것을 희생하고서라도 깨달음을 얻어라. 지혜가 우아한
화관을 네 머리에 씌우고 영광스러운 면류관을 너에게 줄 것
이다."

평생에 걸쳐서 인간과 사회, 경영에 대해 깨닫고 축적한
지혜를 후세에게 유산으로 전한다면, 우리의 후세들은 선
배들보다 더욱 성장할 것이다. 또한 건강한 사회를 만들 것
이다. 이보다 더 값진 일은 없을 것이다. 인간은 누구나 죽음
을 맞이하기 마련이다. 물리적 존재는 언젠간 사라진다. 하
지만 말과 글로 이루어진 언어라는 존재는 영원히 살아 숨
쉬는 불멸의 존재가 된다.

창립자의 정신이 깃든 연구원이 불멸의 존재처럼 영원히
살아 숨 쉬며, 우리 사회에 영향을 끼치는 기관으로 우뚝 서
기를 기원한다. 훗날 인간개발연구원 100년의 역사를 기념
하며 다시금 글을 쓸 날이 오기를 기대한다.

● 당신과 나의 스승, 그리고 인연

인간개발연구원,
중심에 우뚝 서다

| 공한수 |

| 이력 |

Big Dream & Success 원장

경영학박사

산업체강사, 칼럼니스트(신문, 잡지 등)

시인, 작사가.(130여 곡)

| 저서 |

『성공은 아하! 바로 그것, 공자가 살아야
인류가 산다』

『우리 2세 걸작품 만드는 길』

『한 수로 승부하라』

『어느 날 별이 되어』

인생 경영 3모작

세상은 미래를 준비하는 사람의 것이다. 성공하는 사람들은 뚜렷한 인생 목표와, 목표 달성을 위한 실천계획을 가지고 있다. 오늘날은 100세 시대다. 초고령화 시대라고 할 수 있다. 지금부터 인생 3모작 준비를 제대로 하지 않으면 긴긴 세월동안 천장만 바라보는 삶을 살게 될 수도 있다. 이 세계는 우리가 추구하는 것보다 훨씬 크고 넓고 풍요로운 기회를 제공해 준다. 하지만 기회를 잘 이용하는 사람들은 그리 많지 않다. 우리는 날로 경쟁이 치열해지는 시대를 산다. 자기 분야에서 재능을 살려 최고가 되고, 전문가가 되고 싶은가. 그러기 위해선 아주 특별한 노력이 필요하다.

옛날처럼 한 직장이 인생을 보장해주던 시대는 이미 끝났다. 공부만 열심히 하면 출세도 하고 돈을 잘 버는 시대도 아니다. 초고령화 시대를 살아가려면 변화의 추세에 맞게 준비를 잘 해야 성공대열에 낄 수 있다. 지속적으로 성공하려면 성공학 교육프로그램에 참여하거나 성공 비법을 지도하는 전문가를 가까이하라. 성공으로 가는 지름길이다.

인간은 누구나 자기 인생을 구축해 나갈 능력을 가지고 있다. 그러나 부자가 되고 싶어 하면서도 가난한 행동을 하는데 문제가 있다. 원하는 결과를 얻지 못하면서 같은 행동을 끊임없이 해 나간다. 남들은 꿈을 품고 야망에 불타서 살아가고 있는데, 머뭇거리다 보면 혼자만 뒤쳐져 살아가게 된다. 남들에게 밀리지 않으려면 분명한 목표를 선언하고 행동계획서를 만들어 새로운 삶을 준비하라. 목표설정은 인생에서 위대한 힘을 발휘한다. 목표설정은 성공과 자기실현을 잡는 방아쇠이다.

자기가 꿈꾸는 분야에서 이루고 싶은 일, 혹은 원하는 인생의 모델을 찾아서 그 분야에서 성공하는 사람들을 찾아 모델링하라. 인생이란 마음에 그린대로 이루어진다. 한때는 대학을 졸업하고 다른 공부를 하지 않아도 살아 갈 수 있는 시대였다. 하지만 이제 그것은 옛말이 되었다. 지금은 대학졸업 후 2년만 지나도 다 쓸모없는 지식이 된다. 새로 배워서 채우지 않으면 50대 이후를 제대로 살아 갈 수가 없다. 인생 2모작을 넘어 3모작을 해야 되는 시대다. 인생을 축구에 비유하자면, 31~55세까지 전반전이다. 후반전은 56세부터 80세까지다. 축구의 묘미는 아무래도 연장전이듯이 81세부터 90세, 연장후반전인 91세~100세까지 설정하여 살아보자. 5년 후, 10년 후 미래의 계획을 명확하게 세우고 철저히 준비하지 않으면 부질없는 삶이 계속될지도 모른다.

평생학습자가 승리한다.

중·장기 계획은 해마다 점검을 하는 것이 중요하다. 부부가 미래 계획을 함께 준비하고 같은 활동을 하며 서로의 건강을 챙겨주는 일이 중요하다. "한 우물만 파라"는 속담이 있다. 하지만 이제는 한 우물이 떨어지는 시대가 되었다. 물이 떨어지기 전에 다른 우물을 파지 않으면 살아남기 어려운 시대다. 네덜란드는 살기 좋은 나라라고만 알고 있다. 하지만 네덜란드는 지형구조 자체가 열악하다. 땅이 바다보다 낮고 바람이 많이 분다. 땅이 척박하다 보니 12~13세기까지는 사람이 거의 살지 않았다. 네덜란드는 3분의 1이 간척해서 만든 땅이다. 풍차로 물을 퍼내고 살던 때도 있었다. 매년 여왕 탄신일에 아이들은 새벽부터 좋은 곳에 나가서 전을 펴고 장사를 하면서 상술을 익힌다. 장사는 첫째도, 둘째도 장소라는 사실을 터득하기 위해서다. 트럭운전사도 보통 3개 국어 이상을 구사할 줄 안다. 일반 주부들도 외국어를 3~4개 정도 구사한다. 아이들도 어릴 때부터 영어, 불어, 독일어를 배우기 때문에 이웃나라 언어도 자유자재로 익힌다. 그래서 "암스테르담에서는 각국의 말이 다 통한다."라는 말이 생겨났다. 대학생은 대학생활의 반 이상을 외국에 나가 학교에서 익힌 이론과 해외에서 어학훈련에 실무를 접목시키는 일을 배운다. 재난에 대비해 누구나 수영을 배워 시험에 통과해야 한다. 동네 축구를 많이 해야 하며 겨울철에는 하체를 튼튼하게 하려고 스케이트를 탄다. 열악한 환경임에도 불구하고 살아남기 위해 끊임없이 준비를 하는 민족이다. 그러다 보니 자연스레 잘 사는 나라가 되었다. 네덜란드는 금융을 지배할 줄 아는 힘을 가진 나라이기도 하다. 유럽뿐만 아니라 미국에서도 은행 수장들 중에 네덜란드 사람이 많다.

한 가지만 잘해도 먹고 살기에 걱정 없던 옛날이었다. 옛날에는 그저 남들이 모두 부러워하던 직업이 오늘날엔 생계 유지조차 힘들어진 직업으로 하락한 경우도 있다. 이발사, 농부, 어부, 주산학원, 서예가, 필경사 등 그 외에도 많다. 지금은 4차 산업시대다. 잘 나가는 회계사와 변호사 직업도 가장 먼저 사라진다는 시대에 직면해있다. 휴대전화는 1983년에 출시되었고, 스마트폰 대중화는 2010년부터 본격화되었다. 지금은 포노 사피엔스Phono-sapiens가 몰려오면서 스마트폰을 신체의 일부처럼 사용하는 사피엔스 문명에 가까워졌다. 핸드폰 하나로 책을 쓰는 시대이기도 하다. 빠르게 변하는 시대다. 21세기에는 여러 가지를 잘하는 멀티전문가가 되어야 한다. 부부가 함께 벌어먹고 살아야 하는 시대다. 두드리지 않으면 문은 열리지 않듯이 목표를 위해선 행동을 해야 한다. 꿈을 가지고 열정의 마음을 가지면 운명도 새롭게 결정하는 힘이 생긴다. 그래야만 능동적인 인생이라고 할 수 있을 것이다. 꿈이 있어야 우물 안 개구리 신세를 면할 수 있다. 길은 멀리에 있지 않다. 바로 당신 마음속에 있다.

나이가 많아 무엇을 하기엔 이젠 너무 늦었다고 하는 사람들이 있다. 토머스 에디슨은 정기교육을 불과 3개월 받은 것이 전부다. 그럼에도 세계에서 가장 많은 발명을 하여 인류발전에 큰 기여를 했다. 사람들은 에디슨에게 말했다. 당신은 그렇게 많은 발명을 했는데, 이제는 나이도 70세가 되었으니 일은 그만하고 쉬는 것이 좋지 않겠느냐고. 그렇게 말하니 에디슨은 이렇게 대답했다. 그것은 마치 행시行屍와 같다고 했다. 행시란 나이가 70세가 되었다 하여 일을 하지 않고 산다는 것은 살아 있지만 죽음 목숨과 다를 바가 없다. 나는 결코 그런 사람이 되지 않겠다. 에디슨의 이야기는 우리에게 시사하는 바가 매우 크다. 82세에도 백열전구를 발명, 에디슨이 남긴 발명품은 무려 2,000개에 이르고 있다. 괴테는 '파우스트'를 쓰기까지 자그만치 58년이란 세월이 걸렸다. '파우스트'는 그가 82세에 완성한 작품이다. 미켈란젤로가 베드로 대성전 벽화를 그린 때는 90세였다. 첼로의 성자로 불리던 카잘스는 95세에도 하루 6시간 연습을 했다고 한다. 세계 최고인데도 어째서 계속 연습을 하느냐는 기자의 질문에 그는 이렇게 답했다고 한다. "아니요, 나는 지금도 조금씩 발전하고 있기 때문에 하루에 6시간 동안 연습합니다." 그것이 그가 계속해서 연습하는 이유였다. 카잘스는 96세 세상을 떠날 때까지 연습을 게을리 하지 않았다. 세계석학인 아놀드 토인비는 81세 때 이런 글을 썼다 "사람은 늙어가면서 과거에 붙들려 있으면 불행하다. 또한 미래에 대하여 눈을 돌리지 않으려는 마음도 생긴다. 이것은 모두 후회하는 자세이며 몸이 죽기 전에 정신은 이미 죽은 상태다. 몸은 늙어도 계속 배워야한다." 일본 시바다 도요 할머니는 98세에 시를 쓰기 시작하여 첫 시집 『약해지지 마』를 출간했다. 출간한 지 6개월 만에 75만 부가 팔렸고, 할머니는 베스트 작가가 되었다. 인생은 100미터 달리기가 아닌 마라톤 시합이다. 그러니 늦게 출발했다고 포기하지 말고 끝까지 달려야 한다. 그럴 때에야 비로소 승리할 수 있다. 미래를 향하여 희망을 가지고 살아야 한다. 그런 마음가짐이야말로 사람을 젊게 만드는 자양분이다.

21세기에는 평생학습하는 자만이 행복한 인생을 살 수 있다. 당신의 지속적인 성공은 인생 경영 3모작에 달려있다. 평생학습은 인간에게 산소와 같다. 도전하기에 늦은 나이란 결코 없다. 수학, 과학 물리학의 천재였던 아인슈타인이 학문의 갈증을 느끼다 못해 찾은 것이 바로 음악이다. 음악은

모든 학문을 아우른다. 그렇기 때문에 그는 63세에 음악을
시작했다. 당신도 도전하는 삶을 살아보지 않겠는가?

인간개발연구원

詩人 문백文帛 공한수/Big Dream & Success 원장·경영학박사

이른 새벽
상큼한 공기를 가르며
향수보다 향기로운 포럼
생동하는 눈동자
섬광처럼 빛나네

강의는 시작되고
새 희망을 주는
그곳 그 자리에
인간개발연구원
자랑스러워

인간 개발은
참으로 어려운 개발
잘 개발되면
신도 놀라고
세상도 변한다

거친 인생 결 다듬고
명품인생 가꾸어
꿈을 실현시켜주는
이름이 드높은 포럼

다양한 지식과 지혜로
우리 영혼을 살찌우고
삶에 활력을 불어넣어
문명을
꽃 피워내네

그 명성
전 세계
널리 퍼져
인간개발연구원
빛나리라
영원히 영원히

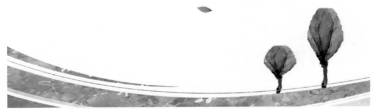

● 인간개발연구원, 중심에 우뚝 서다

| 구건서 |

| 이력 |

구건서공인노무사

법학박사

(현)노무법인 더휴먼 회장

(현)신선마을 촌장

(현)내비게이터십 대표

(전)중앙경제HR교육원 원장

(전)중앙노동위원회 공익위원

| 저서 |

『제4차 산업혁명시대 대한민국 노동법의 미래』

『역전한 인생 VS 여전한 인생(인생 역전, 이제 당신의 차례!)』

『내 인생의 내비게이터』

인간개발연구원과 함께
'글로벌 내비게이터십Global Navigatorship'을
만들다

　인생은 우연을 가장한 필연의 연속이다. 살다보면 어느 날 큰 변곡점을 맞이할 때도 있다. 사람 인생은 한 치 앞도 모른다고 하지 않던가. 20년 전 인간개발연구원과 나의 인연은 우연한 기회를 통해 찾아왔다. 그것이 '내비게이터십Navigatorship'이라는 글로벌프로그램을 탄생하게 하는 필연이 될 줄은 누가 알았겠는가? 인간개발연구원이 진행한 폴마이어의 EPL을 공부하면서 미래를 설계하는 방법을 배웠고, 그것이 바탕이 되어 글로벌 인생설계프로그램인 내비게이터십을 개발하게 되었다. 결국 글로벌 내비게이터십은 인간개발연구원과 우연한 만남에서 시작되었고, 궁극적으로는 나와 세상을 이어주는 필연이 되었다.

　당시 노사관계전문가인 공인노무사로 활동하면서 내가 풀지 못한 숙제가 하나 있었다. 왜 경영자는 노조를 깨부수려하고, 왜 노조는 경영자를 못 잡아먹어서 안달이 나 있는가?

● 인간개발연구원, 중심에 우뚝 서다

왜 노사 당사자는 대립적이고 전투적인 모습만 보이는가? 왜 서로를 이해하고 보듬어주는 관계를 만들지 못하는가? 서로 싸우는 노사는 과연 행복할까? 등등의 질문에 대한 답을 찾고 있을 때였다. 인간개발연구원의 EPL프로그램을 수강하는 기회가 찾아왔다. 과정이 진행되면서 희미하게나마 내 고민을 해결하는 단초가 시작되었다. 노사관계라는 조직의 문제 이전에 개인의 문제를 먼저 들여다보게 된 것이다. "왜 사는가? 어떻게 살 것인가? 무엇을 할 것인가?"에 대한 고민을 통해 남 탓을 안 하는 것이 현명하고 슬기로운 삶이라는 것을 배웠다. 그것이 행복한 인생의 첫걸음이기도 하다.

EPL 과정 수료식에서 발표한 사명선언서에는 "내비게이터십을 개발해서 세상 사람들이 행복한 인생이 되도록 도와주는 것이 내 인생의 사명이다."라고 적혀있다. 그동안 발표된 수많은 책과 자기계발프로그램을 참조해서 만든 내비게이터십은 차량을 운전할 때 사용하는 내비게이션을 응용한 인생설계프로그램이다. 우리가 내비게이션을 활용할 때 가장 먼저 하는 일은 목적지를 입력하는 것이다. 그러면 출발장소인 현재 위치를 입력하고 경유지를 선택할 수 있다. 우리의 인생도 내가 앞으로 살아가야 할 방향과 목표가 정해져야 한다. 꿈과 방향이 정해지면 자신이 처한 환경이나 출발점을 진단할 수 있다. 어떤 경유지를 선택할 것인지 결정해야 한다. 내비게이션이 현대인의 필수품이 된 것처럼 인생에서는 내비게이터십이 좋은 친구이며 동반자가 될 것이라고 확신한다.

내비게이터십이란 "스스로 자신이 가야 할 인생의 방향을 찾아, 다른 사람과 함께 성장하며, 조직과 사회에 기여하기 위한 원리와 덕목 그리고 행동방식"을 말한다. 한마디로 내비게이터십이란 자신에게 맞는 실천방안을 만드는 프로그램이다. 따라서 내비게이터십은 스스로의 행복과 성공, 그리고 꿈을 찾아내고 만들어가는 것을 지원하는 프로그램이며 솔루션이다. 내비게이터십이란 자기 스스로 인생이라는 배의 키를 잡고 항해하는 항해자라는 뜻이다. 남 탓을 하지 않고 내 탓으로 돌리며 살아가는 과정이다. 내 인생의 목적지를 스스로 정하고 중간 경로를 정해보자. 인생길을 능동적으로 개척하는 항해자, 그것이 바로 우리가 꿈꾸는 아름다운 인생의 모습이다. 내비게이터십을 4D로 나타내면 다음과 같이 말할 수 있다. 4D는 Dream(꿈·목표), Design(설계), Do(하다), Devote(바치다, 쏟다)가 된다. 스스로 인생의 목표Dream를 정하고, 그 목표를 이루기 위해 스스로 세부적인 계획을 세운 후Design, 열정을 가지고Devote 스스로 실천하는Do 사람이 내비게이터가 된다. 또한 혼자 가는 것이 아니라 다른 사람이나 조직, 사회와 더불어 함께 가는 것이므로 좋은 영향을 주어야 한다.

내비게이터십은 미국이나 유럽에서 발달한 서구식 리더십과 동기부여이론을 보완하는 프로그램이다. 스스로 자신을 수양하고 이를 바탕으로 세상에 도움을 준다는 수기치인修己治人과 수기안인修己安人의 동양철학이 담겨있다. 다른 사람의 인생이 아니라 자신의 꿈을 찾아 자신의 인생을 스스로 설계해보고, 이를 실천해 자신과 가족 그리고 사회에 헌신할 기회를 만들어보자는 것이 내비게이터십의 기본 구상이다. 내비게이션이 현재지, 경유지, 목적지로 구성되듯이 내비게이터십도 진단(출발점), 실천방안(경유지), 꿈(도착점)의 세 가지 점을 연결해서 인생설계도(인생항해도)가 만들어진다. 인생을 점들의 연결connecting the dots이라고 할 때 가장 중요한 것은 내가 가고자 하는 방향과 도착점이다.

세상은 빛의 속도로 변하고 있다. 아이폰으로부터 시작된 스마트폰이 사회를 혁명적으로 바꾸고 있다. 이러한 변화의 소용돌이 속에서 생존하려면 자기를 경영하는 전문가가 되어야 한다. 인생의 방향을 스스로 정하고 스스로 개척해 나가야 한다. 왜 사는지, 어떻게 살아야 하는지에 대한 근본적인 해답도 자신이 찾아내야 한다. 내가 풀지 못한 숙제를 인간개발연구원을 만나 내비게이터십이라는 인생설계프로그램으로 풀어냈듯이 관심과 열정이 인생의 변곡점이 된다. 인간개발연구원 조찬 모임에서 만난 고수들의 가르침에서 나의 꿈도 하나씩 이루어가고 있다. 중학교 중퇴의 학력을 극복하기 위해 검정고시와 학사고시를 거쳐 석사, 박사까지 해낸 원동력 역시 인간개발연구원에서 배운 끈기와 열정이 뒷받침이 되었다. 내 이름으로 된 26권의 책도 결국은 인간개발연구원과의 인연에서 탄생한 것이다. 세계최초로 개발한 내비게이터십도 인간개발연구원의 EPL에서 시작되었으니 인간개발연구원은 내 인생의 스승이요, 친구이며, 동반자임에 틀림없다.

내비게이터십을 개발한 덕분에 저 멀리 아프리카 케냐에도 한국 고유의 프로그램이 수출되었다. 중국의 대학생을 대상으로 특강도 다녀왔다. 국내에 있는 다문화가정 아이들에게 꿈과 희망을 주는 전도사가 되기도 하고, 전국 소년원 학생들에게도 새로운 방향을 제시해줄 수 있었다. 한국어 버전을 바탕으로 영어, 중국어, 일본어 버전까지 만들어졌으니 가히 글로벌 프로그램으로서 손색이 없도록 정리되었다. 앞으로 미국을 비롯한 유럽과 남아메리카까지 진출할 수 있는 방법을 모색해서 인간개발연구원과 함께 전 세계로 뻗어나가고 싶다. 창립 45주년을 맞이하는 인간개발연구원의 글로벌화에 내비게이터십도 한몫을 담당해야겠다.

이 우주는 3간=間으로 구성되어 있다. '시간', '공간', '인간'

이 바로 그것이다. 그러니 지금 우리가 좋은 세상을 만들어 나가야 한다. 장자 우화 세 가지가 시간, 공간, 인간의 중요성을 잘 나타낸다. 여름벌레는 여름이라는 '시간'에 갇혀있기 때문에 얼음을 알 수 없다. 우물 안 개구리는 우물이라는 '공간'에 갇혀있기 때문에 넓은 바다를 이야기할 수 없으며, 속 좁은 선비는 자기만의 편협한 '인간'이기에 세상의 도를 깨우치지 못한다. 이제부터라도 "좋은 사람이 좋은 세상을 만든다."는 인간개발연구원의 가르침대로 시간과 공간, 인간의 벽을 넘어서 좀 더 아름답게 익어가야겠다는 다짐을 해본다.

| 구교근 | 호: 석송

| 이력 |

(현)한마음 특허법률사무소
(현)중국투자법률사무소 대표
시인, 여행작가, 서울대 공과대학 AIP 20기 수료
서울대학교 총동문회 이사
국제로다리 3640지구 서울 희망로타리
국제라이온스 354-B지구 성도라이온스
자유문예 작가협회 이사

| 수상내역 |

자유문예 신인작가상 시 부문(항아리, 묘비)

| 저서 |

시집:『그림자는 외롭다』,『그 간이역에 가고 싶다』
동인지:『바람이 분다』,『초록을 만나다』외 다수

구교근

내 인생의 오아시스
인간개발연구원

전쟁의 폐허로 국민소득 95달러인 가난한 나라의 심심산골 빈농에서 태어난 나는 학교에 들어가기 이전에 등에는 꼴망태를 업고 소를 먹이는 꼬마 목동으로 집안 가사 일을 도왔다. 1963년 초등학교를 입학하여 보자기에 책을 싸서 짊어지고 논둑길과 오솔길을 걸어 제법 큰 하천을 돌다리로 건너서 1km가 넘는 학교를 타이야표 검정고무신을 신고 다녔다.

쉬는 시간이면 조금 살만한 집 아이가 구해온 주먹만한 고무공을 신발이 닳을까봐 맨발로 차고 놀던 운동장은, 우리의 호기심을 풀어주고 꿈을 키우던 공간이었다. 가난한 나라의 산골에서는 먹을 게 모자라서 보리겨로 만든 개떡과 소나무 속껍질을 찧어서 만든 송구떡, 쑥에 밀가루를 묻혀서 쪄낸 쑥버므리(쑥털터리라고도 함), 무우를 잘게 다져서 보리밥에 섞은 무우밥으로 끼니를 때우기도 하는 그 시절의 국가 슬로건은 "재건합시다."였다.

군사 혁명으로 정권을 잡은 박정희 대통령은 우리 국민을 옭아매고 있던 가난으로부터 벗어나도록 하기 위한 정책을 펼쳤다. 그리하여 대부분의 국민이 필수적으로 넘어야 했던 보릿고개라는 지독한 가난의 고개를 허물었고, 이를 위한 국가 부흥의 첫 번째 과업으로 국민정신을 개조하고자 밀주단속과 산림훼손 방지 시책을 펼쳤다.

여기에 더하여 4월 5일을 식목일로 정하고 "산에 사는 메아리가 살게 시리 나무를 심자"는 동요를 만들어 부르게 하며 전쟁으로 헐벗은 강산에 옷을 입히는 치산사업을 시작하였다. "살기 좋은 새마을 우리 손으로 가꾸자"는 새마을 운동을 시행하여 신바람 난 동네 어른들은 스피커에서 새마을 노래가 나오기도 전에 일어나 마을길을 넓히고 주거환경을 바꾸는 일을 위해 뛰었다. 어린 우리도 아침 일찍 일어나 빗자루를 들고 마을길을 청소하는 부지런함을 실천하였다.

호기심이 많고 공부에 대한 열정도 남달랐던 나는 가정 형편상 중학교에 보낼 수 없다는 부모님의 뜻을 받들지 않고 고을에 있는 중학교를 뒤로하며 읍내에 있는 당시 군에서 제일 좋은 중학교에 시험을 쳐서 합격하였다. 그렇게 유학을 시작한 나는 남보다 부모님을 많이 고생시켜 드렸다.

● 인간개발연구원, 중심에 우뚝 서다

중학교 1학년 때부터 자취를 시작한 나의 삶은 고등학교를 거쳐서 대학까지 연장되고 이와 같은 환경에서 공부를 계속한 덕분에 여러 대학을 전전하며 남보다 많은 기간을 소비하며 공부를 마치게 되었다. 주변의 많은 사람들의 도움과 나의 반려자로 함께한 아내의 헌신적인 내조의 은혜를 입었다.

선천적으로 사람 만나는 것을 좋아한 나는 고등학교 시절의 보이스카우트를 시작으로 사회에 나와서는 JC, 로타리, 라이온스 등의 봉사단체를 모두 회장으로 마감하였다. 그러나 내 마음 한 구석은 늘 지식의 목마름으로 갈증을 느꼈다.

2000년 어느 날 지인이 건네준 인간개발연구원 강의 테이프를 운전 중 자동차에서 듣게 된 나는 사막에서 오아시스를 만난 것처럼 반가움에 전율했다. '아! 바로 이것이다. 이렇게 좋은 강의를 들을 수 있는 곳이 있었구나.' 나는 당장 지인에게 부탁하여 인간개발연구원의 회원으로 등록하고 매주 목요일 지식의 감로주로 갈증을 해소하기 시작했다.

처음으로 찾은 인간개발연구원은 나에게 유토피아 같았다. 대한민국에서 내노라하는 정재계에서 성공한 기라성 같은 선배님들이 그곳의 주요 멤버였다. 평소 접할 수 없는 명강사들의 다양한 장르의 강의를 들을 수 있는 이곳은 지식

에 목마른 나에게는 마음껏 헤엄치며 즐길 수 있는 지식의
풀장이었다.

여기에 더하여 항상 큰형처럼 애정 어린 눈빛으로 맞아주
시고 챙겨주시는 장만기 회장님의 사랑이 넘치는 보살핌과
때와 장소에 구애받지 않고 거미줄처럼 나오는 학문의 내공
으로 다져진 스피치는 물론이고, 한 시간 동안 열강한 강의
내용을 단 몇 마디로 요약하여 평가하고 다시 심어주는 조순
박사님의 총평을 비롯하여 원풍물산 이원기 회장님과 삼익
THK 심갑보 회장님을 비롯한 정재계의 선배님들의 촌철살
인하는 날카로운 질문과 여기에 따른 연사의 답변은 나를 중
독시키기에 충분하였다.

일찍 일어난 새가 먹이를 잡는다는 진리를 머릿속에 각인
하며 당시로서는 연륜으로 막내이던 나는 조금 일찍 나가서
각 테이블의 선배님들을 일일이 찾아다니며 아침 인사를 함
으로써 선배님들에게 나의 존재를 각인시켰으며 이와 같은
자세는 이제 습관이 되어 누구를 만나든지 먼저 손을 내미는
사람으로 굳어졌다.

사람들은 대학교 다닐 때 5학기(2년 반)동안 배운 지식을 전
공이라 포장하여 평생 동안 우려먹는다. 그러나 변화무쌍한

현실에서 끊임없는 공부로 갈고 닦으며 자기를 개발하고 역량을 키워 내공을 다지지 않는다면 어느 날 남보다 뒤쳐져서 낡은 잡지처럼 통속한 삶으로 전락하게 된다.

인간개발연구원에 나와서 매주 목요일 새벽을 깨운 지도 18년이 되었으니 학위로 따지자면 박사학위 몇 개와 맞먹는 내공이 쌓였으리라 생각한다.

이와 같은 나의 공부는 삶의 질을 향상 시키는데 그치지 않고 고등학교 재학시절 국어선생님께서 쥐어주신 문학의 씨앗을 틔웠다. 그렇게 나는 시인이 되고 여행작가로 거듭나는 삶을 완성할 수 있었기에, 나의 인생에 있어 더욱 소중한 인연이라고 할 수 있다.

초기에 인간개발연구원에서 만났던 수많은 인생선배님들은 이 나라를 이끌어가는 정계와 재계의 거물로서 고위 관료는 물론, 국방을 책임지는 장군과 기업의 총수, 대학 총장을 비롯한 교수로 각자의 소임을 다하고 이제는 황혼에 익어가면서 후배들에게 진한 향기를 나눠주고 계시며, 나 또한 이제는 중견을 넘어가고 있는 이 시점에서 뒤돌아보면 인간개발연구원의 설립자이신 장만기 회장님은 참으로 대단한 분이시다.

● 2장

지금으로부터 45년 전 자원이라고는 없는 척박한 나라에서 인간이라는 자원을 찾아내는 혜안으로 인간개발연구원이라는 광산을 설립하고 인적자원을 채굴하고 가공하여 시대에 필요한 보석으로 만들어내는데 청춘을 바쳤으니 국가발전의 초석이 아니라고 누가 말할 수 있을까?

그때 시작한 인간개발연구원의 인간개발 곡괭이 소리가 멈추기는커녕 날이 갈수록 더욱 우렁차게 울려 퍼져서 온 나라를 덮는 한 우리나라의 미래는 희망과 발전이 더할 것이라는 것을 믿어 의심치 않는다. 나는 오늘도 인간개발연구원의 회원임을 자랑스럽게 생각한다.

| 손 욱 |

| 이력 |

(사)참행복나눔운동 공동대표

(전)주식회사 농심 대표이사 회장

(전)삼성인력개발원 원장

(전)삼성종합기술원 원장

(전)삼성SDI 대표이사 사장

서울대학교 기계공학 학사

(현)서울대학교 융합과학기술대학원 초빙교수

| 수상내역 |

2003 한국산업기술진흥협회 2003 기술경영인상
     CTO부문
2001 대한민국기술대상 금상

다물!
홍익인간

 1950년대 말 고등학교 시절 무전여행이 유행했다. 무작정 찾아온 나를 자식처럼 맞아주고 어려운 삶에도 감자랑 계란을 삶아 굶고 다니지 말라고 격려하던 시골 어른들의 따뜻한 마음을 잊을 수 없다. 어른들은 내게 이렇게 말하곤 했다. "학생 열심히 공부해야 돼. 우린 배운 게 없어 어쩔 수 없지만 학생은 열심히 공부해서 나라를 위해 도움 되는 일을 해야지."

 1968년, 북한의 124군부대 김 신조일당이 청와대를 습격했다. 소대원들을 이끌고 경계근무를 위해 작은 마을에 주둔했다. 그 해는 유난히 추웠다. 온몸이 얼어붙을 것 같은 강추위에 부대원들의 고생이 심했다. 주민들은 부탁하지도 않았는데 "군에 간 우리아들 같다."며 앞다퉈 따뜻한 방을 내주었다. 마침 섣달그믐날에 가까운 때였다. 설날에 쓰기 위해 준비했던 음식들을 아낌없이 나누어 배불리 먹여주었다. 불과 50여 년 전의 일인데 먼 옛날 얘기같이 느껴진다. 그 따뜻한 마음들은 어디로 사라졌을까? 보릿고개를 걱정하던 세계에서 가장 가난한 나라 국민이었을 것인데 어떻게 그런 아름다운 마음을 나눌 수 있었을까.

1970년대에 들어와 새마을운동이 불길같이 일어났다. 잘 살아보세를 외치며 한마음 한 뜻으로 신바람 나는 나라를 이룰 줄 알았다. 그런데 어느 사이 갈등공화국으로 전락하고 그 따뜻했던 마음들을 찾아보기 어려운 사회로 변한 것 같다.

우리나라는 행복도 OECD 꼴찌수준이다. 자살률, 교통사고 사망률, 이혼률이 세계 1위다. 부끄러운 모습이 아닐 수 없다. 그저 경제지표만 세계 20대 강국이라 자위한다. 20세기 성공시대를 넘어 21세기 행복시대가 시작되고, 제4차 산업혁명이라는 글로벌 메가트랜드의 거대한 물결이 밀려오고 있는데 우리는 아직도 작은 성공에 안주하며 행복시대에 무엇이 위기인지 깨닫지 못하고 있다. 미국 하버드대학에서 '정의란 무엇인가', '행복론'이 세계적인 명 강의로 떠올랐을 때도 그러한 변화들이 무엇을 의미하는지 관심도 없었다.

어느 날부터 지방단치단체의 이름 앞에 행복이란 수식어를 붙이기 시작했다. 거리마다 행복이라는 단어가 늘어나고 있다. 하지만 '왜 행복을 붙였는지, 행복을 위해 무엇을 하고 있는지' 본질적인 질문에 제대로 된 답을 들어본 기억이 없다. 한강의 기적을 이루어 '잘' 살게 되었다고 하지만 '잘 산다'는 말의 진정한 의미가 무언지 알지 못한다.

긍정심리학 창시자 마틴 셀리그먼교수는 3가지 행복한 삶을 이렇게 정의했다. 첫째, 긍정적 정서를 많이 경험하는 즐거운 삶Pleasant Life. 둘째, 개인의 장점을 바탕으로 자신의 일에 몰입하는 좋은 삶good Life, Engaged Life. 셋째, 자신으로부터 확장되어 가족, 직장, 사회를 위해 봉사하고 공헌하는 의미 있는 삶Meaningful Life으로 정의하고 있다. 행복한 사회, 행복공동체를 위해 가장 중요한 것은 이타심의 '의미 있는 삶'이다. 다윈이 '사회적 고립은 죽음과 연결된다'고 말했듯이 인간은 사회적 동물이다. 공동체 속에서 삶의 의미를 찾을 수 있다. '나눔, 봉사, 공헌' 등 타인이나 공동체를 위한 선행 즉 이타심은 의미 있는 삶, 행복한 삶의 필수조건이다. 그러므로 선행은 하면 좋은 것이 아니라 반드시 해야 할 의무로 받아들여야 한다. 서구에서는 최고의 선행을 '전혀 모르는 사람에게 아무런 대가 바라지 않고 베푸는 선행Random acts of kindness'이라고 한다. 우리 조상들은 이러한 삶을 '홍익인간의 삶'이라고 가르친다. 모두가 밝은 깨달음을 얻어 행복한 공동체를 이루기 위해 노력해왔다.

'단군 이래 가장 잘 산다'라는 표현을 자주 접한다. 세계에서 가장 가난한 나라였으니 아무 의심 없이 받아들인다. 과연 그럴까? 인도의 시성 타골이 '아시아 황금시대 동방의 등불'로 예찬하고 공자가 '그 나라에 가서 살고 싶다'고 부러워하며 동방예의지국이라 부른 단군조선은 어떤 나라였을까. 홍익인간 재세이화弘益人間 在世理化의 정신문화로 이루어온 나라는 당시 세계에서 가장 행복한 나라가 아니었을까.

'도둑 대문 거지'가 없는 3무의 섬 제주의 역사 뿌리에 단군조선의 홍익인간 정신이 깃들어 있다. 단군조선이 멸망하고 고구려 족의 고씨, 양맥 족의 양씨, 부여 족의 부씨들이 제주에 모여 홍익인간 정신으로 서로 이로움을 나누며 행복한 섬나라 탐라 국 역사를 1,400여 년 동안 이어왔다.

우리 민족의 사회적 유전자MEME에는 홍익인간 정신이 자리잡고 있다. 한국인의 정情문화, "신바람 나면 기적을 이룬다", "위기에 강하다"는 특성은 '나'를 위한 이기심을 버리고 '우리'를 위한 이타심을 발휘하여 한마음 한 뜻으로 지혜와 힘을 모아 기적을 이루는 홍익인간정신의 발현이다.

6·25 사변 당시 천만 명의 피난민이 고난의 시기를 넘긴 것을 두고 세계는 기적이라며 경탄한다. 19세기 말에 조선을 찾은 외국인들은 백성의 피를 빠는 거머리 같은 권력자들의 부정부패로 인해 세계에서 가장 가난한 백성들의 삶을 보다가 러시아 땅에서 홍익인간 정신으로 행복한 삶을 누리는 조선인들의 전혀 다른 모습을 보며 큰 감명을 받았다.

우리 민족은 위기를 당하거나 억압을 당할 때 고난 속에서 홍익인간정신이 발현되어 나눔과 배려로 함께 이겨나가지만 부와 권력에 도취되면 홍익인간의 정신을 잃어버리는 것이 아닐까?

조선왕조 말기의 망국적인 모습이나 북한에서 벌어지고 있는 독재세습왕조의 모습에서 홍익인간 정신에 역행하는 지배계층의 모습을 확인할 수 있다.

한강의 기적을 이룬 고도성장을 거치며 경제적으로는 잘 살게 되었으나 정신적으로는 황폐한 졸부들의 나라가 되었다. 불과 50년 전 6·25의 참화를 견디고 가난을 이겨내며 함께 의지하고 살아온 홍익인간의 따뜻한 마음들을 잃어버리고 개인 이기주의를 넘어 집단·지역 이기주의로 평온할 날이 없다.

세계는 21세기 행복시대를 맞아 제4차 산업혁명의 꽃을 피우고 있다. 하지만 우리는 내리막길로 들어선 지 오래다. 지식기술의 시대에서 창의의 시대로 대전환이 이루어지고 있는 오늘날에도 우리는 산업화 시대의 수직적 정신문화의 틀에서 벗어나지 못하고 있기 때문이다.

'인간은 행복하면 창의력이 높아진다'고 한다. 선진국들이 행복을 외친 것은 개개인의 창의력을 살리는 행복한 정신문화를 만들기 위한 범국가적인 노력이다. 이대로 가면 100년 전 시대의 흐름을 깨닫지 못하여 망국의 길로 떨어졌던 역사

● 인간개발연구원, 중심에 우뚝 서다

가 되풀이 될 것이라는 위기의식이 절실하다.

"생각이 바뀌면 운명이 바뀐다"고 한다. 도산위기의 일본
항공JAL 구원투수가 되어 1년 만에 흑자전환에 성공한 일본
교세라의 이나모리 회장의 말씀이다. 그가 제일 먼저 한 일은
JAL의 경영목표를 '조직원의 행복추구'로 바꾼 것이다. JAL
의 기사회생은 조직원이 행복해지면 창의적, 도전적이 되어
위기를 극복할 지혜와 힘을 발휘한다는 믿음이 이루어낸 기
적이다. 변화의 물결이 몰려올 때 조직원의 변화에 대응하는
태도에 따라 조직의 운명이 결정된다. 조직원들의 태도는 그
들의 생각에 달려있다. 그들의 생각은 조직문화에 달려있고
조직문화는 최고경영자의 책임이다. 2017년 다보스포럼에서
'소통과 책임의 리더십'을 강조한 이유다.

원점에 서자. 우리 모두 생각을 바꾸어 나라의 운명을 바
꾸지 않으면 추락하고 만다는 위기의식이 필요하다. 물질지
상주의로 잃어버린 홍익인간의 정신문화를 되찾아야 한다.
단군조선의 강역과 정신을 다물하자(되살리자). 주몽은 다물 정
신으로 고구려를 세우고 광개토대왕시대 세계 최강의 나라
를 이루어 천년왕국을 이어왔다. 대한민국 건국 71년, 나라
를 세우며 만든 교육법 제1조의 홍인인간의 이념 원점에 서
야 한다. 홍익인간 정신의 본질을 되새기고 홍익인간의 이념

에 투철한 홍익인간형 인재를 양성하는 일에 나라의 운명을 걸어야 한다. 인사가 만사이고 인재양성이 만사다.

| 유장희 |

| 이력 |

(현)매일경제신문 상임고문

(현)이화여대 명예교수

(현)대한민국학술원회원

(전)제2대 동반성장위원회 위원장

(전)국민경제자문회의 부의장

(전)포스코 이사회 의장

(전)이화여자대학교 부총장, 대외경제정책연구원 원장

| 수상내역 |

국민훈장 동백장 (1998)

| 저서 |

『한일FTA와 대기업의 직면과제』 외 다수

선진형 국가
만들어 가기

최근에 세계무역기구WTO는 우리나라에 개도국 지위를 그만 고집하고 이제는 선진국 대열에 들어가라고 권유하였다. 우리 정부도 이를 받아들이기로 결정했다는 뉴스를 들었다. 우리나라는 이미 1996년에 경제협력개발기구OECD의 회원국이 됨으로써 선진국 대열에 동참할 것으로 예견된 바 있다. 경제 규모로 이미 세계 12대 국가가 되었고 무역 규모로 7대, 국방력으로도 8대, 그리고 정보 통신 분야에서 세계 선두의 자리를 다투고 있는 국가가 아직도 개도국이라고 우기는 것은 세계가 웃을 일이라고도 볼 수 있다.

문제는 이러한 외형적 모습에 걸맞게 우리나라의 내면적 수준이 과연 선진국다운가를 우리 스스로 자성해 볼 일이다. 경제적 성공을 이룩한 모습 이면에 우리나라가 아직도 고질적으로 갖고 있는 후진성은 없는가를 살펴볼 일이다. 과거 역사책이나 여러 문헌에서 지적되었던 우리 민족의 약점, 즉 관존민비 사상, 정부주도의 성장방식, 국수주의적 폐쇄성,

지나친 집단이기주의, 노블레스 오블리주 의식의 부족, 양보 없는 정치 등등이 점차로 개선되어 가고 있는지를 따져 봐야 할 것이다.

또한 우리가 본받아야 할 선진국들의 장점을 우리에게 이식하는 일에도 적극적으로 나서야 할 것이다. 세 가지에 대해 긴급 동의하고자 한다. 첫째, 우리나라의 국가 운영방식을 말로만 민주주의를 한다고 하지 말고 정치는 물론 경제에서도 진정한 민간주도 체제를 만들어 나가야 한다고 본다. 정치는 민주공화국, 경제는 민영공화국을 지향해야 할 것이다. 정부는 필수적이고 제한적인 범위 내에서 민간이 할 수 없는 기능만을 효율적으로 수행 할 것이며 공공성이 크지 않은 모든 행정기능을 수평적이고 민주적 방식으로 민간에게 이양해야 한다. 이를 위해 정부가 아직도 틀어쥐고 있는 각종 규제, 인허가 체계를 과감히 대폭 감소함은 물론, 종래에 정부 고유의 영역이라고 믿었던 분야(예: 교육행정, 교통관리, 상하수도 관리, 주택건설, 교도소 운영 등등)도 민간에 넘기는 것을 고려해야 한다. 대통령 중심제에서 흔히 빠지기 쉬운 권력 집중의 함정으로부터 자유스러울 수 있기 위해서는 중앙정부의 권한을 대폭 지자체에 이양하고 지자체 역시 그 지방에서 민간이 더 잘할 수 있는 영역은 과감히 민영화해야 한다. 풀뿌리 민주주의로 이름난 독일의 니더자센 지방은 경찰행정의 일부와 소방행정을 민간에게 위임했는데 아무 문제 없이 더 잘 되고 있다는 것이다. 이렇게 함으로써 민간의 발전 잠재력이 더욱 크게 발현되는 것이다.

둘째, 교육의 내용이다. 각 급 학교 교과목에 "선진형 국민이란 무엇인가?"를 반드시 포함시킬 것을 제안한다. 국가가 안고 있는 제반 문제들, 즉 공해, 질병, 소음, 교통난, 주택난, 향락풍조, 노동쟁의, 사회불안, 양극화, 이념논쟁 등등을 어릴 때부터 학생 스스로 부딪히며 관심 갖도록 하고 해법을 발굴해 내는 훈련을 시켜야 한다. 따라서 각급 학교에 '선진국 만들기'라는 자율과목을 개설할 것을 제안한다. 질 좋은 나무는 떡잎부터 가꾸어 나가야 한다.

셋째, 자유기업의 시대를 활짝 열어 나가야 한다. 기업에게 돈을 맘껏 벌 수 있는 환경을 조성해 주어야 한다. 국민들로 하여금 기업을 일으키고 이를 확대해 나가는데 아무 걸림돌이 없다는 점을 확신시켜 줘야 한다. 기업으로 성공한 사람이 주변에 많아야 기업하고자 하는 욕구가 생기며 이러한 욕구가 개인들의 성취욕을 자극시켜 새로운 아이디어를 끊임없이 내놓는 것이다. 이러한 친 기업 분위기가 우리나라에 조성되고 확산되어야 한다. 이를 위해 앞으로 등장하는 정치 리더들은 '자유'와 '경제번영'이 직결되어 있다는 것을 확실히 알아야 한다. 시스템 적으로는 포지티브 시스템(즉 법이 있어야 무슨 사업을 시작할 수 있다는 제도)을 버리고 네거티브 시스템(법이 없어도 기업 활동은 자유스럽게 전개하고 만약 사회적으로 문제가 될 수 있는 경우만 규제하는 제도)으로 방향 전환을 해야 한다. 정치 지도자들은 모름지기 확실한 시장주의적 경제관과 기업중심적 성장이론으로 무장된 사람이어야 한다. 이와 병행하여 우리 기업들이 해외 시장에 나아가 국제적 강자들과 경쟁하는 데 불편함이 없도록 해야 한다. 공정거래제도나 출자총액제한제도 같은 것으로 기업의 발목을 묶어서는 안 된다. 기업을 규모로써 제한하지 말고 행위의 정당성 여부로 감시하면 된다.

마지막으로 우리 사회에 선진국다운 이타주의利他主義가 뿌리내릴 수 있도록 노력해야 할 것이다. 현대경제학의 효시라고 알려져 있는 애덤 스미스도 그의 명저『국부론』이 나오기 17년 전에 '도덕감정론The Theory of Moral Sentiments'이라는 논문을 발표한 바 있다. 자유방임식 시장경제가 경제를 발전시키는 요체이기는 하나 그보다 먼저 인간사회에는 남을 배려하는 기본적 인간성이 존재해야만 한다는 이론이다. 나와 내 기업이 돈 잘 벌고 승승장구하는 것이 물론 나와 내 기업의 제 일차적 목표이기는 하나 그에 못지않게 내 이웃, 그리고 나와 관계가 있는 다른 기업들이 잘 되는 것도 나와 내 기업의 행복과 발전을 가져다 준다는 이론이다. 이러한 이타주의 추세는 정부나 시장이 만들어 낼 수 있는 것은 아니다. 오히려 우리 사회 내에 자발적인 민간 운동이 일어나는 것이 좋다고 보는 것이다. 영국의 제임스 다글라스James Douglas라는 학자가 주장한 바와 같이 정부나 시장과 관계없이 우리 사회 내에 제3섹터가 형성 되는 것이 바람직하다는 주장이다. 그런데 이러한 제3섹터 형성의 가능성이 우리나라의 경우 크다는 판단이다. 우리나라 국민성 안에는 정부나 시장이 미처 해결책을 찾아내지 못할 때 민간이 먼저 나서서 자발적으로 헌신하는 좋은 점이 있다. 몽고 침략 때 삼별초의 난, 임진왜란 때 의병들, 외환위기 때 금 모으기, 태안반도 기름유출 때 민간의 자발적 기름때 벗기기 등등을 비롯하여 최근에는 각종 종교단체들이 앞장서서 사회봉사하는 것은 물론 해외 선교를 위해 험지에 나가서 열심히 일하는 것을 보는데 이는 다른 어떤 나라에서도 찾아보기 힘든 현상이다.

선진국다운 선진국을 만들려면 이러한 좋은 국민성을 더욱 고양시켜 세계적으로 모범적인 나라를 만들어 나가겠다는 의지와 안목과 능력이 있는 이들이 정치의 전면에 등장해야 한다. 의지와 안목과 능력을 가진 지도자는 때로는 여론의 부당한 압력, 이익집단의 과도한 반발, 주변 국가들의 이기적 견제 등에 부딪힐 수 있다. 이러한 것들을 이겨 내고 나라를 정의롭고 선한 방향으로 굳세게 밀고 나갈 수 있는 용기의 소유자가 나타나야만 하는데 국운國運이 2020년대에 그런 기회를 맞는다면 드디어 한국도 꿈에 그리던 선진국다운 선진국이 될 수 있을 것이다.

45주년을 맞는 인간개발연구원이 그동안 꾸준히 노력해 온 일 중에 가장 중요한 것을 들라면 이 나라의 인적자본을 적극 양성하여 선진한국을 이룩하는데 저력을 강화시키자는 것이었다고 본다. 그 꿈이 이루어질 것을 기대하며 인간개발연구원이 계속 발전하길 바라며 이를 위해 장만기 회장님을 필두로 한 동 연구원 핵심 멤버들이 사명감을 가지고 한국 선진화에 앞장 서는 연구원이 되길 바란다. 45주년을 다시 한 번 축하하여 마지않는다.(본 원고의 많은 부분이 필자의 저서 「경제난 극복을 위한 위시리스트(2019)」에서 인용된 것임을 밝힘.)

| 이경숙 |

| 이력 |

숙명여대 명예교수

글로벌 차세대 한인 지도자 재단 이사장

숙명여대 13-16대 총장

한국장학재단 초대 이사장

아산나눔재단 이사장

서울시립교양악단 이사장

서울시여성가족재단 이사장

제17대 대통령직 인수위원회 위원장

대한민국 11대 국회의원

인생의
수레바퀴

강의에 앞서 "지난 일주일 동안 있었던 굿 뉴스good news를 나누는 시간을 가지도록 하겠습니다. 어느 분이 먼저 시작하시겠어요?"

"제가 먼저 말씀드리겠습니다. 약대 동문들이 장학기금으로 1억 원을 모금해서 기부를 했습니다." 축하합니다! 짝 짝 짝!

"딸 애가 아들을 순산했습니다." 축하합니다! 짝 짝 짝!

아시아 여성연구가 학술진흥재단 국제학술지 발행지원 계속과제로 선정되었습니다.

축하합니다! 짝 짝 짝!

11명의 교무위원들이 한 주일 동안 개인적으로나 공무적으로 있었던 일 중 기쁨을 함께 나눌 수 있는 사례들을 소개할 때마다 축하와 박수 소리가 이어지며 분위기가 편안하고 화기애애해진 가운데 인간개발연구원 양병무 원장님의 퍼스널 리더십personal leadership 강의가 시작되었다. 강의 일정은 8월 초순부터 12월 초순까지 16주 동안 매주 수요일 오후에 150분

동안 진행하기로 했다.

숙명여대는 교육부의 대학 특성화 공모에서 '리더십 특성화 대학'으로 선정되어 1년에 16억 1천만 원 씩 5년 동안 80억 5천만 원의 재정지원을 받기로 했다. 일반적으로 대학의 특성화 정책은 지역 여건과 관련이 있거나, 전통적으로 경쟁력이 있는 특정 학과나 전공 분야를 특성화하는 교육 과정의 특성화를 의미한다. 이러한 특성화 정책은 하드웨어를 확충하는데 치중하여 학생들에 대한 교육을 변화시키기 어려운 한계가 있었다. 그래서 숙명여대는 모든 학과나 전공을 대상으로 교육목표를 특성화하여 어떤 인재를 양성하여 배출할 것인가를 사회적으로 공표하는 교육 산출의 특성화를 추구했다. 숙명여대 특성화 방향은 다른 대학과 차별화된 교육목표인 여성리더 육성을 모든 학과, 교육 과정, 강의실 차원의 전면적인 변화와 혁신을 통해 달성하는데 있었다.

여성리더를 육성하기 위해서는 리더십 교육을 총괄할 기구와 리더십 교육 과정 개설과 리더십을 강의할 교수가 필요했다. 기구 신설이나 교육 과정 개편은 구성원들 의견을 수렴하는 절차만 밟으면 되지만 전교생에게 리더십 강의를 담당할 교수를 구하는 것은 쉽지 않은 과제가 되었다. 리더십을 전공한 교수가 없는 상태에서 새로 채용하거나 전공 교수들이 리더십 교육을 받고 강의를 해야 할 형편이었다. 리더십 개발원을 신설하고 리더십 전공 교수 채용 공고를 냈으나 응모자들 중에 리더십으로 박사학위를 받은 사람은 없어 리더십 교육에 열정이 있는 후보자 5명을 채용했다. 그리고 기존 교수들에게 공지를 하여 리더십 교육 수강자 120명을 모집했다. 교수들은 한국리더십센터에서 2박 3일 동안 스티브 코비의 '성공하는 사람들의 7가지 습관' 리더십 과정을 수료했고 그 중 19명은 퍼시리테이터facilitator 자격증도 취득했다.

그러나 리더십은 말이 아니라 행동이고, 이론이 아니고 실천이므로. 삶으로 리더십을 보여주는 분들이 리더십 강의를 맡아 주기를 바랐기 때문에 자기관리 능력을 제고하는 리더십 교육이 필요하다고 생각했다. 퍼스널 리더십의 세계적인 권위자인 미국 LMI 리더십 창립자인 폴 마이어 회장님과 친분이 두터우셨던 장만기 회장님은 LMI의 '효과적인 퍼스널 리더십Effective Personal Leadership' 프로그램을 숙명여대 교수연수 프로그램으로 시행하면 어떠냐고 제안을 하셔서 인간개발연구원과 숙명여대는 한 학기 30명씩 2년에 걸쳐 교육을 마치기로 협약을 맺었다.

폴 마이어의 퍼스널 리더십은 "당신이 마음 속에 그린 것을 생생하게 상상하고 간절히 바라며 깊이 믿고 열의를 다해 행동하면 그것이 무슨 일이든 반드시 현실로 이루어진다!"는 그의 성공철학에 기반을 두고 성공 방법은 좋은 태도와 습관을 가지라는 것이 핵심이다.

폴 마이어 회장은 5단계의 성공계획을 제시하고 있다.

첫째, 성취하고자 하는 것이 무엇인지 명확하고 구체적인 목표를 결정하라.

둘째, 목표를 달성하기 위해 시간별, 날짜별, 월별로 계획을 세우고 그 달성 시한을 정하라. 셋째, 인생의 꿈에 대해 진지한 욕망을 불태우라. 넷째, 자기가 가진 잠재력을 절대적으로 신뢰하라. 다섯째, 주위 사람이나 환경에 흔들리지 말고 굳은 결의를 가지고 자신의 계획을 관철시키라.

퍼스널 리더십 교육은 나의 정체성, 가치 기준, 비전, 사명, 인생의 목적과 목표, 삶의 의미를 깊이 생각하고 글로 표현해 보며 막연했던 삶의 지표를 확실하게 정리하는데 도움을 주었다. 인간은 의미를 향한 의지가 충만한 존재다. 의미는 우리 삶에 질서를 부여할 뿐만 아니라 우리 자신의 정체성을 분명히 해준다. 자기가 누구인지 어디에서 와서 어디로 가고 있는지 자기의 정체성을 확실히 알고 자기가 무엇을 왜 하고 싶은지 비전과 목표를 세우고 이를 달성하기 위해 어떤 사명을 가지고 있으며 자기가 추구하는 핵심가치가 무엇인지

● 인간개발연구원, 중심에 우뚝 서다

자기 확신이 있어야 불안하지 않고 두렵지 않다. 사람은 꿈과 희망이 있고 이를 달성하기 위해 노력하고 성취할 때 행복하다.

퍼스널 리더십이 습관화되어 발휘되기 위해서는 삶을 영적인 면, 지적인 면, 사회적인 면, 신체적인 면, 가정적인 면, 경제적인 면 등 6개의 영역으로 나눠 각 영역에 필요한 평가항목을 만들어 매일, 주간별, 월별로 자기 성찰을 하고 습관이 될 때까지 실천하리라 다짐하고 시각화 하는 것이 중요하다.. 수강 당시에 각 영역별로 세웠던 항목들은 다음과 같다.

영적인 면을 위해서는 매일 새벽예배에 참석하고 말씀과 큐티로 하루를 시작하고 기도하며, 매주 주일 성수를 하고 전심으로 예배를 드리며 성경공부 모임에 참여하기로 했고 '나' 중심에서 하나님 중심의 신앙관을 가지기 위해 노력하기로 했다.

지적인 면을 위해서는 마음에 양식이 되는 책을 일주일에 한 권씩 읽고 꾸준하게 좋은 강의를 들으며 일기를 쓰고 좋은 음악을 들으며 가끔 혼자 공원을 산책하며 자연과 함께 하는 시간을 가지기로 하였다.

사회적인 면을 위해서는 공감적인 경청 태도를 가지고 '미인대칭' 원칙을 지키기로 했다. 즉 사람을 대할 때 미소로 인사하고 친절하게 대화하며 남의 장점을 보면 칭찬하는 태도와 습관을 가지기로 하였다.

신체적인 면으로는 일상생활에서 바른 자세를 가지도록 하며 운동을 꾸준히 하고 올바른 식사 습관을 가지며 적당한 수면 시간을 가져 가능한 한 표준 체중을 유지하기 위해 노력하기로 하였다.

경제적인 면으로는 봉급 범위 내에서 검소하고 절약하며 생활하고 이웃에게 베풀며 사는 태도와 습관을 가지도록 하였다.

가정적인 면으로는 가족에게 자주 전화 걸고 문자를 보내며 '사랑한다'는 말과 칭찬과 격려하는 말을 많이 해주어 가족이 삶의 원천임을 체감하도록 해주기로 하였다. 생일을 서로 잘 챙기고, 멀리 떨어져 사는 가족들도 일년에 한번은 함께 만나는 휴가계획을 세워보기로 하였다.

퍼스널 리더십을 수강하며 만들었던 '나의 사명 선언서'나 '나의 인생 수레바퀴'는 14년이 지난 현재에도 나의 균형 잡힌 행복한 삶의 태도와 습관을 유지하도록 인도하는 지침서가 되고 있다. '좋은 사람이 좋은 세상을 만든다'는 모토로 우리 사회가 필요로 하는 인재를 양성하는데 40여 년을 헌신 봉사해 오신 인간개발연구원의 장만기 회장님과 역대 원장님의 사랑과 정성이 숙명여대 교수들과 그들의 리더십 교육을 받은 수많은 학생들의 삶에 풍성한 열매를 맺게 해주신 데에 대해 감사드리고 싶다.

| 이해성 |

| 이력 |

1941년 12월생

서울고등하교 졸업

한양대 화학공학과 졸업

㈜덕성 대표이사 부회장

㈜덕성 고문

수원상공회의소 부회장

㈜데이터몰팅 회장

소중한 학습의
가치와 인연

영화학교(현 안양예술고등학교)의 강정희 선생님이 찾아오셨다. 평소에는 교분이 없었지만 그는 후덕한 동양철학자요, 교육자이다. 그랬기에 스스럼없는 대화를 격의 없이 나눌 수가 있었다.

그해 정월에 세상을 떠들썩하게 하였던 사건이 발생했다. 영화배우 최은희 실종사건이 발생한 것이다. 최은희 씨는 안양예고를 경영하던 학교의 최고책임자였다. 그가 행방불명된 상태에서 학교운영의 실질책임자인 강정희 선생님은 경황이 없는 데다가 무척 난감한 처지에 놓여 심란한 상태였다. 그런 심란한 마음을 안고 이른 오전 시간에 방문하셨다.

영화배우 최은희·신상옥 감독의 홍콩납치, 납북, 유럽 탈출, 미국망명, 귀국 등으로 이어졌던 드라마 같은 일련의 사건은 2018년 최은희 여사의 별세로 대단원의 막을 내렸다. 그때 강 선생님은 회사상호인 ㈜덕성德成의 '덕德'에 대한 의미와 가치와 아름다움에 대한 말씀을 많이 하셨다. 선생님은 회사명을 상징하는 친필휘호를 선물하겠다고 하시며 헤어졌다. 얼마 후에 선생님께서 보내주신 표구액자가 '덕업성취德業成就'였다.

집무실에 걸려있는 사자성어를 볼 때마다 그 심오한 뜻을 음미해보곤 한다. 그 말은 내게 교훈이 되었다. 또한 나 자신을 이끌어주는 삶의 지표가 되었다.

1970~80년대에는 우리나라 현대사가 비약적으로 발전하는 전환기였다. 정치·경제·사회·문화 등 모든 영역에서 고도의 변화와 성장을 이룩하면서 세계시장으로 뻗어 나가는 도약의 시기였다. 특별히 수출산업현장에 몸을 담고 있는 사람들은 자신을 뒤돌아 볼 시간의 여유조차 없었다. 그들은 앞만 보고 뛰어다녀야만 했다. 개별기업들은 생산성향상, 고객감동, 기술개발 등 21세기를 준비하기 위한 혁신활동으로 기업교육, 사원연수 등 왕성한 경영활동을 이루었다.

나 자신도 자기개발과 공동체발전을 도모하기 위해서 변화되어야 한다는 열망 중에 있을 때였다. 지인의 초청으로 참석한 기독실업인회에서 장만기 회장과 인사를 나눌 기회가 있었다. 그로부터 소중한 인연이 되어 1991년 11월에 정식 회원으로 매주 목요일 첫 시간을 롯데호텔 연구회에 참여하여 28년의 시간을 쌓았다. 폴 마이어Paul J. Meyer의 '리더십 매니지먼트 프로그램Leadership management program'에는 우리 회사 다수의 임직원들이 속해 있다. 임직원들은 이번 기회를 통해 교육과정을 이수하여 자아실현을 할 수 있는 좋은 계기를 마련할 수도 있다.

끝없는 자기계발, 배우고 익힘으로써 실력을 쌓아가고 선한 영향력을 주고받는 사회적 환경은 매우 소중한 시대적 자산이다. 교학상장敎學相長의 가르침이 세상을 변화시키는 촉매 역할을 한다고 생각한다.

연구원에는 각계각층의 지식인들과 기업인, 성공적 실패와 실패적 성공을 넘어 입지적 성공 신화를 만들었던 분들, 그리고 국가 사회발전에 공헌하신 분들이 출석하셨다. 이미 세상을 떠나신 분도 있었다. 한 분 한 분 소중한 인연이 아닐 수 없다. 존경받는 많은 분들과의 교제를 통하여 얻은 삶의 교훈을 회사의 임직원들과 함께 나눌 수 있었다. 가르치고 배우면서 함께 성장하는 학습의 현장이었다. 여기에 '좋은 사람 좋은 세상Better People Better World'이라는 연구원의 좌우명이 덕업성취德業成就의 이상이라고 생각했다. 연구원의 시대적 사명을 다시금 뒤돌아보게 된다.

세계사에서 오늘날과 같이 자기혼돈과 가치상실의 시대를 살아온 적이 있었을까? 증오와 갈등과 무기력이 불신의 벽을 허물지 못하고 있다. 덕德의 상실시대에 살고 있는 것은 아닐까?

포스트모던post modern 시대를 살아가는 오늘, 상상할 수 없는 일들을 상상하며 살고 있는 것이 현존하는 삶이 되었다. 이럴 때일수록 인간본연의 인격과 성품으로 인간성이 회복되고 인생을 아름답게 채색할 수 있는 삶의 방법과 원칙을 가꾸는 덕의 기술을 배워서 그 실력을 쌓아야 한다. 지적능력과 성실성을 바탕으로 자신의 내면세계와 소통하며 자아실현에 힘써야 한다. 4차 산업혁명시대를 살아가는 데는 무엇보다도 창의력과 상상력이 필요하다. 창의력을 뛰어넘는 상상력은 인격의 원천인 덕으로부터 나온다고 생각한다. 성경에도 "믿음 위에 덕을 더하라." "모든 것이 가하나 모든 것이 덕을 세우는 것이 아니다."라는 가르침이 있다. 덕의 아름다움은 창의성과 상상력이 발휘되는 사회적 분위기를 조성하고 세상을 변화시킨다. 덕망 있는 오피니언 리더opinion leader들이 시대변화의 구심점이 되어야 한다. 그래야만 선한 영향력으로 인하여 희망찬 미래를 열어 갈 수 있다.

이러한 원론적 가치를 깨닫고 이성적 행동으로 현실 사회에서 미래를 창조하는 체험적 실천과 활동이 우리 인간개발연구원이 지향하는 '좋은 사람 좋은 세상Better People Better World'의 이상으로 승화되어 국가발전에 선한 영향력을 많이 끼쳤다고 생각한다. 자기의지와 양심을 지키고 삶을 아름답게 가꾸는 사람들만이 더 좋은 세상을 만들어 갈 수 있다. 1년을 보려거든 꽃을 심고 10년을 보려거든 나무를 심고 평생을 보려거든 사람을 심으라고 하지 않았던가? 인간개발연구원의 시대적 사명이 더 소중해지는 이유이다.

연구회의 강의와 토론 또는 여러 가지의 교육 사업들도 언론매체를 통하여 널리 전파되어 국민교육의 일익을 감당했다고 확신한다. 특별히 경험적 가치를 창조했던 연사들의 체험적 강의와 현장방문을 통하여 얻은 생생한 지식들은 실제로 경영활동에 많은 도움이 되었다.

인간개발연구원 연구회에 참석하기를 28년, 한 직장에서 CEO로서 28년, 우연의 일치일지는 모를지라도 "학이시습지불여열호學而時習之不亦說乎", 배움의 자리가 감사했다. 학습의 가치와 가르침도 얻고 정담을 나누며 기쁨과 위로를 함께 할 수 있었던 존경하는 많은 회원들께 감사한다. 창립 45년이 또 다른 45년을 넘어 100년 연구원의 미래가 찬란하게 펼쳐지기를 소망한다. 장만기 회장의 건강이 회복되고 모두가 축복하는 시간을 고대한다. 한영섭 원장의 새 시대에 새 역사 창조에 동역하는 모든 임직원들의 지혜와 열정과 노고에 늘 감사한다. 소중한 인연들이 덕德의 아름다움으로 채색되어 인간개발연구원이 '좋은 사람 좋은 세상Better People Better World'의 이상으로 인류사회에 공헌하고 발전하여 영광의 미래가 펼쳐지기를 기원한다.

| 한영섭 | 호: 덕연(德研)

| 이력 |

건국대 정치외교학과 졸업(1979)

시인

전경련 국제경영원 부원장(2019)

인간개발연구원 원장(2013)

| 저서 |

『세상의 문을 두드려라』(2018)

멋지게 나이 먹는 법을
터득하고 싶다

인간개발연구원 모임에 나오시는 참가자의 연령대가 높은 편이다. 창립자 장만기 회장의 나이가 83세이다. 그러니 연구원 회원으로 함께 활동하면서 인생 여정의 궤도를 같이한 분들의 연세가 대략 칠순을 지나 팔순을 넘은 분들이 많은 편이다.

이분들은 참 멋진 인생살이를 하고 계신다. 나이 들어서도 행복하게 지내려면 건강해야 하고, 체력에 맞는 일이 있어야 하며 지속적으로 배우고자 하는 노력이 필요하다고 한다. 거기에 어느 정도 안정적인 재정의 뒷받침이 필요하다고 하겠다. 연구원에 20년, 30년 이상 회원으로 나오시는 분들은 앞에 열거한 기본 조건들을 갖춘 분들이다. 그러니 참으로 인생살이를 잘 하신 분들이라고 할 수 있겠다.

젊은 시절 각자 본인의 기업을 일구고 이제는 2세나 전문 경영자에게 일을 넘긴 분들이 많으시고, 대기업에서 최고의 자리에 올라가서 후배들에게 자리를 넘겨주고 사회에 봉사하시는 분들도 있고 어떤 분들은 지금도 사업전선에서 적당껏 뛰시는 분도 있다.

이 분들은 각자 건강을 최우선적으로 챙기시면서 매주 연구원이나 다른 협회의 조찬회에 새벽부터 일찍 나와 매번 세상 돌아가는 이야기를 한다. 조찬회에 늦는 회원 분들을 위해 자리를 잡아주기도 한다. 조찬시간에 졸지도 않고 열심히 필기를 해가며 듣는다. 강의가 끝나면 후담장소에 와서 강사에게 많은 질문을 한다. 정부부처에서 장관급 연사라도 오면 정부의 실정이나 정책에 대해 중견, 중소기업의 애로도 직접 이야기한다. 또한 부탁을 드리기도 하는 적극적인 의견 피력자이다. 여론을 만드는 오피니언 리더들이다. 애국심이 강하고 국익을 논하는 현장의 자리에 나가 자기 의견을 내고 직접 행동하는 행동파라고 할 수 있겠다.

10여 년 전 인간개발연구원 해외 순방 프로그램에 참여하여 극동지역의 우스리스크 지역을 방문하다가 일제하에 독립운동을 하다가 순국한 최재형 우국지사의 이야기를 전해 듣고 최재형 장학재단도 직접 설립해서 최재형을 알리는 일을 주도적으로 하신 분들이 계신다. 최재형에 대한 도서도 출간하고, 뮤지컬, 영화도 만들면서 고려인 학생들을 지원하는 일까지 벌이는 애국자이시다.

● 인간개발연구원, 중심에 우뚝 서다

지금으로부터 20여 년 전인 시절에 연구원의 회원분들을 4개 그룹의 이종 그룹으로 나누어 월별 모임을 낮이나 저녁에 가지면서 그 분들의 해박한 지식과 지혜를 나누고, 에세이클럽이라는 수필모임도 만들어 글쓰기 공부도 하셨다. 에세이집과 전문 서적을 여러 권 출판하는 지식인의 표상을 보여주고 계신다.

연구원의 송년행사 때나 대학생을 양성하는 멘토대학 후원행사와 아프리카 케냐의 학생들을 돕는 심향재단 후원회와 최재형 장학회에도 기부금을 내시는 등 노블리스 오블리제를 실천하시는 모습에 머리가 절로 숙여진다. 연륜이 쌓이면 저분들의 10분의 1만큼이라도 닮아가고 싶다.

연륜이 쌓인 멋진 고참 회원님들이 세월을 멋지게 살아가는 모습에 우리도 저분들처럼 건강하고 풍요롭게 살아가야겠다고 다짐해 본다. 하지만 정작 다가올 미래를 떠올리면 쉽지 않을 듯하다. 그분들이 마냥 부럽기만 하다. 모든 사람은 세월 따라 나이를 먹게 된다. 모두가 언젠간 칠순, 팔순이라는 나이에 이르게 될 것이다.

100세 건강시대를 말하고 있는 시대다. 실제 수명이 과거에 비해 크게 늘어났으며 건강한 80대를 주위에서 많이 볼 수 있다. 누가 나이 먹고, 늙고 싶은 사람이 있겠냐마는 인간은 세월 따라 자연히 나이를 먹고 늙게 되는 것이다. 모든 사람이 그렇듯 마음은 청춘이라고 하지만 빠지는 기운은 어쩔 수 없는 것이다. 비록 힘은 청장년만큼은 못해도 건강과 체력에 맞는 일을 찾아 자기를 끊임없이 탁마하고 사회에 기여하는 이분들의 모습을 본다. 그러다보면 자연스레 존경심이 우러나올 수밖에 없는 것이다. 나이가 들어도 연구원의 조찬회와 골프, 문학탐방 및 기업방문활동에 나오시는 어른들처럼 멋지게 나이 들어가고 싶다.

연구원에서는 향후 젊은 경영자와 국내외 대학생, 지방대 대학생을 멘티로 삼아 연구원의 장관급 좌장, 수준 높은 학계인사, 기업체 CEO들에게 멘토를 부탁하여 멘토링을 해준다. 청년들이 사회에 나와 국가관, 사회관, 기업에 대한 이해를 높이도록 하려고 준비 중이다. 바로 이것을 기회로 삼아 연구원의 어른들이 또 한 번의 지혜를 줄 수 있다고 본다. 국가를 위해, 혹은 우리 사회를 위해 봉사한다면 더욱 멋진 어른이 되어갈 것이다.

나이 들어도 항상 책을 읽고 글을 쓰며 강연을 청취하고 토론하는 젊은 청춘의 마음을 갖고 있는 사회의 어른들, 존경과 경의를 표하지 않을 수 없다.

어른들은 젊은 시절 산업의 역군이다. 세계 방방곡곡을 돌아다니며 견문도 넓히고, 생각의 폭도 키운 어른들. 후세를 위해 마지막 불꽃을 피울 수 있도록 연구원에서 불씨를 지피게 하고 마중물을 넣어 드리면 우리 사회에 큰 기여를 하실 수 있다고 본다.

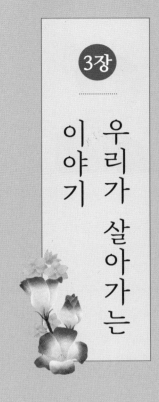

3장

우리가 살아가는 이야기

| 가재산 |

| 이력 |

피플스그룹 대표이사

삼성 일본본사 관리담당

삼성생명 인력개발팀장, 융자사업부(상무)

삼성자동차 교육팀장, 인사/관리팀장(이사)

A&D신용정보 대표이사/경영고문

책과 글쓰기대학 회장

한류경영 연구원원장

조인스HR 대표이사

| 저서 |

『한국형팀제』
『스마트워라벨』
『성공에너지 어닝파워』
『삼성이 강한 진짜 이유』

칡과
등나무

　작년 여름 내가 활동하는 한 모임에서 부부동반으로 충남 태안에 위치한 천리포 수목원에 단체로 관광버스를 타고 나들이를 겸한 여행을 갔다. 본래 태안에서 태어났지만 서울 사람들이 오랫동안 살면서도 남산에 올라가보지 못하는 것처럼 나도 처음 갔다. 본래 이 수목원은 주한 미군 출신이었던 민병갈 박사가 한국에 귀화하여 1962년부터 평생을 바쳐 20만 평의 땅에 아름다운 수목원을 만들어 가꾸어 놓은 곳으로 유명한 곳이다.

　이 수목원은 그동안 일반에게 공개되지 않았다. 2002년 민 원장이 81세로 별세한 후 천리포 수목원은 재단법인이 되었고, 정부가 공익목적의 수목원으로 지정하여 공개했다. 국제 수목학회로부터 세계에서 12번째, 아시아에서 최초로 세계에서 아름다운 수목원으로 인증받았다. 우리나라의 자생 식물은 물론 전 세계 60여 개국에서 들어온 도입종까지 1만 6천여 개의 식물종을 보유하고 있는 국내 최다 수목원이다. 특히 4계절 어느 때나 꽃을 볼 수 있고 인근 천리포해변의 아름다운 자연풍광에다 자생 및 세계 각국의 희귀·멸종식물의 육성, 자연과 인간이 공존하는 힐링형 수목원으로도 각광을 받고 있다.

입구에서부터 미리 예약한 숲 해설가의 인솔 하에 수목원을 둘러보기 시작했다. 가는 곳마다 우리나라 전 지역은 물론 세계 도처에서 들여온 희귀한 나무와 식물들이 아름다운 자태를 자랑하고 있었다. 중요한 것은 풀 한 포기 나무 한 그루마다 학술적 분류나 자세한 설명이 붙은 팻말과 함께 이곳으로 옮겨진 스토리, 나무나 꽃 이름이 지어진 사연들까지 곁들여 빼곡하게 적혀있었다. 팻말 하나하나를 읽을 때마다 민병갈 원장의 수목에 대한 사랑과 숨소리가 아직도 배여 있는 듯 했다.

우리 일행의 안내를 맡은 숲해설가는 타 지역에서 여 교사로 정년퇴직 후 고향에 봉사하기 위해 낙향한 이 지역 출신의 자원봉사자였다. 귀티가 나는 인상에 얼굴에서도 자상함이 묻어나왔다. 어느덧 베테랑이 되어 재치 있는 말솜씨와 유머 섞인 설명이 계속 되었다. 한 시간쯤 지났을까? 칡과 등나무로 엉켜있는 큰 해송 앞에 모이도록 한 후 안내자의 진지한 설명이 시작되었다.

"여러분! 갈등의 어원이 무언지 아시지요?"

갑자기 분위기에 맞지 않는 말에 다들 시선이 모아졌다.

"바로 저 나무들을 보고 하는 말입니다. 저 큰 소나무를 보세요! 좌측에서는 칡넝쿨이 치렁치렁 옆의 나무를 감고 있고, 우측에서는 등나무가 옆 나무를 팔목을 조이듯이 감고 있는 거 보이세요?"

처음에는 말의 의미를 잘 알아듣지 못했다. 자세히 보니 칡과 등나무가 가운데 해송 한 그루를 두고 용호상박의 한판 대결을 벌이듯이 서로 엉켜져 있었다. 반면 중간에 서있는 나무는 밑에서부터 나무 꼭대기까지 완전히 에워 쌓여 있었다. 자세히 보니 본래의 모습을 구분하기 어려울 정도였다. 제대로 크지 못한 채 나뭇가지들이 거의 말라비틀어진 상태였다. 그러나 칡과 등나무는 아랑곳 없이 싸움을 계속하며 왕성하게 자라고 있었다.

우리가 흔히 이야기하는 갈등葛藤이란 글자 그대로 칡 갈葛에, 등나무 등藤를 써서 '갈등'이었다. 갈등이라는 단어가 생긴 이유를 확실하게 알 수 있는 현장이었다. 덩굴식물은 다른 물체를 감아 올라간다. 줄기자체로 감는 식물과 오이나 포도처럼 덩굴손을 이용하는 식물도 있다. 덩굴식물은 감는 방향이 저마다 다르다. 시계 도는 방향으로 감는 것을 오른쪽감기, 그 반대현상을 왼쪽감기라 한다. 등나무, 인동덩굴, 박주가리 등은 오른쪽감기를 하고 칡이나 나팔꽃 등은 왼쪽감기를 한다. 반면에 더덕이나 환삼덩굴등과 같은 일부 식물은 타고 올라갈 수만 있으면 오른쪽 왼쪽 관계 없이 감아 올라가기를 하는 식물도 있다.

● 우리가 살아가는 이야기

오른쪽감기를 하는 칡은 자신이 감고 도는 나무를 햇빛 부족으로 죽게 하고, 등나무는 자신이 기어 올라간 나무를 목 졸라 죽인다고 한다. 좌등우갈左藤右葛이란 말처럼 이들이 감고 올라가는 방향이 서로 달라 한 곳에서 만나면 싸우게 된다. 이게 바로 '갈등'이란 말의 어원이다. 만일 이들 덩굴줄기를 풀어서 반대로 감아 놓아도 새로 자라나는 덩굴줄기의 끝은 원래의 제 방향을 찾아간다. 고집스럽다. 서로 정반대 감기를 하는 칡과 등나무가 만나면 싸울 수밖에 없다.

어느 곳을 막론하고 크고 작은 갈등이 없는 곳은 없다. 한국 사회에서 갈등은 노사갈등을 비롯해 지역갈등, 이념갈등이 있다. 양극화에서 나타나는 각종 갈등들이 다양한 형태로 표출되고 있다. 회사 내 조직에서는 세대 간 갈등이 있다. 가까운 가족, 친구, 특히 고부간에도 갈등이 존재한다. 더구나 최근에는 광화문이나 서초동 거리에서 도로를 사이에 두고 좌우 진영으로 나뉘어 자신들만의 목소리를 점점 크게 내고 있는 대립은 사회를 불안하게까지 하고 있다.

우리나라는 사회가 다원화되고 있는 가운데 결혼이민자를 포함한 외국인이 이미 2백 만 명이 넘게 국내에 거주하고 있다. 문화 충돌이 빈번해지고 있다. 다문화 가족에 대한 문제는 우리가 경험해보지 못한 새로운 갈등요소이다. 이러한 문제가 사회적 문제로 부각되고 있다. 삼성경제연구소가 개발한 사회갈등지수로 측정한 결과 우리나라의 갈등지수는 OECD 평균을 상회한다. OECD 회원국 중에서 다섯 번째로 높고 갈등으로 인한 사회적 비용만도 246조에 이른다고 한다.

그렇다고 갈등이 언제나 부정적인 것만은 아니다. 한때 세계를 지배했던 로마, 몽골제국의 칭기즈칸이나 겨우 7백만의 인구에 지면의 4분의 1이 바다보다 낮은 열악한 네덜란드의 예에서 알 수 있다. 세계를 호령하며 강대국으로 군림할 수 있었던 비결은 다름 아닌 '다양성의 수용과 관용'이었다. 역사학자들의 지적이다. 칭기즈칸은 양아버지의 배신으로 죽을 고비를 맞았다. 마지막까지 자신을 따른 부하 19명이 있었다. 19명의 부하 중 칭기즈칸의 친동생만이 같은 몽골씨족이었다. 다른 사람들은 인종도 종교도 달랐다. 칭기즈칸 군대는 자신들의 전통방식만 고집하지 않았다. 다른 민족의 기술과 전통도 적극적으로 수용하였다. 어떤 전쟁에서는 중국식 무기로 승리를 거두고, 어떤 전쟁에서는 아랍인 기술자들이 활약하였다.

사회갈등이 제대로 관리만 된다면 다양성을 흡수하여 역동적인 발전의 새로운 에너지로 승화될 수 있다. 더구나 한국인들은 극단을 수용하는 유전인자가 있다. 극단의 '넘나듦'에 의해서 극단적인 요소들을 밀어내지 않고 융복합해서 새로운 것을 창조하려는 역동성을 가지고 있다. 다른 나라에서 찾아보기 힘든 기질이다. 말하자면 한국인은 서로 대척점에 있는 것들을 끌어안아서 넘나들기도 한다.

집안에는 대청, 동네에는 마당, 도시에는 광장 같은 중간 지대를 설정해서 완화하고 해결방안을 모색하는 지혜를 발휘한다. 2002년 월드컵이나 태안의 기름 유출 사고에서 보여주었듯이 '우리'라는 공감의 마음만 생기면 하나로 똘똘 뭉치는 한 마음의 나라다.

그렇다면 갈등을 줄이고 해결할 수 있는 실마리는 무엇일까. 자신의 '마음의 문'을 여는 데서 시작했으면 좋겠다. 세상에는 대문, 창문, 자동차문 등 사람이 드나드는 문들이 있다. 이러한 문들은 남이 밖에서 열 수 있도록 손잡이나 문고리가 있다. 그러나 마음의 문은 손잡이나 고리가 없어 자신만이 열 수 있다. '틀림'이 아닌 '다름'을 인정하고 네 탓이 아니라 내 탓이 필요하다.

천리포수목원에서는 올해도 지역·계층 사이의 갈등을 풀어내는 마음의 치유와 힐링 프로그램이 운영된다고 한다. 이곳을 한해 20만 명이 넘는 관광객이 찾는다는데, 칡과 등나무의 싸움현장을 보면서 갈등이 이해되고 그 해결책을 얻는 희망의 소나무가 되었으면 좋겠다.

| 김희경 |

| 이력 |

시인

사회복지사

역사해설사

녹색환경지도사

책글쓰기대학 총무

| 수상 경력 |

국회보건복지위원장 표창

국회교육위원장 표창

이별에 담긴
어떤 웃음

　어른들은 한해 겨울을 무사히 넘기면 또 한 해 살아갈 수 있는 힘을 얻는다. 어렵던 시절에 그랬다. 그 한 해를 삶의 덤이라 한다. 이듬해 이월 삼월을 넘기지 못하고 돌아가신 분들은 운명이 거기까지라고.

　쌀쌀함이 살갗을 스친다. 묘한 기분이다. 차갑고 시리다. 겨울이어서만은 아니다. 세월의 빠름을 나이든 몸에서 오는 더딘 감각으로도 변화를 느낀다. 친구 아버님의 부고 소식에 한 걸음으로 달려간다. 이게 웬일일까. 어디선가 폴짝폴짝, 아이들의 천진난만한 움직임과 웃음소리. 상갓집의 분위기가 아니다. 화통하게 깔깔거리는 웃음도, 속 시원히 터지는 웃음도 아닌 숨어서 웃는 웃음소리. 웃음을 참으려 애쓰고 있는 웃음. 웃음은 터지기 일보 직전이다.

　돌아가신 분은 친구 아버지시다. 웃음의 당사자는 친구 어머니시다. 어머니는 가장 큰 슬픔을 가지실 분이지만 아니다. 초연과 깨달음의 경지에서 죽음을 받아들이는 여유라기보다는 그냥 속박으로부터 벗어난 자유로움에서 나오는 웃음. 그렇다.

허리가 한글의 자음 '기역(ㄱ)' 자를 닮았다. 한복을 곱게 차려 입으신 친구 끝순이 엄마. 지금 막 돌아가신 끝순이 아버지의 아내다. 허리가 많이 구부려져 사람들과 눈높이를 할수 없는 상황의 몸. 피노키오에 나오는 코처럼 허리는 구부러진 마술이었다. 힘을 주어 쭈욱 일어서는 순간 허리는 이내 장난감 조립 최후의 순간처럼 일어선다. 굽었던 허리가 쭈욱 늘어나는 모습으로 벌떡 일어선다. 정상적인 여인의 모습이다. 마음을 다잡고 일어설 때 비로소 예전의 직립한 여인의 모습으로 일어선다.

직립하고 나서 큭큭, 입을 막고 숨어 웃는다. 숨어 웃는 모습이 오히려 분위기를 따뜻하게 만든다. 스산하고 쓸쓸한 초상집 분위기가 오히려 망자의 아내가 만들어낸 웃음의 동심원에 동화되어 넉넉한 분위기로 변한다.

누구도 망자 아내의 웃음에 날을 세우는 사람이 없다. 오히려 함께 즐기고 있다. 이내 '기역(ㄱ)'자 허리는 다시 구부러져 걷기 시작한다. 걷는 모습이 귀엽다 못해 보는 내내 웃음을 참지 못하게 한다. 구부정한 허리를 하고 계신, 친구 어머니의 엉덩이가 춤을 춘다. 마치 솜사탕을 엄지 검지로 쭈욱 잡아당길 때의 바짝 올라간 느낌이랄까. 풍선을 수십 개 아니 수백 개 바람을 불어 넣은 풍선 묶음을 허리에 매어 놓은 모습 같다.

허리가 굽어 상체는 바닥을 향하고 머리를 든 모습. 엉덩이만 하늘로 올라간 묘한 모습. 친구 어머니의 엉덩이가 머리보다도 높아 보인다. 순간 어머니의 엉덩이가 하늘로 올라 춤을 추기 시작한다. 살랑살랑, 포릉포릉 거리며, 빠른 속도로 움직인다.

망자의 아내가 초상집에서 춤을 춘다. 장난기가 섞인 여인의 춤이다. 살아 온 인생이 보인다. 남편이라는 속박으로부터 탈출하는 해방구로서의 기쁨의 춤이다. 지난한 여자의 삶이 보인다. 남편은 구속이다. 조선의 여인이 그랬듯 망자 아내의 세월이 그랬다.

함께 오래 산 망자 부인의 슬픔보다는 가슴 안에서 무너지고 부서진 것들, 다시 말해 겨울을 건너온 생명으로서의 밝음이 우선이다. 삶을 구속하던 속박으로부터 벗어나는 순간을 보여주고 있다. 친구의 어머니는 장례식장의 조문객을 발 빠르게 맞이하고 있다. 마치 축제에 온 착각을 불러일으킬 만큼 들떠 계시다. 내가 서 있는 이곳이 결혼식장, 음악회는

아닐까 하는 분위기에 젖을 만큼 경쾌하고 밝다. 웃음이 절
로 나온다.

킥킥, 꺽꺽, 웃음을 참고 있으려니 더 미칠 것 같다. 괴
롭다.

"아버지 돌아가신 게 그렇게 좋아. 아무리 그래도 더는 내
색을 하지 말아야지."

친구가 자신의 어머니에게 한 마디 했다.

끝순이는 정말 화가 나 있었다. 야단치는 딸을 바라 본 엄마,
다시 말해 망자의 부인은 순간 싸한 분위기의 놀란 눈치다.
하지만 그것도 잠시다. 이내 웃음을 숨긴 얼굴로 딸의 말에
는 가소롭다는 듯 콧방귀를 뀌며, 여전히 엉덩이를 흔들고
다니신다.

허리가 구부러져 얼굴을 마주할 수 없는 몸. 이미 세월의
무게가 버거워 보인다. 친구 어머니는 다시 한 번 불쑥 꼿꼿
이 일어나더니 손바닥으로 딸의 등을 친다. 그리고 친구 어
머니가 '씨익' 웃는다. 네 맘 알지만 내 맘도 이해해야 된다고
넌지시 던지는 은유의 웃음이다. 장난기와 한 편의 해학이
느껴진다. 갑자기 변한 어머니의 얼굴이 잊혀지지 않는다.

나도 웃고 주위 사람들도 순간 웃음이 나왔다. 웃느라 못

본 친구 어머니 모습의 머리 모양은 라면보다 더 꼬불꼬불 초특급 할머니 파마, 쫄면보다 더 쫄깃할 것 같은 머리, 연탄보다 짙은 검정 빛깔의 염색한 듬성듬성한 머리카락은 배추밭에서 배추가 뽑혀 나간 것 같다. 비가 안 와 갈라진 메마른 흙의 모양과 같았다. 귀가 역력히 보이는 초특급 원조의 정돈되지 않은 들쭉날쭉 파마 모양. 정수리 부분의 뭉친 머리. 상투처럼 우뚝 솟아 있는 모습이 큰 핀을 꽂은 듯 했다. 눈썹은 갈매기가 줄지어 가는 삼자 모양이다. 색깔은 문신을 해서 파랗다. 요즘은 갈색인데 어머니의 문신은 칠공팔공 드라마 〈응답하라, 1988〉 느낌이 물씬 났다. 눈은 작았지만 유난히 빛난다. 밤하늘의 빛나는 북두칠성처럼. 모든 내게 다가오는 것들은 다 퍼 올릴 눈빛이다. 정겹고 귀엽다. 코는 얼마나 힘을 주고 있는지 꽃망울이 탁 터질 기세다.

입술에선 미소가 끊이질 않는다. 입술이 자칫 경기를 일으켜 마비가 올 듯 불안하지만 입술의 움직임이 발랄하다. 굽은 허리를 펴고 구부리고를 반복하고 계신 어머니는 마라톤도 곧 하실 듯하다. 생기가 넘친다. 웃음만이 장례식장에서 작은 메아리로 울려 퍼진다.

한 사람에 평생 의지해 온 남편을 다시 못 올 세상으로 떠나보내는 시간. 이별과 슬픔의 시간이 밝고 유쾌하다. 봄부터 여름까지 푸르던 잎들이 이별의 순간 빨강 노랑 분홍 갈색으로 밝게 색을 갈아입는다. 자연의 이별현장은 단풍으로 축제다. 오늘 상갓집의 풍경이 그렇다.

"저 놈의 인간 잘 갔어. 안 갈 것처럼 나를 괴롭히더니 저세상 가서는 잔소리 마시고, 잘 드시고 적응 잘 하시요. 여기 남은 우리 애들 잘 되라고, 빌어주시게나."

밝았던 표정을 거두고 기어이 한 줄기 눈물 훔치는 친구 어머니는 시원섭섭하신가 보다. 바람도 비를 맞는다. 사람도 한줌의 흙이 되어 떠나간다. 인연이 되어 만났던 사랑도 떠나고, 떠나는 뒷모습이 안타깝다. 세월을 이기고 산 친구 어머니. 좋지도 싫지도 않은 어머니의 미소와 눈물은 그렇게 세월처럼 흘러가나 보다.

한때 간직했던 남녀 간의 사랑과 한 남자의 아내로서 남편에게 받은 속박. 이제는 둘 다 내려놓는 순간이다. 가슴 뛰는 남녀로 만나 애증을 함께하고, 지루할 만큼 오래 함께 살아 속살을 만져도 타오르지 않는 관계로 살았다. 상갓집은 사랑과 속박의 정리현장이다. 이별의 슬픔보다도 자유로운 해방의 현장이다. 친구 어머니의 웃음이 하늘같다.

| 박민용 |

| 이력 |

(사)나봄 문화 이사장(2014~현재)

협성대학교총장(2015.6~2019.5)

한국과학재단 한일교류위원회 위원장

국제 생명정보과학학회(ISLIS) 이사, 부회장

한국정신과학학회 이사, 부회장, 회장

대한전자공학회 이사, 부회장

일본 통산성기계기술연구소객원교수

일본 동경대학 전자공학박사(78.4~82.3)

연세대 전기전자공학부 학부장, 교수

새로운
문명을 향하여

최근 천문학자들의 관측에 의하면 우주에는 수천억 개의 은하군단이 있다. 각 은하군단에는 또다시 수천억 개의 태양계와 같은 별들이 존재한다고 한다. 1926년에 와서야 명확해진 우리은하Galaxy 중간에 속한 태양은 46억 년 동안 지구에 빛을 비춰주고 있다. 200만 년 이상으로 보는 우리 인류의 기원은 4만 5천 년 전 경에 현 인류homo sapiens sapiens가 나타나면서 제대로 된 도구사용이 보이기 시작했으며, 결국 기원전 3,200년경에 와서야 쐐기문자를 가진 스메르인들의 출현을 문명의 본격적인 시작으로 보고 있다.

프랑스 학자의 최근 조사에 의하면, 현 인류 탄생 이래 지난 2010년까지 축적된 정보량보다도 지난 9년간의 정보량이 많다고 한다. 10배를 능가하는 엄청난 양을 보여주고 있다는 데이터를 제시하고 있다. 이는 익히 알려져 있는 과학기술사의 발달 지표를 보더라도 알 수 있는 사실이다. 최근 지구촌 곳곳에서 일어나고 있는 지식의 폭발이나 정보화 가속도는 가히 그 천정을 모르는 듯 치솟고 있다.

　100여 년 전부터 본격적으로 일어나기 시작한 과학기술의 발전은 처음에는 인류에게 편리함을 주기 위한 기술발전으로 생각되었다. 자본주의가 같이 편승하면서 이제는 달라졌다. 모든 문명 발전의 기준을 심하게 보면 경제 논리를 중심으로 치우쳐 경쟁사회로 바뀌고 있는 것이 현실이기도 하다. 기존의 ㄱ회사를 ㄴ회사가 따라가려고 새 제품을 내 놓으면 ㄱ회사는 때로는 돌아서서 확인사살을 하기도 한다. 그러다가 다시 뛰어가는 무한 경쟁이 지금도 대부분의 곳에서 일어나고 있다.

　그러나 서양을 중심으로 한 이러한 기술경쟁이나 지나친 국수주의 등에 반기를 든 일부 서구 젊은이들의 사고는, 미국에서 전쟁을 반대하는 히피 등을 만들어 냈다. 또한 유럽, 일본 등에서 68 데모를 이끌기도 하였다. 그리고 이러한 인간다운 삶을 주장하는 소수의 움직임은 현재 전개되고 있는 고도의 정보화 사회에 대해서도 그 지나친 경쟁이나 비인간적인 발전에 대해서도 경종을 울리고 있다. 한편 동양은 그 시작부터가 논리 분석적인 서구 철학이나 과학기술과는 달리, 우주와 그에 합일하는 인간성을 끊임없이 추구하는, 때로는 지극히 종교성이 있는 사고를 오랜 동안 추구하여 왔다. 실제의 삶 속에서 그 지혜를 터득하여 왔다고 볼 수 있다. 그러나 근 세기부터는 서양과학기술의 발전을 받아들이지 않을 수 없었으며, 지금에 와서 때로는 동양의 근본정신을 잃어버릴 정도로 자본주의적인 사고에 지나치게 빠져버리기도 하였다.

21세기는 '4D시대'라는 이야기도 한다. 아날로그 대신 디지털Digital, 줄기세포 등 유전공학DNA, 디자인Design, 영성Divinity을 일컫는 말이다. 앞의 두 단어가 지극히 서양적인 것이라고 본다면, 뒤의 두 단어는 그 근원을 동양적인 사고방식에 두고 있다고 볼 수 있다. 우주나 자연을 관조하고 경외하는 마음은 동양에서 비롯되었기 때문이다.

최근에는 작금의 고도 경쟁기술사회에 따른 인간성 상실이나 자연파괴로 인해 문제가 심각해지고 있다. 이러한 문제의 해법을 찾기 위하여 서구선진국의 지식인들이 동양에 많은 관심을 기울이고 있다. 일찍이 하이젠버그, 화이트헤드, 헷세 등 여러 서양지식인들이 과학기술의 근본문제나 문학적 한계를 인도나 불교사상에서 찾으려 했듯이 최근에는 서양사상이나 종교의 경계를 해결하려고 티베트나 중국으로 눈을 돌리기도하며 한국의 과거 철학종교사상에 관심을 보이기도 한다.

한국(조선)은 음양을 조화시킨 태극을 국기로 하는 (원래는 삼태극 사상의) 나라로, 대륙을 호령하기도 하였으며, 이후 엄청난 외세에도 끈질기게 살아남았다. 반세기 넘어 전에는 2차 대전 규모의 분단전쟁을 겪었으며, 4반세기 전에는 세계에 유래가 없는 고도성장을 하고, 최근에는 엄청난 IMF 금융위기와 미국발 세계적 금융위기를 잘 넘기고 있는, 어떻게 보면 자본주의 일등국가의 하나로서 어느 틈엔가 명실상부하는 10대 교역국이 되어버렸다.

한편 유대인들은 오랫동안 수많은 고통 속에서도 유일신 사상과 선민사상을 가지고 꾸준히 살아남았다. 이제는 세계의 정치, 과학(노벨상의 23%), 경제(주요금융의 65%), 예술 등에 엄청난 역할을 하며 세계의 보이지 않는 큰 손 역할을 하고 있다.

그렇지만 유대민족과 비슷한 민족성을 가진 조선민족인 한국의 미래모습은 어떠한가. 결코 현재의 유대인 사회와 같을 수 없다고 본다. 그 근본적인 구조의 차이는 홍익이념에 있다고 본다. 유대인들에게는 신으로부터 유일하게 선택되었다는 사상이 있는 반면에 우리에게는 널리 세상을 이롭게 하라는 우리조상의 사상이 우리 내면에 면면히 흐르기 때문이다. 그러기에 선민사상의 유대인들이 세계봉사에 얼마나 기여하고 있는지는 몰라도, 우리는 지난주 2시간 동안 불우이웃 모금방송에 36억여 원이 걷히는 점만 보더라도 우리나라가 세계에 기여할 수 있는 잠재력을 충분히 가지고 있다고 본다.

토인비나 폴 케네디는 차세대 인류를 이끌고 갈 나라 중의 하나로서 동양에 있는 작은 나라를 꼽는다. 고통을 이겨낸 작은 나라, 바로 대한민국이다. 타골은 동경에서 일제의 훼방으로 조선반도에 발을 디디지도 못한 채, 당시 식민지로 전락하여 희망이 전혀 없어 보이는 조선을 향하여 너희는 동방의 등불이 되리라고 예언하였다.

현재 한국이 지구촌에서 얼마나 크게 성장하였는지, 세계를 향하여 얼마나 중요한 역할을 할 수 있는지를 느끼지 못하는 한국 사람이 아주 많다. 그러나 이제 한국은 지구촌 전체에 대하여 감당할 의무를 다하고 있다. 이제는 책임을 질 줄도 알아야 하는 위치에 서게 되었다. 우리 인간개발연구원은 이러한 21세기 새로운 문명 전환의 시점을 맞이하여 지구촌 전체의 문제와 그 해결을 우리들이 어떻게 찾아가야 하는가를 알아보려는, 사회 전반에 걸친 내용들을 제시하여 많은 분들과 소통하고 공유하려는 만남의 장을 마련하여 40여 년을 지내왔다.

우리 사회는 아직도 보수와 진보문제, 사회적 빈부격차문제, 노령화문제, 환경문제 등 많은 난제들을 가지고 있다. 이러한 난제들과 다양성을 어떻게 하면 유기적으로 끌어안고 아우를 수 있을까. 어떻게 하면 큰 그릇으로 담아낼 것인가 고민해 왔다. 객관적인 사실과 명확한 지식을 바탕으로 판단하여 선순환적인 자세를 가지고 지금의 이 사회에 새로운 방향을 제시하려 노력해 왔다.

우리 은하만의 수천억 별 중에는 우리와 비슷한 환경의 지성체가 있을 수 있다는 가설이 있다. 지구라는 별의 존재는 대단히 기적적이며 그 황홀한 모습은 가히 장엄하기까지

하다. 마치 새 문명을 창조하는 듯 급변하는 요즘, 이러한 아름다운 지구를 잘 보전하여야 한다. 현재의 경쟁사회의 지구촌에 신선한 경종을 울리며 새로운 문명의 방향을 제시해야 한다. 우리의 홍익이념을 널리 실현하려는 우리들의 자세는 숭고한 정신이다. 이러한 정신이 사회에 이바지될 수 있을 것이다. 참신한 모습으로 기리 보전되리라 믿는다.

| 박애란 |

| 이력 |

충남 태안 출생

경기도 안일여고, 평택여고 등에서 33년간 교사
로 근무 후 퇴직

계간지 '문학의 강'에서 수필가로 등단

현재 한국시니어블로거협회

시니어타임스 기자로 활동 중

| 저서 |

저서 『사랑 하나 그리움 둘』

내 꿈은 선생님,
제자의 꿈은 교수님

"삶에 있어서 가장 훌륭한 자산은 사람이다. 사람과 사람 사이의 '관계 맺기'이다. 내 삶에서 Y와의 만남은 가장 소중한 인연이다."

Y가 평택여고로 남편, 아이들과 함께 찾아온 것은 10여 년 전 일이었다. 교무실에서 만났던 우리는 누가 먼저라고 할 것도 없이 서로 부둥켜안고 한바탕 울었다. 울 수밖에 없었다. 가난한 야학생으로서 우여곡절 끝에 고등학교 교사가 됐던 나나 여러 가지로 어려운 여건 속에서도 꿈을 키우며 열심히 살아온 Y나 만감이 교차했기 때문이었다.

Y는 1985년도 1학년 담임반 학생이었다. 얼굴이 예쁘고 공부를 잘하던 모범생 Y는 나무랄 데 없이 훌륭한 학생이었다. 그해 겨울 크리스마스에는 Y의 어머님이 고운 살구색의 털실로 내 목도리와 장갑을 떠서 선물해 주셨다. 포근포근한 털실감촉에서 어머님의 마음이 느껴졌다.

"선생님 우리 Y 좀 잘 부탁드립니다."

잘생긴 아버님을 닮아서 Y가 그렇게 예쁜 듯했다. 그해 10월

서점에 찾아오신 아버님은 눈물을 흘리시며 Y를 내게 부탁하셨다. 저녁 시간에 집안 환경이 어려운 듯한 Y를 남편이 운영하는 서점에 아르바이트로 근무하게 한 후 생긴 일이었다. 30대 중반의 내게 나이 50이 넘어 보이는 아버님이 눈물까지 흘리며 부탁하는 모습을 보고 마음이 찡했다. '그깟 담임이 뭐라고 이렇게까지 하시나.'라는 생각이 들었다.

"아버님, Y는 워낙 똑똑하고 성실해서 걱정하지 않으셔도 돼요. 다 잘 될 거예요."

Y가 평택여고를 졸업한 후 회사에 취직해서 몇 개월이 흐른 시점이었다.

어느 날 Y어머님이 전화를 걸어와 하소연을 하셨다. Y문제로 맘고생이 돼 간절히 기도를 하시는 중에 내가 떠올랐다고 하셨다.

"선생님 우리 Y가 서울로 회사를 다니는데 길바닥에 깔고 나면 남는 게 없어요."

평택여고는 3학년 때 성적순으로 취업을 내보냈는데 운 나쁘게도 마침 Y 차례에 서울에 있는 작은 회사와 연결이 된 것이었다.

"어머니, 염려 마세요. 제가 좋은 데로 옮겨 주겠어요. 그러지 않아도 모범생이며 성적도 우수한 Y가 왜 그런 회사에 갔는지 저도 속상했어요. 적당한 시기에 좋은 곳으로 옮겨줘야 되겠다고 생각하고 있던 참이었어요."

그날부터 Y가 갈만한 괜찮은 회사를 적극적으로 물색해보았다. 그중에 평택의 대한보증보험회사가 괜찮을 것 같아서 Y에게 옮기자고 했다. "학교에서 보낸 데는 마음대로 그만두면 안 된다."라고 하며 고집부리는 Y에게 "괜찮아, Y야. 내가 다 책임질 테니 걱정하지 말고 옮기자."라고 하며 몇 번이고 간곡히 설득하여 옮기도록 했다.

컴퓨터 박사인 능력 있는 Y는 회사 컴퓨터 업무를 장악했는데 본봉만 해도 먼저 회사보다 여섯 배나 많았다고 했다. Y는 몇 년간 알뜰살뜰 모아서 어렵게 사시는 부모님께 15평 주공아파트를 사 드린 후 다시 봉급을 모아서 캐나다로 유학을 떠났다. 내 꿈은 어려서부터 선생님이었으나 Y는 교수였다. Y는 교수가 되려는 꿈을 안고서 미국으로 가고자 했다. 허나 미국은 26세라는 나이 제한이 있었다. 차선책으로 선택한 나라가 캐나다였다.

그곳에서 숙소와 학교 그리고 교회. 이 세 군데만 한눈 팔지 않고 열심히 다니고 있는 Y에게 마음이 꽂힌 한 남성이 있었다. 그는 바로 지금의 남편으로 캐나다 사람이었고 같은 교회 교인이었다. 공부가 목적인 Y는 처음엔 들은 척도 하지 않았다. 그는 다른 교인에게 Y의 전화번호를 알아내어 10개월을 집요하게 구애했다. 26살의 완숙한 여인과 20살의 어린 청년. 사랑은 경계를 허무는 힘이 있었다.

Y는 결국 그의 진실한 사람됨과 정성에 설득 당해 결혼을

하게 됐다. 스물여섯 살인 그녀와 결혼할 때, 스무 살 대학생이었던 남편은 그 후 MBA 과정을 마치고 외무고시까지 합격하여 캐나다 대사관 영사가 됐다.

"Y야, 스무 살짜리 대학생에게서 뭘 보고 결혼했니?"

궁금해서 묻는 내게 Y는 수줍게 미소 지으며 대답했다.

"눈빛이 초롱초롱했어요."

눈빛만으로도 한 번에 갈 수 있는 것이 사랑이었다.

Y네 집에 제라늄꽃 화분을 사 들고 방문한 내게 부모님은 말씀하셨다.

"선생님은 우리 가족 평생의 은인이에요."

몸이 불편하신 어머님은 손수 수백 개의 종이를 접어서 만든 백조 한 쌍을 내게 주셨다. 수컷은 흰색이고 수컷보다 크기가 작은 암컷은 주황색이었다. 불편하신 몸으로 얼마나 오랜 시간 공을 들이셨을까? 싶었다. 어머님의 지극한 정성으로 태어난 소중한 선물이었다. 선물엔 그 사람의 마음과 사랑이 담겨있다. 백조는 10여년이 지난 지금도 우리집 피아노 위에 놓여있다. 아름다운 추억과 함께 머물고 있다.

결혼 후 Y는 남편의 임지를 따라서 세계 일주를 하며 살고 있다. 대만, 대한민국, 브라질, 에콰도르, 이스라엘, 이집트 등. Y의 초청으로 그녀의 가족이 거주하고 있는 홍은동 힐튼 레지던스를 방문했을 때였다. 그녀의 남편이 외출 중이었다. 그들의 둘째 딸 친구가 집에서 생일파티를 하는데 차로 둘째

딸을 그곳에 데려다 주느라고 나간 것이라고 했다. 파티가 끝나면 다시 데려와야 하기에 파티가 끝나기를 기다리는 중이라고. 여학교의 교사는 친정엄마의 심정이다. 제자의 남편이 제자한테 잘하면 그렇게 예뻐 보일 수가 없다. '남편이 참으로 자상하면서도 가정적인 가장이구나' 라는 생각이 들어서 미덥고 고마웠다.

튼튼하면서도 고풍스런 원목가구에 관심을 가지는 내게 Y는 얘기해줬다. '캐나다에서 배로 운반해온 캐나다산 가구'라고. 대사관 직원들은 캐나다가 국가 차원에서 특별관리를 해준다고 했다.

흰 티에 청바지를 입고 유모차를 끌고 있는 그녀에게 호텔 직원들은 깍듯이 인사를 했다. 수수한 옷차림에 관계없이 그녀는 캐나다 영사 부인이었다. 힐튼 레지던스는 호텔에서 거주자의 집안청소와 정수기 소독을 정기적으로 해주고, 거주자는 호텔의 부대 시설들, 수영장과 헬스장 등을 무료로 이용할 수 있다고 했다.

참 고르지도 못하다. 어떤 여학생들은 공부에는 관심 없고 수업시간만 끝나면 화장을 고치느라 거울을 들여다보고 분첩을 토닥거리는 등 외모에 엄청 신경을 쓴다. 학창시절부터 오로지 공부에만 몰두하던 Y는 영사 부인이 돼서도 화장도 나 몰라라, 옷차림도 신경 쓸 줄 모른다. 외교관 부인이면 반은 외교관이다. 파티와 손님맞이가 일상일 텐데 외모에 도통 신경을 쓰지 않는 것이 참으로 안타까워 그녀의 어머니나 내가 잔소리를 해도 Y는 자기 소신대로 살았다. 여자와 집은 가꾸기 나름이다. 고등학교 때 우유빛깔 피부였던 Y의 얼굴은 이젠 주근깨가 많아져서 나를 속상하게 하고 있다.

몇 년 후 다시 나를 만나고자 평택여고에 온 Y네 가족은 그새 2명이 더 늘어서 아이들이 다섯 명이나 되었다. 캐나다는 국민이 일단 아이를 낳으면 국가에서 고등학교까지 보육비, 양육비, 교육비를 무상으로 지원해준단다. 덕분에 가장이 학생신분으로도 아이를 낳아서 키우는데 어려움이 없었다고 했다. 엄마 아빠를 닮아서 한 인물 하며 똑똑하게 성장한 아이들은 국제 캠프에서 글로벌 인재로 활동하고 있다. 참으로 좋은 세상이다. 지금은 유비쿼터스 시대로 언제 어디서나 SNS로 연결되는 세상이다. 페이스북 친구로 그녀의 가족이 어디에서 무슨 일을 하고 있는지 훤하게 꿰고 있다. 어느새 성인이 된 첫째 딸 H의 결혼식 청첩장이 보름 전 우리집에 도착했다. 두 번째 나를 만나고자 학교에 온 Y에게 물었다.

"아직도 교수의 꿈을 가지고 있니?"

묻는 내게 Y는 그렇다고 했다.

평택여고 후배들은 우월한 유전인자를 받고 태어난 그녀의 예쁜 아이들에게 열광했고 그녀를 경외의 눈빛으로 쳐다보았다. 평택여고에서 그녀는 전설이 되어있었다. 그녀는 동경의 대상, 성공의 아이콘으로 후배들의 롤 모델이 되어 있

● 우리가 살아가는 이야기

었다.

　인생은 속도가 아니라 방향이다. 나나 Y나 방향을 확실히 정해놓고 매진하다 보니 좋은 결과로 이어지지 않았나 생각한다. 꿈을 가지고 있는 한 길을 잃을 수가 없다. 꿈의 방향으로 향하면 되기 때문이다. 꿈은 어둠을 밝히는 등대다.

| 박호군 |

| 이력 |

(현)서울벤처대학원대학교 총장

(전)한국과학기술연구원 원장

(전)과학기술부 장관

(전)인천대학교 총장

(전)서울미디어대학원대학교 총장

(전)국제로타리3650지구 총재

서울대학교 화학 학사

| 수상내역 |

2001 국민훈장 목련장

2000 인천시 과학기술상 대상

박호군

나의 가치는 내가 만들고,
칭찬은 기적을 만든다

우리는 하루하루 많은 말을 하고 살고 있습니다. 무심코 하는 말이 주변의 다른 사람에게 어떤 때는 긍정적인 효과를 나타내기도 하고, 때에 따라서는 부정적인 효과를 나타내기도 합니다. 오래전에 에모토 마사루라는 일본 작가가 물을 얼려서 결정사진을 찍어 보여 준 『물은 답을 알고 있다』라는 책이 우리에게 큰 반향을 일으켰던 적이 있습니다.

물에게 '사랑, 감사'라는 글을 보여줄 때는 더없이 아름다운 육각형 결정이 나타났고, '악마'라는 글을 보여준 물은 결정의 가운데 시커먼 부분이 주변을 공격하는 듯한 형상을 보였습니다. 또 '고맙습니다.'라고 말하면 물은 정돈된 깨끗한 결정을 보여주었지만, '망할 놈', '바보', '짜증나네, 죽여 버릴 거야.' 등과 같이 부정적인 말을 하면 물의 결정은 마치 어린 아이가 폭력을 당하는 듯한 형상을 드러냈습니다. '그렇게 해 주세요.'라는 존댓말에는 예쁜 형태의 육각형 결정을 이루었지만, '하지 못해!'라는 명령조의 강한 말에는 '악마'라고 했을 때와 비슷한 형상을 보였습니다.

음악에도 비슷한 반응을 보여 줬습니다. 쇼팽의 '빗방울'을 들려주니까 정말 빗방울처럼 생긴 결정이 나타났고, '이별의 곡'을 들려주면 결정들이 잘게 쪼개지며 서로가 이별하는 형태를 보였습니다. 우리 노래 '아리랑'을 들려주었을 때는 가슴이 저미는 듯한 형상을 보였지요. 어떤 글을 보여주거나 어떤 말을 들려주는 경우와 어떤 형태의 음악을 들려주었을 때 물은 그 글이나 말, 음악에 담긴 사람의 감성과 정서에 상응하는 형태를 나타냈습니다. 저자는 8년이라는 긴 연구 끝에 물도 사람과 같이 의식을 지니고 있으며, 섬세한 감성과 느낌 등 '모든 것을 알고 있다'는 결론을 내렸습니다.

물의 예에서 보듯이 우리가 하는 말, 우리가 쓴 글, 무심코 부르는 음악이 사람뿐만 아니라 무생물에게도 영향을 미칠 수 있다고 합니다. 우리가 별 것 아니라고 생각한 말과 농담이라고 생각하고 던진 말 한 마디가 상대방에게 엄청난 영향을 주고 있다는 사실을 잊지 말아야 할 것입니다.

〈절뚝이 부인〉
결혼한 지 얼마 안 되는 남편이 아내의 생일에 케이크를 사 들고 퇴근하다가 교통사고를 당했습니다. 다행히 목숨은 건졌지만, 남편은 한쪽 발을 쓸 수가 없는 장애를 지니고 살수 밖에 없었습니다. 신혼의 아내는 남편이 점점 싫어졌어요. 남편이 싫어진 아내는 남편을 '절뚝이'라고 부르기 시작했습니다. 어느 날부터인가 마을 사람들은 그녀를 '절뚝이 부인' 이라고 불렀습니다. 아내는 처음에 불쾌하게 여겼습니다. 그러던 어느 날 문득 자신의 잘못을 깨닫고 뉘우치게 되지요. 결국 그녀는 모든 것을 정리하고 다른 마을로 이사를 갔습니다.

그 아내는 이사 가면서부터 남편을 '박사님'이라 부르기 시작했습니다. 그러자 마을 사람 모두가 그녀를 '박사부인', '박사사모님' 이라고 불렀다고 합니다. 우리말에 '콩 심은 데 콩 나고, 팥 심은 데 팥 난다.'는 말과 '뿌린 대로 거둔다.'는 말이 있습니다. 우리가 상대방에게 상처를 주면 나에게 상처가 되어 돌아오고, 희망을 주면 희망으로 돌아온다고 합니다. 그리고 '가는 말이 고와야 오는 말이 곱다.'는 말도 있습니다. 남에게 대접받고 싶으면, 상대방을 먼저 대접할 줄 알아야 할 것입니다.

〈기본으로 돌아가자〉

"산에서 길을 잃으면 골짜기를 헤매지 말고, 높은 곳으로 올라가라."라는 말이 있습니다. '높은 곳에 올라가면, 길이 보인다.' 무슨 뜻일까요? 당황하여 갈피를 못 잡고 우왕좌왕 헤매지 말고 '기본으로 돌아가라.'라는 말입니다. 방향을 잃었을 때 북극성을 보듯이, 기본으로 돌아가면 길이 보인다는 것이지요. 몇 년 전에 김수환 추기경께서 돌아가시기 전에 하셨던 말씀이 있습니다. 우리나라는 민주주의와 시장경제 제도를 통해 경제적 발전을 이뤘지만, 시민의식이 부족하다고 하셨습니다.

첫째, 우리 국민은 부지런하지만, 정직하지 못하고, 둘째, '남 탓'만 하며 배려할 줄을 모르고 셋째, 법이나 약속을 잘 지키지 않고, 넷째, 작은 일에 감사할 줄 모른다는 것입니다.

추기경께서 지적하신 네 가지 사항은 정직과 배려하는 마음, 준법정신과 감사하는 마음으로 당연히 누구나 갖추어야 하는 정신입니다. 배려하는 마음과 감사하고 칭찬하는 마음을 가지라는 교훈은 남겨주신 것이지요. 우리는 잘못된 것을 지적하고, 비판하는 데는 익숙해 있지만, 의외로 칭찬하고 본인의 자존감을 갖는 데는 인색해 있는 것은 아닌가 생각됩니다.

모든 것의 기본은 사람입니다. 특히 우리나라와 같이 부존자원이 부족한 나라에서는 사람이 제일 중요합니다. 우리 국민은 가장 빠른 시간에 경제 산업화와 민주화를 동시에 이룬 국민입니다. 선진 국민으로 다시 한 번 도약하기 위해서 자

신의 가치는 스스로 만들어 나가고, 칭찬을 통해서 기적을
만들어 내었으면 하는 소망을 갖게 됩니다.

| 손창배 |

| 이력 |

1960년 경북 경주 출생

경북대학교 영문과 졸업

(전)NH농협은행 PE단장,

(전)NH투자증권 PE본부장

(전)동양매직 사외이사

(전)현대자산운용 사외이사

키스톤 프라이빗에쿼티 대표/파트너

구맹주산과
본질가치

손창배

　가끔 방문하는 식당이 하나 있다. 가격도 크게 부담이 되지 않으면 음식 재료도 괜찮은 편이다. 같이 가는 고객 분들도 음식의 질에 대해서 만족해하는 편이다. 잘 알려져 있는 건물의 지하에 위치한 탓에 고객 분들에게 번거롭게 위치안내할 필요도 없다. 무엇보다 붐비지 않아 좋다. 당일 예약도 가능하기에 내게는 참으로 편리한 식당이다.

　하루는 먼저 도착해 계신 고객 분께서 '이 집은 단골손님들이 주로 오나 보지요.'라고 웃으면서 묻기에, 무슨 의미냐고 되물었다. 고객의 말인즉슨 이랬다. 식당 입구에서 안내하는 종업원이 손님을 예약 방으로 안내해주지 않고, '안으로 들어가시면 됩니다.'라고 말했다고 한다. 자세한 설명을 해주지 않아 예약 방을 찾지 못해 다시 가서 그 종업원에게 예약자와 방을 다시 확인해 물었더니, '모르면 물어 봐야지 왜 그냥 들어가느냐.'고 오히려 핀잔을 주었다고 한다. 머쓱해서 예약 방을 찾아 왔노라고 했다. 말씀은 점잖게 하지만 다소 불편하신 눈치였다.

중국 전국시대 때의 사상가 한비자韓非子의 이야기 중에 구
맹주산拘猛酒酸이라는 말이 있다. 송宋나라(5호 10국을 통일한 10세기
의 송나라가 아닌, 기원전 11세기부터 존재했던 고대국가 송나라)사람 중에 술
을 잘 만들고 공정하고 공손한 사람이 있었다. 술 만드는 솜
씨와 인간성을 잘 알고 있는 친구들의 권유로 술도가를 차리
기로 했다. 목이 좋은 곳에 술도가를 차리고 깃발도 잘 만들
어 높이 올리고 맛있는 술을 만들었지만 어쩐지 손님이 없
었다. 재고가 쌓이게 되고 결국 술은 시어져 버렸다. 매출 감
소에다가 쉬어진 술로 인해 재고자산 처분손이 커지니 당기
순이익은 당연히 적자일 수밖에 없었다. 주인은 컨설팅을 받
기로 하고 마을의 현인인 양천楊倩이라는 사람을 찾아가 사정
을 설명하고 연유를 물었다. 컨설턴트 양천과의 매니지먼트
질문과 대답이 이어졌다.

"술을 잘 만드는가?"

"제가 술도가를 낸 이유가 친구들이 모두 제 술맛이 좋다
하였으니 기술 경쟁력은 있습니다."

"홍보 전략은 어떤가?"

"목이 좋은 곳에 도가를 차렸고, 도가 입구에 멋진 디자인
을 한 깃발도 올렸으니 마을에서는 누구나 제 도가를 잘 압
니다."

"그런데 손님이 없다 말이지?"

"네, 그래서 컨설팅이 필요합니다."

● 우리가 살아가는 이야기

질문과 대답을 마친 컨설턴트 양천이 말했다.

"혹시 자네, 도가 마당에 개가 있는가?"

"네 아주 씩씩한 개가 한 마리 있지요. 그걸 어찌 아십니까?"

"내 SWOT분석에 의하면 자네의 W는 바로 그 개가 문제일세. 술맛이 좋고, 홍보도 잘했으나 손님이 없는 것은 사람들이 자네 앞마당에 있는 사나운 개가 무서워 자네 집에 들어갈 수가 없는 탓이네. 개가 사나운 탓에 술이 팔리지 않으니 술이 시어질 수밖에 없는 것이네."

한비자가 '외저설우外儲說右'에서 했던 이 이야기는 국가의 경영에 있어서 간신배가 있으면 어질고 선량한 선비나 신하가 모이지 않아 나라가 쇠약해지니 군주는 이를 경계하라는 비유의 의미였다. '외저설우상' 이야기는 국가경영을 위한 군주의 인재 등용에 대한 비유이기는 하지만, 기업 경영에 있어서는 직접적인 행동지침이 될 수가 있다. 흔히 선대에 이룬 창업의 어려움을 모르는 2세 경영인이 선대 창업자의 무형적 업적에 대한 이해가 부족하여 창업에 공이 있었던 원로 임직원들에 대한 무시나 전권 행사로 물의를 일으켜 회사의 발전을 저해하는 사례로 비유되거나, 기업의 본질 가치인 기술 경쟁력은 훌륭하나 홍보나 마케팅 등 경영관리라는 부수적인 가치와의 조화가 부족하여 기업이 어려움을 겪는 사례에 인용되기도 한다.

식당의 경쟁력은 무엇보다도 본질 가치인 음식 맛일 것이다. 물론 지금은 전략적 홍보와 치밀한 경영관리 등이 음식 맛이라는 본질보다 더 사업의 성패를 가르는 요소가 되기도 한다. 여기에 갖가지 서비스 전략 등이 더해지면 금상첨화라 할 수 있을 것이다. 그러나 본질가치보다 부수적인 전략이 부족하여 기업이 어려움을 겪는, 즉 꼬리가 몸통을 흔든다는 이른바 '왝더독Wag-the-Dog' 현상은 우리 주변에 흔히 있는 일이다. 본질이며 근본적인 가치라 할 수 있는 음식 맛보다도 인테리어나 종사자의 서비스 때문에 그 음식점을 찾는 경우를 우리는 흔히 접하게 된다. 흔히 우리가 알고 있는 '욕쟁이 할머니' 사례도 어쩌면 본질 가치를 바탕으로 한 부수적 전략의 한 방편으로 채택한 감성 마켓팅의 한 방편일 수도 있을 것이다. '욕쟁이 할머니'의 '욕'은 왜 기분이 나쁘지 않은지….

식사를 마치고 귀가하는 도중에 문자메시지에 찍힌 카드 승인 내역이 이중 결제 통보가 왔기에—계산 역시 그 종업원이 했는데 세심하지 못한 일처리로 이 또한 불만족 요인이 될 수도 있을 것이다—그 식당으로 전화를 했는데, 마침 그 종업원이 아니라 사장님이 전화를 받으셨다. 이중 매출 정정 처리를 하고 난 다음에 사장님에게 그 종업원에 대한 이야기를 은근히 해줬다. 사장님의 반응이 의외였다. 사장님도 그 종업원의 고객들과의 불편 사항을 알고 있는 눈치였다. 그렇게 하면 손님들의 숫자가 줄어들지 않겠느냐고 했더니, 사장님 말씀인즉슨 이랬다. 그런 이유에서 그 종업원은 곧 퇴사할 것 같다고 대답한 것이다. 진작 그만두게 했었어야 하는 거 아니냐고 했더니, 사장님이 난감하다는 듯이 말했다. "요즘 그게 그렇게 마음대로 됩니까?"

식당에서 불쾌감을 느낀 고객들이야 식당에 안 가면 그만이다. 하지만 식당을 운영하는 업주의 사정은 다르다. 식당의 존폐가 걸린 일임에도 불구하고 사장님이 그동안 고민했을 상황을 떠올리니 자영업 하시는 분들의 애환이 느껴지기도 했다. 그곳은 가격 부담도 없으며, 식재료도 괜찮고, 음식의 질도 만족스러우며 접근성도 좋은 건물에 위치한, 경쟁력 있는 식당이다. 해당 종업원이 퇴사하겠다고 하니 앞으로는 더욱더 좋은 식당이 될 것이다. 구맹주산의 약점이 사라져 다음번에 갔을 때는 환하게 웃으실 식당 사장님의 미소를 기대해본다.

| 양종관 |

| 이력 |

경제학박사. 남서울대학교 교수.
㈜좋은비전(남서울 예술실용전문학교. 남서울
평생교육원)대표이사 학장
경영전략연구원장 한국경영인연합회 이사
한국국제회계학회 이사
북악경제학회 회장
농협대학교 교수

| 자격 |

조직개발 컨설턴트, 한국경영인협회수석컨설턴트
인적자원개발 컨설턴트, 경영 컨설턴트
사회복지사, 심리상담사, 가족복지상담사
효지도사, 노인심리상담전문가, 시인, 수필가

은혜의 농장!
농심農心의 지혜!

　이른 새벽 단잠 깨어 눈 비비고 일어나 옷을 주섬주섬 걸쳐 입고 봄 채비를 서둘러야 될 것 같다. 아직도 겨울 끝자락이라 싸늘함이 감돈다.

　항상 봄이 되면 눈코 뜰 사이 없이 농사에 바쁜 계절이다. 한 겨울동안 꽁꽁 얼어붙었다 풀리는 생명의 터전 농장에서는 봄과 함께 돌봐줄 나의 손길을 기다릴 것이다. "봄에 게으른 농부가 가을이 되면 후회한다." 라는 옛 선철께서 일깨워 주었듯이 경작물 수확에 타이밍을 맞추기 위해서 무거운 발길을 옮길 수밖에 없다.

　솔솔 부는 싸늘한 바람 스치며 밭둑 길 따라 걷노라니 길 가장 자리와 언덕의 마른 풀잎들은 힘없이 나풀거린다. 사방에 둘러싸인 나뭇가지의 어린 새싹이 방긋 인사 한다. 벚나무에는 하나 둘 꽃망울을 터트리며 나에게 아침 미소를 전해 준다. 바위 틈의 꽃 잔디도 입술 뾰족 내밀며 꽃망울 터지기 일보 직전이다. 참새들도 짹짹 떼를 지어 들판을 누빈다. "일찍 일어난 새가 벌레를 잡는다."라는 윌리엄 캠던의 명언처럼 프로 농민들은 아침 일찍부터 나보다 먼저 농사로 열심히 서성거린다. 역시 프로 농민들에 비하면 아마추어 초보 농사 꾼인 나는 지각생이 된 셈이다.

도심을 벗어나 들판의 맑고 쾌적한 공기와 호흡하니 기분이 참! 상쾌하다. 아직도 농장의 쓸쓸한 터전에는 헐벗은 유실수와 새 생명을 갈구하는 어린 작물들이 나를 보더니 구세주를 만나듯 반갑게 맞이한다. 겨우내 외로이 지냈던 농장 구석구석을 휭휭 둘러보니 할 일들이 산적하여 우선순위를 가릴 여유 없이 막막하다.

불청객 들고양이는 어슬렁어슬렁 거닐다가 나를 보더니 쏜살같이 줄행랑친다.

'이제부터 새 생명이 약동하는 은혜의 농장도, 몸과 마음의 전원도 갈아보고, 강단에서 열강 하듯 농장에서도 열농하며 농심農心의 지혜를 모아보자. 농사를 사랑하며 긍정적이고 적극적인 자세로 행복의 씨앗을 뿌려보자'

우선 급히 작업복으로 바꾸어 입는다. 따가운 봄 햇살을 가리는 밀짚모자를 쓰고 면장갑에 장화를 신으면 서툰 아마추어 초보 농사꾼으로 완전 무장된 셈이다. 무기를 메고 전쟁터에 나가듯 농기구 챙겨 농업의 진가를 맛보고자 한다. 먼저 전지가위로 매실나무, 잣나무, 살구나무와 배나무, 사

과나무, 대추나무, 복숭아나무, 밤나무, 구기자나무를 전지
해주며 향기로운 꽃과 건강하고 풍요로운 열매가 맺기를 소
원해 본다. 그리고 개나리와 조팝나무를 잘라 사방에 정성
껏 꽂아 주게 되면 며칠 지나 뿌리를 내려서 울타리가 될 것
이고 노란 개나리꽃과 하얀 조팝나무꽃, 철쭉과 참꽃, 벚꽃,
매화, 능수화가 함께 어울려 아름답고 향기가 짙어져 벌 나
비가 선녀처럼 훨훨 춤을 추며 날아들어 예술적 평화의 농장
으로 거듭날 것이다. 또한 가을이 되면 고추잠자리가 허공을
메워 장관을 이루게 될 것이다.

'산과 들에 꽃이 피네. 농장에도 내 인생의 밭에도 꽃이 피
네. 사랑의 꽃! 희망의 꽃! 행운과 행복의 꽃이 피어 환희에
빛나네'

겨울 내내 얼어붙었다 녹아 들어간 땅바닥에 퇴비를 살포
하고 삽과 괭이로 밭두둑을 만들고 고랑도 친다. 무척 힘들
고 숨이 차며 허리가 구부러지고 뻐근하다. 아무래도 경작의
달인이 되기 위하여 내공을 쌓아야 될 것만 같다. 한때는 토
종닭과 토끼를 사육하다 힘에 겨워 중간에 포기 했었는데 지
금 생각해 보면 잘된 일이었다.

"자연으로 돌아가라." "인내는 쓰다 그러나 그 열매는
달다."라는 루소의 명언도 되새겨 본다. 겨우 이 정도 농사하

고도 힘들어서 쩔쩔매는데 매일 흙과 더불어 시름하며 각고刻苦의 노력 끝에 풍요로운 우리 농산물을 공급해주고 마음에 희열과 여유를 갖게 해 주는 농민들이 존경스럽고, 고맙다. 농민들은 "자기가 사는 땅에서 산출된 농산물이 체질에 잘 맞는다."고 말하는 '신토불이身土不二'의 주인공이고 애국자다.

　이제 강인한 인내력과 왕성한 생명력을 가지고 농산물 생산에 피와 땀을 흘리기로 작심했다. 농부가 자연의 이치에 따라 흙과 더불어 생명을 가꾸어가면서 터득한 '농심農心'도 음미 해 봐야 한다. 수고하고 공들인 만큼 결실을 가져다주는 '인과응보因果應報'의 진리도 깨달아 본다. '인과율因果律', 선철께서 씨 뿌린 대로 거둔다고 일깨워 주었듯이 시금치와 아욱, 쑥갓, 상추와 모둠 채소, 케일, 양배추 씨앗을 정성들여 뿌리게 되면 노랗고 파란 유기농 무공해 야채로 풍성하게 탄생할 것이다. 신선한 야채는 된장, 고추장, 돼지삼겹살과 궁합이 맞단다. 훗날 맛있고 푸짐한 밥상에서 사랑하는 가족이 오순도순 즐겁게 정을 나눌 것을 생각하면 행복하다.

　농사를 하는 것이 천하의 사람들이 살아가는 큰 근본이라는 '농자천하지대본農者天下之大本'도 상기해 보면서 수박과 호박, 오이, 여주, 토마토, 가지, 고추, 수세미, 비트를 심기 위해 구덩이를 한없이 파내려 간다. 그렇게 파다가 어느 순간 앗! 하는 소리와 함께 깜짝 놀라고 만다. 아직도 겨울잠에 취해 있던 개구리가 뛰쳐나온 것이다. 고이 잠자고 있는 개구리를 강제로 깨우게 되어 미안한 마음이었다. 개구리의 잠자리 찾아 묻어 주었다. 푹 잘 잤으면 좋겠다. 이제 흘린 땀도 닦아야겠고 시장기도 든다. 금강산도 식후경이라 했거늘 한 끼의 요기로 때운 라면은 맛깔스럽고 꿀맛 같아 어느 특급 요리와도 비교할 수 없다.

　잠시 농심農心의 지혜! 생활철학! 창조를 위한 농업의 진리도 깨달으면서 병풍처럼 펼쳐있는 나무들을 살펴본다. 몇 년 전에 가시오가피와 비타민나무 묘목을 심었더니 어느새 내 키의 두 배 이상으로 훌쩍 자라 있었다. 가지마다 파릇파릇 새싹이 미소 짓고 다래나무 복분자 나무 넝쿨이 사방으로 뒤엉켜 서로 부둥켜안고 사랑을 속삭이며 공생하고 있다. 곧 있으면 꽃 피우고 다래랑 복분자 열매가 주렁주렁 열릴 것이다. 그리고 언덕 위의 뽕나무와 앵두나무, 보리수나무는 새싹과 더불어 금방 터질 것만 같은 꽃망울이 머리를 내밀며 나를 부른다. 작년에는 가족이 총출동하여 오디, 보리수, 앵두 열매를 수확하여 기쁨을 만끽했다. 다른 나무에 비해 새싹 돋음이 늦은 포도와 산머루나무 넝쿨은 마른대로 줄에 붙어있다. 한 모퉁이에는 참나물, 취나물, 부추, 민들레, 도라지, 금전초, 더덕도 새 생명의 얼굴을 내밀며 조급히 성장을 서두르며 몸부림치고 있는 것을 보니 확실히 희망찬 새 봄을 맞이하는 것 같다. 자연의 현상은 참으로 오묘하고 신기하다. 봄, 여름, 가을, 겨울 따라 삼라만상이 순환하건만 인생은 한 번 태어나 살다가 저 세상으로 떠나면 다시 태어날 수 없다는 허무함도 살짝 생각해 보면서 "내일 지구가 멸망하더라도 오늘 한 그루의 사과나무를 심겠다."라는 스피노자의 말을 떠올린다. 그가 갈파했듯이 오늘 열정적으로 피와 땀을 흘리며 은혜의 밭을 깊이 갈고 즐거운 마음으로 희망과 행복의 씨앗을 뿌려보고자 한다.

비록 4차 혁명시대에 맞는 영농법이 아닌 재래 영농법이지만 농작물, 약초, 유실수 등이 융합된 종합세트 영농인만큼 아마추어 초보 농사꾼으로서 매우 흡족하다.

이제 농사와의 전쟁을 잠시 휴전하고 흙 묻은 바짓자락 툭툭 털고 허리를 펴는 순간에 얄미운 까치들이 날아온다. 까치들은 나뭇가지와 밭둑 위를 날아다니며 나의 동선만 살핀다. 안절부절한 모습이다. 나는 그런 까치들의 속마음을 잘 알고 있다. 밭 갈고 씨앗뿌리는 모습을 관망하다가 내가 자리를 떠나는 순간 씨앗을 쪼아 먹기 위해서다. 그래서 까치들은 나뭇가지에 앉아서 나에게 하던 일을 빨리 끝내고 농장을 떠나라는 메시지를 보낸 눈치다.

'까치야, 나는 너희들을 보면 불안하다. 씨앗 쪼아 먹겠다고 호시 탐탐 노리는데, 따가운 태양과 먼지 속에서 내가 땀 흘리며 정성들여 애써 뿌린 씨앗을 네들이 모두 쪼아 먹게 되면 나는 노력의 보람도 없고 실패한 농사가 되니 멀리 날

아가 다오.'

　어느덧 서산에 해는 시나브로 구름 속으로 기울어지니 저녁노을이 참! 아름답다. 이제 서투른 아마추어 초보 농사꾼은 농사를 마무리해야 될 것 같다. 아직도 산적하게 쌓인 일들을 뒤로 미루고 오던 길 따라 집으로 발걸음을 옮긴다. 다음날 농장에 들르면 푸르름이 짙어졌을 것이고 화려하고 향기로운 꽃들이 활짝 웃으며 반길 것이다. 더불어 뻐꾹새, 외가리, 장끼, 까투리도 예쁜 패션으로 찾아들 것이다. 아침 새벽부터 농사에 분주했던 이웃 농민들은 하나 둘 농장을 떠나고 있다. 저녁 무렵이 되니 아침 바람처럼 약간 싸늘함이 감돌고 일찍 핀 벚꽃 잎이 하나 둘 눈처럼 날려 옷깃을 스친다. 오늘 나와 자연이 공존했다. 지혜의 향기를 사랑했고 또한 그것에게 감사했다.

| 양준호 |

| 이력 |

호정물산주식회사 회장

(사)한국수입협회 자문위원

(사)국가경영전략연구원 운영자문위원

(사)한강포럼 운영위원

서울대학교총동창회 종신이사

———————————————— 양준호

사할린희생동포
위령탑

'사할린 희생동포 위령탑' 건립은 한강포럼에서 주관했다. 2005년 10월 러시아 사할린 방문이 있었다. 한강포럼이 지원하여 개국한 '사할린 한국어TV 방송국'에서도 답방을 했다. 한강포럼과 사할린 한국어TV 방송국은 지속적인 관계를 맺어 왔다. 아울러 이것이 계기가 되어 '사할린 희생동포 위령 기념조각 건립 모금운동'이 시작되었다. 나는 기금모금 담당 건립위원회 추진위원으로 깊이 참여해왔다.

우리 방문단 일행은 그때 방향의 언덕에 초라하고 심하게 훼손되고 깨져있는 사할린 희생동포 위령탑을 보았다. 표지석 앞에서 헌화하면서 그곳에 묻혀있는 수많은 동포들의 애달픈 사연을 들었다. 위령탑을 세워 그들의 한을 달래기로 의견을 모았다. 기금모금 활동이 시작된 동기였다.

1945년 8월이었다. 그토록 애타게 바라왔던 광복을 맞이하여 동토 사할린에 강제로 끌려가서 노역하던 4만여 동포들은 고국으로 돌아가기 위해 사할린 내 코르사코프 항구로 몰려들었다. 그러나 일본은 일본 국적이 아니라는 이유로 한인들을 내팽개쳐 버린 채 일본인들만 배에 태워 항구를 떠나가 버렸다. 소련 당국도, 혼란상태에 있던 조국도 이들을 돌보지 못했다. 짧은 여름이 지나 몰아치는 추위 속에서 이 분들은 굶주림을 견디며, 자신들을 고국으로 실어갈 배를 기다리고 또 기다렸다.

기다림 속에서 굶어 죽고, 혹은 얼어 죽고, 혹은 미쳐 죽는 이들이 언덕을 가득 메웠다. 연락선은 오지 않아 국제적 미아가 되었다. 빈손으로 사할린 각지로 민들레 홀씨 마냥 흩어졌다. 오늘까지 버림받았던 우리 동족들과 후손들은 동토의 땅 사할린에서 거친 삶을 가꾸며 살아오거나 유명을 달리했다.

러시아 사할린 주州에 있는 '망향의 언덕' 그곳에선 한국과 일본을 오가는 연락선이 드나들던 코르사코프 항구가 한 눈에 내려다 보였다. 이곳은 1945년 8월 광복을 맞아 조국에 돌아가길 원했지만 연락선을 타지 못한 한인들이 눈물 짓던 언덕이었다. '망향의 언덕'이라고 불렸다. 망향의 언덕이라는 이름만이 있었다. 이분들의 넋을 위로할 아무런 표지도 없었다.

"이래서는 안 됩니다. 이래서는 안 됩니다."

우리 일행들은 이 날 고향을 그리워하는 한인들이 항구가 보이는 언덕에 집을 짓고 모여 살고 정착을 시작한 망향의 언덕에 남은 동포들의 사연을 널리 알려야겠다고 생각했다.

발기인 모임을 시작으로 '사할린 희생동포 위령기념탑 건립 위원회'를 조직했다. 위원장으로 김문환 서울대 미학과 교수를 선출했다. 그리고 기금모금 활동을 시작했다.

사할린 희생동포 위령기념탑 건립에는 사할린 코르사코프 시당국에서 사용 허가된 부지 약 300평(1,300㎡)을 받았다. 동포들과 현지에서 액화천연가스 배출기지 시설공사를 시공 중인 대우건설의 협조를 얻어 기초가 마련되었다.

재능기부로 조각가 최인수(서울대학교 미술대학 교수)가 제작한 기념조각은 높이 8m 40cm, 직경 1m 80cm의 크기였다. 작품의 재료로 대형 금속파이프에 '출발 준비를 마친 배' 모양을 떠올리는 외형이었다. 조각에는 김문환 서울대 미학과 교수의 기념시를 적었다. 배를 세우는 뜻을 기록했다. 우리 모두의 뜻을 함축시킨 나라와 나라, 사람과 사람, 역사와 역사를 잇는 상징물이 되어 이곳을 찾는 사람들의 마음속에 길이길이 각인될 것이다.

사할린 동포들은 위령 조각이 세워진 코르사코프 망향의 언덕은 사할린의 새로운 명소가 되었다. 현지의 러시아 사람들도 위령조각을 세운 한강포럼에 고마워하고 있다고 전해 왔다. 한강포럼은 완공된 위령조각을 코르사코프 시당국에 기증하여 관리해 가도록 했다. 한국정부가 아닌 한강포럼에서 뒤늦게나마 사할린에서 희생된 동포들의 넋을 위로하고, 그 비참하고 쓰라린 과거사를 마음에 새기며 사할린 2세, 3세,

4세들의 기상을 높이는 일에 기여하려는 뜻임을 밝혔다.

일제 때 강제징용으로 끌고 간 우리 동포들을 내팽개쳐 버리고 저희들만 귀환한 일본 정부의 무책임하고 비인도적 처사를 사할린과 전 세계에 고발하는 뜻도 있다. 망향의 언덕 위에 우뚝 선 위령조각은 위령의 의미도 있지만 그보다 한국인의 기상을 높이 세워주는 역할도 있었다. 야간 조명까지 해서 어두운 코르사코프 항구를 밝게 비춰주고 있고, 망향의 언덕을 찾는 사람마다 우리의 불행했던 과거사를 마음에 새기게 될 것이다. 멋진 조각을 한강포럼 회원들이 세웠다는 사실을 두고 얘기할 것임에 틀림없을 것이다.

사할린에서 희생된 동포들 모두는 역사의 현장에 있었던 영혼들이다. 코르사코프 항구에 위령탑을 세운 것은 낯선 땅 사할린에서 이름 없이 사라져간 그들을 위로하고 기리기 위해서다. 역사의 현장에 있었음에도 역사의 기록에서 빠져 있었던 동포들의 삶을 기록함으로써 마음은 훈훈해진다.

● 우리가 살아가는 이야기

| 윤백중 |

| 이력 |

성균관대학교 연세대학교 호서대학 대학원 졸업
(국문학사 경제학석사 경영학박사)

2009년 백두산 문학 수필부문 등단(현 고문)

2015년 (사)한국문인협회 성동지부 회원

2016년 한국 생활문학 시 부문 등단

2019년 한국수필문학가협회 이사

2013년 국제 펜 한국본부 회원

2014년 한국 문인협회 회원

삼화빌딩 대표

(전)초등학교 교사

| 저서 |

『신선한 자연향기』 포함 외 11권 출간

제천의식

천단天壇은 길이 360미터의 중앙의 큰길이 남북을 관통하면서 두 단을 하나의 유기적인 종합체로 연결해 놓았다. 중앙부근 서쪽모퉁이에 재궁이 있고 또 재생정 신찬주방 신고등 부속건물도 함께 있다. 외 단에도 희생소등의 건물이 있어 천단으로 하여금 완전하고 전형적인 예제 건축 군이 되게 하였다. 명청明淸시대 22명의 황제가 이곳에서 650여 회의 제천의식을 거행했다는 기록이 있다.

천단은 중국 고대의 등급이 제일 높은 예제건축인 황실 재단에 있으며 중화민국 문화의 캐리어로서 수천 년의 중화문명을 유지해 오고 있다. 이곳은 고대의 제상성지였을 뿐만 아니라 중국, 역사, 철학, 천문, 회화, 음악, 예제, 역법 등 다방면의 지식을 포함하고 있는 곳이다. 단내의 중요 건축물은 제각기 특색이 있고 상징적 의미도 명확하다.

기곡단 건물의 남색 유리기와 지붕은 하늘을 상징하고 재궁의 녹색 지붕은 고대 제왕이 하늘을 우러르며 자신을 하늘

의 신하로 간주함을 상징한다. 원구단의 모든 건축구조물은
모두 최대의 양수陽數인 '9'를 기수로 하여 하늘의 지고무상
함을 상징하였다.

주변의 부속건물들을 보았다. 재궁은 영락永樂 18년에 지
는 궁宮으로 소황궁小皇宮으로 부르기도 한다. 황제가 제천의
식 전에 쉬는 집이다. 주 건물은 모두 동향이고 녹색 유리기
와를 얹어 '황천상제'의 높은 지위를 과시했다. '천자'인 황제
가 하늘에 신복하고 하늘을 우러러봄을 보여주는 건물이다.
재궁정전도 영락永樂년간의 지은 한백옥漢百玉의 기초 무전지붕
벽돌 구조로 되었다. 기둥이 없어 무량전이라고도 부른다.
홀은 황제가 머무르는 동안 정무를 보는 집이다.

동인정銅人亭은 무량전 왼쪽에 있는 방형의 돌로 된 정자
이다. 황제가 계실 때 앉은 자리에서 약 0.5미터 높이의 동인
銅人을 모셔놓는 집이다. 전설에 의하면 동으로 된 인형은 강
직하고 아부하지 않는 충신의 모습이라 한다. 시신정時辰亭은
무량전 앞 오른쪽에 있는데 황제가 하늘에 제사 지낼 때, 위
패를 모시는 장소이다. 제사와 곡하는 시간은 해뜨기 전 7각
으로 새벽 4시를 조금 넘는 때이다.

침궁寢宮은 무량전 뒤쪽에 있는데 제사기간 동안 황제가 휴

식을 취하는 장소이다. 맞배지붕 건물로 정면의 넓이가 6간이다. 남쪽 부분은 여름에 쓰는 침실이고, 북쪽 부분은 겨울에 하늘에 제사지낼 때 휴식하는 곳으로 화로 등의 난방 설비가 되어 있음을 볼 수 있다. 영성 문이 있는데 제단 담장에 있는 문 모양같이 생겼고 방패와도 비슷하다.

원구단 안에는 여러 개의 문이 있다. 영성문의 윗부분은 구름을 그려서 '운문 옥립'이라고도 부른다. 크기가 모두 다르다. 가운데에 제일 큰 문이 있는데, 이문은 의식 때 '천자'만 사용하는 문이다. 조금 좁은 문은 황제가 출입하고 제일 좁은 문은 대신들이 다니던 문이라고 한다.

원구대 남서쪽 변에는 망 등대가 있다. 원래는 3개가 있었다고 한다. 등대의 높이는 30여 미터가 된다. 제사 때는 높이 2미터 둘레 4미터 정도의 큰 등을 달아 불을 밝혔다. 등은 조명의 역할도 했다. 천등이라고 부르기도 했다는 여러 설명도 들었다.

종루鍾樓는 재궁 동북쪽 모퉁이에 있는데 겹처마 지붕 건물이다. 종루 안에는 명대明代 영락연간永樂年間에 제조한 큰 종이 있는데 태화 종이라고 부른다. 옛날 제사를 지낼 때면 황제가 재궁을 떠나는 시각부터 종을 울리기 시작하여 제단에 도

● 우리가 살아가는 이야기

착해야 종소리를 멈추고, 제사가 끝나서 황제가 어가에 올라 환궁 할 때, 또 울리기 시작하여 재궁에 도착해야 소리를 멈춘다.

건륭종도 있다. 이종은 종루밖에 중심길 남쪽에 있는데 청대淸代 건륭乾隆 연간에 만든 것으로 종도 크고, 공예가 뛰어나고 조형이 살아 숨 쉬는 것 같다. 재궁에는 해자호垓字壕가 있다. 내외 두 겹의 담장에는 두 개의 U자형 해자로 되어 있는데 동 서 북 삼면에 돌다리가 놓여 있다. 당시 내외 해자에는 물이 차 있었고 경비가 삼엄한 방어 체계를 이루고 있었다는 기록도 보인다.

원구단 주변에는 크고 작은 건물들을 많이 보게 된다. 단남부에 위치한 원구단은 명나라 가정嘉靖 9년에 지은 건물로 천재의식을 거행하는 장소란다. 원구대는 본 건물에 해당된다. 3층 돌계단으로 된 원구대는 명대에는 규모가 작고 전면과 난간, 기둥, 유리도 모두 검은 색이었다고 한다. 그 후 청대淸代 건륭乾隆 14년에 규모를 크게 하고 난간과 기둥을 모두 백색으로 하여 현재까지 오고 있다. 제천대라고도 하는 원구대는 3층의 높이가 5미터가 넘는다.

건물의 크기와 품위를 구분하는 서열이 있다. 황제가 사용하면 전殿을 쓰고 낮은 순서로 보면 전殿, 당堂, 합閤, 각閣, 재齋, 헌軒, 루樓, 정亭의 순이다. 압구정狎鷗亭하면 제일 규모가 작고, 황제와는 관계가 없는 건물로 보면 맞는다.

고대 음향학설을 보면 하늘은 양이고 땅은 음에 속한다고 한다. 홀수는 양이고 짝수는 음이다. 숫자 '9'는 최대의 양수로 하늘과 무상함을 의미했다. 원구단은 층마다 모두 구름과 용의 무늬를 양각한 한백옥漢百玉 난간으로 되어있고 매 층의 난간 수도 9의 배수로 되어 상중하의 세 층은 각각 72개, 108개, 180개로 합하면 360개인데, 이는 일 년을 의미한 것이다.

천단의 조경은 고전건축물의 웅장하고 화려한 궁궐 건축과 여러 가지 단을 볼 수 있다. 주변의 경관도 훌륭하다. 황궁우 밖 북서쪽에는 구룡 측백나무가 있는데 생김새가 아홉 마리 용이 하늘로 올라가는 형상을 하고 있어 붙여진 이름이란다. 천단 건설 이전부터 있었다는 측백나무는 천 년이 되었지만 지금도 가지와 잎이 싱싱하다. 주변에는 백송이 하늘을 찌를 듯이 솟아있고 화초도 무성하며 다양한 식물들이 자라고 있다. 녹음 우거진 좋은 계절에 간 것이 참 잘한 것 같다.

녹지면적이 약 161만 평방미터에 6만여 그루의 각종 나무들, 3천여 주의 고목이 자라고 있다고 설명했다. 나무숲 사이에 정자가 있고 쉼터 의자들이 있다. 제단 서쪽에 있는 정자는 송백과 화초 속에 있어 운치를 더한다.

쌍황정은 청나라 건륭제乾隆帝가 모친의 50주년 생신을 축하하기 위해 특별히 지었다고 한다. 본래 위치는 동남 해안에 있었는데 1977년에 천단으로 옮겼다는 설명도 있다. 두 개의 원형 정자로 된 쌍황정은 겹처마에 보정을 세웠고 주춧돌은 복숭아형 석대로 만들어 생신선물로 바친다는 뜻을 담고 있다. 그 외에 부채 같은 선면 정육각형의 겹처마집인 백화정, 두개의 정자를 하나로 연결한 방승정도 보았다.

천단 전체가 황실 제단의 엄숙하면서도 자유스러운 분위기가 양립하는 중국풍의 원림을 보게 된다. 하늘과 조상을 섬기기 위하여 국가가 많은 자금을 투입하여 여러 가지 건물을 짓는 중국의 제천祭天 사상은 우리나라에도 종묘사직 제례에 큰 영향을 주었다.

| 이만복 |

| 이력 |

서울대학교 공과대학원

베를린 공과대학교

성균관대학교 MBA

독일 Continental 연구소 연구원

Continental 한국 대표

호서대학교 교수

고운 주름살

영화 '타이타닉'. 그리고 레오나르도 디카프리오와 케이트 윈슬렛. 거대한 배 후미의 아슬아슬한 난간. 활짝 벌린 두 사람의 양손. 새의 날개가 되어, 마치 영혼의 자유로움을 향해 대서양의 석양 너머로 날아오르는 듯한 순간의 숨 막히는 감동을 준 영화. 그리고 남녀 주인공. 눈으로 보는 감동과 아름다운 선율이 함께 가슴 깊이 공명을 남긴다. 영화를 처음 보는 모든 사람들이 영화 종료 후 좌석에서 쉽게 일어나지 못하게 했던 영화다.

영화가 개봉된 지 21년이 지난 오늘까지 TV에서나 항공기 내에서 다시 본 횟수를 모두 합하면 최소 열 번 이상. 언제라도 기꺼이 보고 싶게 하는 영화, 적어도 나에게는 갈증의 확실한 이유가 있다.

글로리아 스튜어트, 살아남은 여주인공이 나이가 들어 침몰된 타이타닉호 VIP 선실 안에 아직 있을 아름다운 초대형 사파이어 목걸이. 탐험선에서 본인이 바로 사파이어 목걸이의 여주인공임을 이야기하며 지난날을 회상하는 그녀 얼굴에 파인 주름. 그리고 변하지 않은 연청색 사파이어 눈빛 때문이다.

40년 전인 1979년. 나는 독일 베를린 공과대학의 학생 신분으로 틈틈이 주말에 노인들이 입원해 있는 병원의 한 병동에서 보조원으로 일을 했다. 당시 병원에서 공과대학생이 일하는 것은 예외적이었다. 한 한인 교포의 도움으로 다행히 기회가 주어졌다. 병동엔 도움이 필요한 남녀 노인들이 약 50명 정도 입원하고 있었다. 다양한 형태의 불편함에 의해 입원한 사람들을 직접 보고 느끼며 살아가면서 경험하게 될 병치레의 종류를 미리 보는 듯했다.

병동에는 수간호원 이하 간호원이 약 15명(한국계 간호원 2명 포함), 남자 간호원이 2명(독일인과 유고슬라비아인)이 환자들을 돌보고 있었다. 나는 학생으로서 틈틈이 주말에 결원이 생길 때마다 전화가 오면 달려가기로 한 소위 '땜빵'이었다. 땜빵으로서의 첫 출근날, 원래 의사가 되려 했던 자신이 처음 병원에 근무하는 기분은 한마디로 설레임 자체였다.

어떤 환자들일까, 어떤 간호원들일까, 어떤 분위기일까. 수간호원 엘레나는 50대 초반으로 인자했다. 독일인 특유의 강인함이 엿보이는 여성이었다. 그녀는 아침 근무조로 오전 6시에서 오후 2시까지 일하는 병동의 책임자였다. 그녀는 처음 출근한 나를 간호원들에게 간단히 소개했다. 일층과 이층 병원실마다 직접 문을 열고 환자들을 소개했다. 어떤 병으로 혹은 어디가 불편하여 입원하게 되었는지를 상세히 설명해주었다.

연로한 여성 세 분이 입원한 어느 병실, 수간호원이 창가에 앉은 한 분을 가리키며 환자의 이름을 알려주었다. 환자의 이름은 '갈린'이라고 했다. 그때도 환자는 물끄러미 창밖을 쳐다보고 있었다. 그러다가 이내 고개를 돌려 나를 쳐다보았다. 그때 그 순간을 기억한다. 얼굴은 노쇠했지만 진초록색의 맑은 눈빛. 나에게 어떤 비밀 이야기를 들려주는 듯한 느낌을 강하게 주었다. 엘레나 수간호원이 말했다.

"이 할머니는 매우 도도한 성격이기에 상대하기가 쉽지 않을 것이니 해야 할 일만 해주고 나오면 된다."

아침 휴식 시간에 한 간호원이 할머니에 대해 불평을 털어 놓았다. 약을 복용하려면 아침 식사를 조금이라도 해야 하는데 도무지 말을 듣지 않는다고 불평했다. 먹여준다 해도 싫다고 하고, 침대 곁에 놓아도 먹질 않아 미워 죽겠다고 했다. 차라리 빨리 죽었으면 좋겠다고 했다. 먹여주는 것을 싫어하는 이유가 자존심 상하기 때문이며 본인은 다른 환자들과는 다른 사람임을 강조한다고 했다.

이야기를 듣고 나는 호기심이 발동했다. 조용히 일어나 그녀의 병실에 들어갔다. 그녀는 나를 가만히 바라보았다.

환자는 내게 왜 또 왔느냐며 시비조로 말을 시작했다. 아마 음식이 그대로 있는 것을 보고 본인에게 스트레스를 주러 들어왔다고 생각했으리라. 나는 화제를 바꾸어 할머니는 어렸을 적에 매우 미인이었을 것처럼 생각된다고 추켜세웠다. 입에 잔뜩 침을 바르며 아부성 칭찬을 했다. 또 얼굴을 만져 주었다. 연세는 많으신데 살결이 아직 처녀처럼 곱다고 응큼한 성희롱을 했더니 갑자기 나에게 보여줄 것이 있다며 이리 와보라고 했다.

소지품함 속에서 조심스럽게 꺼낸 사진통 뚜껑을 열고 보여주는 사진은 엘리자베스 테일러 얼굴에 브리짓드 바르도 몸매로 그야말로 슈퍼모델이었다. 그녀가 바로 내 앞에 있는 갈린 할머니였다.

"백작이 청혼했는데 내가 그때는 좋아하는 남자가 있어서 거절했었지."

사진을 손가락으로 가리키며 나를 향해 미소 짓는 할머니의 눈빛. 영롱한 젊음을 가득 담은 작은 사파이어였다. 결국 나는 할머니에게 음식을 먹여주는 것에 성공했다. 음식을 먹여주는 것을 받아먹었다는 이야기가 나중에 병동에 알려졌다. 나는 병동에서 환자들이 내가 출근하는 날을 기다리는 아이돌 같은 존재가 되었다. 나이팅게일들의 호기심 어린 가슴을 울리는 오빠가 되었다. 나와 한 조로 일하게 해달라고 수간호원에게 간청하는 상황에 이르게 되었다.

영화 '타이타닉'을 언제나 다시 보아도 질리지 않을 수 있는 가장 큰 이유는 바로 갈린 할머니와 글로리아 스튜어트의 눈빛이 너무도 닮아서였다. 눈은 영화를 보고 있지만 마음은

40년 전을 회상하는 나와 타이타닉 침몰 순간을 기억하는 글로리아 스튜어트와 동일시될 수 있는 시간이기 때문일 지도 모른다. 또한 마치 내가 영화 한 부분의 주인공이 되어 있는 것처럼. 그리고 인간의 젊은 모습과 노년의 모습이 어떻게 변하게 되는지에 대한 철학적 성찰을 갖게 하기 때문일 듯 하다.

유태인 격언에 '늙는 사람은 자기가 두 번 다시 젊어질 수 없다는 것을 알고 있지만, 젊은이는 자기가 나이를 먹는다는 것을 잊고 있다.'는 말이 있다. 항상 젊은 자신이라 생각하고 매 순간을 헛되이 보내지 말고 소중한 기억으로 남길 수 있도록 하라는 의미를 가진 격언일 게다.

살아 있다면 올해 124세가 되었을 갈린 할머니와 109살이 되었을 글로리아 스튜어트. 영화 '타이타닉'을 늘 기꺼이 다시 보며 낭만을 찾게 하고, 또 세월 앞에 변하지 않을 수 없는 삶의 무상함. 낭만과 무상함을 동시에 깊이 각인시켜주는 영화 속 인물. 지금도 가슴 한 켠에 자리잡은 추억의 샘물이요, 상상의 드넓은 공간에 머무는 주인공이다. 주름은 깊어져도 눈은 여전히 맑은 몸과 마음은 내 인생의 이중주다.

| 이승률 |

| 이력 |

한국기독실업인회(CBMC) 중앙회장(2018~현재)

참포도나무병원 이사장(2012~현재)

(사)동북아공동체연구재단 이사장(2007~현재)

반도이앤씨㈜ 회장(1986~현재)

평양과학기술대학 운영위원장(2018~현재)

(전)평양과학기술대학 대외부총장(2012~2017)

(전)연변과학기술대학 대외부총장(2004~2017)

| 수상내역 |

HDI인간경영대상 (2018.12.20)
대한민국 국민훈장 목련장 (2016.10.5)
2016년 환황해경제·기술교류대상 (2016.7.13)

이승률

신新한국인상
- '인간개발'이 관건이다

1. 국제관계와 한국의 국민적 역량

　동북아공동체문화재단에서는 다변화하고 있는 국제 경쟁 사회 속에서 국가 안보 및 경제 발전뿐만 아니라 총체적으로 국민적 역량을 향상시킬 대안으로 다자외교에 능한 인력 개발이 시급하다는 주장을 많이 펴왔다. 한반도 문제를 주변 4강에 일방적으로 의존할 것이 아니라 한국이 중심축에 서서 주변 국가들의 기능을 복합적으로 활용하는 형태의 통일전략을 세울 수 없을까 하는 고민을 늘 가져왔기 때문이다. 만일 이러한 능동적인 선도형 리더십과 역할이 가능하다면 이는 한반도 정세와 남북한대립을 뛰어넘어 결국에는 4강 외교를 기본틀로 삼아 동북아경제공동체까지 주도적으로 가시화해나가는 방안이 되고 나아가 원아시아시대를 대비하는 창의적인 신외교정책이 될 것이라고 본다. 그렇다면 이러한 중심축 역할을 감당하는데 필요한 국민적 역량으로써 우리 한국이 추구해야 할 미래지향적 가치요소는 무엇일까. 다시 말해 우리 한국과 한국인이 대비하고 갖추어야할 기본적인 핵심역량은 무엇이 되어야 할까. 바로 '사람'이라고 생각한다. 주변 4강의 국가전력國家戰力에 대응하여 비교우위에 있다고 믿고 싶은 최대의 인적자산은 결국 우리 역사 속에 대대로 축적되어 온 '한국인의 인성人性능력'이라고 본다.

2. 한국의 미래지향적 가치요소, '사람'

우리 한국인들이 보유하고 있는 전통적 가치로서의 인성人性 능력의 특징은 무엇인가. 우리나라는 예로부터 친절하고, 정情이 많으며, 예의가 바르고, 재능이 많아 응용(적응)력과 창조력이 뛰어난 민족이었다. 또한 역동적인 동시에 유교적 측은지심, 불교적 자비심 그리고 기독교적 박애주의에 바탕을 둔 집단적인 우호감성이 풍부한 점 역시 우리 민족의 특성이라고 할 수 있겠다. 이는 세계 어느 민족에게서도 찾아볼 수 없는 큰 경쟁력이다.

근년에 발간된 저작 가운데 우리나라 국민의 우수성과 가능성을 잘 기술해 많은 독자들로부터 좋은 평가를 받고 있는 책이 있다. 임마누엘 페스트라이쉬 교수가 쓴 『한국인만 모르는 다른 대한민국』이다. 그는 외국인 입장에서 바라본 한국인의 우수성과 가능성은 단연코 한국의 전통문화에 있다고 말한다. 특히 선비정신은 현대사회의 이상적 지식인상으로써, 한국의 상징으로 키워야 한다고 주장한다.

● 우리가 살아가는 이야기

한국인들이 가지고 있는 이러한 전통적 가치에 더하여 타인과 타문화에 대한 관용, 상호신뢰와 책임성에 기반을 둔 공존의 지혜를 부가적으로 잘 융합한다면 세계화시대와 국제협력을 선도하는 강력한 무기(국가전력)가 될 수 있다고 본다. 이런 인문학적 소통능력은 중요하다. 21세기 지구촌사회에 새롭고도 막강한 제3의 국가전력으로 육성할만한 충분한 가치가 있다. 인간의 생각과 행동을 충동하고 리드하는 능력이 바로 '문화의 힘'이라고 할 수 있다. 한국인의 마음 한가운데 깊이 축적되어 있는 전통문화적 DNA를 계발하고 복원하여 이 시대에 적합한 신문화인력을 키우는 '인간개발' 사업은 생각하기 나름으로 매우 시급하고 중차대한 국가과제다.

3. 인도주의적 대안능력으로서의 감격사회 리더십

이러한 전통적 '한류형 문화력'을 복원하고 창조적으로 재발굴, 향상시키자는 것이 본고의 취지이다. 인간은 문화적 존재이다. 다시 말해 '사람'은 정치적 존재, 사회적 동물일 뿐만 아니라 도구를 사용하여 자신의 내재적 가치intrinsic value를 발현하고 향상시키는 창조적 문화력을 가진 존재라고 할 수 있다. 이러한 측면에서 한국의 국가전력으로 사람을 소중히 여기고 '더 멋진 사람'으로 키우는 '인간개발'에 대한 대책은 오늘날 치열한 글로벌 경쟁시대를 살아가는 한국인들에게는

'투키디데스의 함정'과 같은 갈등의 계곡을 뛰어넘는 창의적 도전의 길이 될 수 있다.

엉뚱한 표현 같지만 이런 주장을 다른 말로 윤색하여 나타내면 '감격사회'라고 정의할 수 있겠다. '감격사회'란 '감사와 격려로 사랑을 회복하는 사회'의 줄임말이다. 이러한 '감격사회 리더십'은 중요하다. 고급화하고 다양화하는 노력이야말로 21세기에 필요한 덕목이다. 이런 노력이야말로 '신한국인상'을 바로 세우는 일이 될 것이다. '신한국인상'은 정치력·군사력·경제력을 뛰어넘어 이것들을 통합적으로 선도하는 상이다. 이는 곧 한국의 창조적 미래전략이라고 할 만하다. 갈등과 반목, 대치, 정치공략, 가짜 뉴스가 판을 치는 악의적 경쟁사회다. 이런 사회 속에서 인문학적인 역량과 지혜를 갖고 세상을 리드하는 건 중요한 일이다. 상호간의 막힘없는 소통과 협력, 교류와 지원을 이끌어가는 인도주의적 대안능력이 무엇보다 중요한 요소가 될 것이다. '감격사회'가 이를 대변해줄 수 있다고 본다. 곧 사람을 중시하고 사람답게 대접하는 대안능력이 인도주의적 일류국가로 나아가는 첩경이라고 생각된다.

4. 통일한국의 신(新)한국인상

최근 동북아 국제정세에서 '투키디데스의 함정'과 같은 위기의 순간이 찾아오고 있다. 이러한 위기의 국면을 뛰어넘어 올바른 국가관과 민족 정체성을 갖기 위해선 발전의 길을 지속적으로 찾아가야 한다. 결국 사람을 잘 키우는 일로부터 시작해야 할 것이다. 그리고 이를 기반으로 교육·문화·산업·사회·정치시스템의 변화와 혁신을 중단 없이 이끌어 내고 추동할 줄을 알아야 한다. 이러한 대안능력 즉, '감격사회 리더십'을 갖춘 사람, 곧 '21세기형 신한국인'을 배출해내는 일이 무엇보다 중요한 관건이 될 것이다. 다시 말해 한반도 분단 70년을 뛰어넘어 동북아지역을 합목적적인 공동체사회로 재창조할 수 있도록 특별한 비전과 사명을 고취하는 일이 차세대 교육의 핵심 지표가 되어야 한다.

결국 북한을 변화시키는 것도 '사람'일 것이다. 일례로 개교 10주년을 맞이한 평양과기대 교수진들의 증언이 그 생생한 사례가 될 만하다. 평양과기대 박찬모 명예총장, 브루어 웨슬리 전자컴퓨터공학대학장, 에인젠바스 스티븐 전자컴퓨터공학대 교수의 최근 인터뷰를 보면 실감이 난다. 이들은 평양과기대에서 수학하는 북한 젊은이들에게 영어를 가르치고 컴퓨터 기술을 전하고 해외 유학을 보내는 일에 치중할 뿐 아니라 인성교육에 특별한 관심을 갖고 있는데, 그 이유가 북한의 미래인 젊은이들에게 국제사회와의 교류를 통해 '세상과 자유'를 알려주어 스스로 인격적인 사고의 변화를 갖도록 해주는 것이 통일로 가는 참된 길이라고 믿고 있기 때문이다. 그리고 그들은 그러한 믿음과 보람 때문에 자신들의 남은 생애를 송두리째 북한의 다음세대 교육을 위해 쏟아 붓고 있는 것이다.

동북아공동체문화재단의 핵심과제도 여기에 있다. "결국은 '사람'이다. 사람으로 승부하자."라는 슬로건을 내걸고, 이와 같은 21세기 '신한국인상'으로서의 창조적 문화력을 갖춘 인력을 배출하는 것이 중요하다. 남북통합 및 동북아공동체 사회와 새로운 아시아화化의 내재적인 가치를 이끌어 가는데 앞장서고자 하는 것이 궁극적 목표인 것이다.

국가전략적 차원에서 안보(정치·외교·군사)와 경제가 무엇보다 중요하지만, 그에 못지않게 '문화력'이 갖고 있는 시대적 특징이 크다. 중앙일보 이어령 고문은 "우리의 국가소득을 3만불 시대로 이끌어 가는데 있어서 수레의 앞바퀴는 문화가 되어야 한다. 특히 한류문화가 그 중심이 되어야 한다."라고 말한다. 이어령 고문의 주장에 필자는 항시 공감한다. 국가 지도자들과 사회 각 분야 지도자 분들이 우리 한민족을 창조적 문화력을 갖춘 통일한국의 '신한국인'으로 거듭나도록 이끌어 주시기를 바라는 마음이 한량없다. 온 국민이 한마음으로 새사람이 되어보자.

● 우리가 살아가는 이야기

| 이용만 |

| 이력 |

1954년 서울 출생

고려대 농학과 졸업

삼성그룹 연수팀장 근무

삼성생명 법인영업 담당

스탠다드 정밀전자 대표

미얀마 빛과나눔장학회 간사

순례길이 된 프로포즈
- 35주년 리마인드 웨딩파티

부부는 닮아가기 위해 만난 존재다. 오늘도 함께 산 만큼 닮는다. 매년 초여름이면 우리 부부는 청평 호반 GS인재개발원에서 하루 동안 묵는다. 오늘도 인생의 하루치만큼 닮아가기 위해서다. 고맙게도 이곳은 댄스클럽 파라PARA의 1박 2일 파티장으로 허락된 지 오래다. 우린 가을 '리마인드 웨딩' 파티의 주인공이다. 여느 해와 달리 이곳에 일찍 도착한다. 꽃과 의상, 사진작가도 준비되어 있다. 은발 머리 10쌍이 모여 결혼식을 앞둔 젊은이처럼 자세를 잡는다. 사랑고백과 사진을 남기느라 쑥스럽고 소란스럽다.

나는 아내에게 어떻게 프로포즈를 해야 할지 걱정이다. 이튿날 아침 나는 아내에게 해줄 말을 생각하며 산책길에 올랐다. 청평호반의 수면은 늘 잔잔하고 오솔길은 호젓하다. 함께 걸으며 총각 때의 어설픈 프로포즈와 키스를 떠올리곤 혼자 웃는다. 생각해보니 함께 한 35년이 미안하고 고맙다. 여생도 빚만 지고 살 것 같다. 왠지 제대로 프로포즈를 해야 할 것 같다.

"여보, 이제부터라도 잘 할게~."

"당신과 다시 빚을 갚는 결혼을 하고 싶어요."

틀림없이 내게 핀잔을 던지며 소귀에 경 읽기로 여길 것이다. 또 같이 살자는 말이 싫겠지. 입속에서만 맴도는 말이 있다.

'꼭 다시 함께 살아 완벽한 남편이 될 테니… 믿어줘요.'

하지만 이 말은 입 밖으로 좀체 나오지 않는다. 어색하다. 잊지 않도록 적어두자. 나중에 편지로라도 보내야지. 아내가 가장 원하는 게 뭐였을까. 나이 어린 소녀는 추억 속에 있고, 나이를 더한 소녀는 내 앞에 있다. 소년은 소녀의 꿈을 들어주었을까.

취미 부자

나이가 들면 취미 부자가 돈 많은 부자보다 낫다고 한다. 나는 일보다 취미에 더 빠져 있다. 오랜 취미인 골프와 댄스가 특히 그렇다. 골프는 '핸디캡'이 말해주듯 일종의 '경쟁'이다. 반면에 댄스는 '조화'다. 남성에게 춤을 춘다는 것은 음악에 맞춰 파트너 여성을 원하는 지점으로 이동시키는 것이다. 만일 힘으로 춤을 이끌면 상대는 불편해한다. 힘이 아니라 부드러움으로 상대방을 이끌어야 한다. 둘 다 '부드러움 속의 강함'을 필요로 하는 일이다. 나는 누군가를 말로 설득

하는 게 버겁다. 춤이나 골프는 말이 필요 없다. 중심축의 이동으로 충분하다. 춤을 출 때는 파트너 체인징을 하는 것을 서로 조심해야 한다. 그렇게 최선을 다해 춤을 추다보면 즐거움이 훨씬 커진다. 그래서 춤으로 골프실력도 좋아진다고 믿는다.

월플라워(Wallflower), 춤을 추지 못하는 사람

무도회장에서 아직 수줍어하거나 춤을 출 수 없는 외로운 여성을 두고 '월플라워wallflower'라고 한다. 어느덧 우리 무릎이 예전 같지 않으니 아내가 곧 '월플라워'임을 안다. 우리는 스스로 다른 커플과 '체인징파트너' 하기를 머뭇거리게 된다. 다른 파트너와 춤을 추어도 짜릿한 긴장도 되지 않는다.

나는 더 이상 골프와 댄스에 열정적이지 않다. 오히려 역사 속의 인물과 스마트폰에 더 친숙하다. 쓰는 것과 읽는 것이 같다고 한다. 나는 쓰려고 읽는다. 취미도 세월과 여건에 따라 변해간다. 돌이켜 볼수록 아내가 고맙다. 내게 맞춰주며 함께 해 온 취미들이 더욱 그렇다. 하지만 요즘은 서로 다른 취미를 권장한다. 마침 우리에게는 아주 다른 일상이 있다. 아내의 우선순위는 교회강론과 영성에 대한 지향이다. 아하! 축복장 받을 일에 저렇게 들떠 있구나 싶다. 그렇다. 아내를 위해 남은 순례길이나마 함께하면 주교님으로부터 축복장 받는 일을 거든 셈이 될 것이다. 사실 나는 주일미사에 가지 않으려고 아내와 자주 다투곤 한다. 아내는 가자고 하고, 나는 조금이라도 더 자겠다며 능장을 부린다. 게으름을 효율, 생산성 같은 프레임에 갇힌 탓으로 돌리자. 미안해하면서도 나는 믿는다. 우리 가정의 삶이 당신의 매일 저녁기도로써 아슬아슬하게 꾸려진다는 것을 말이다. 또한 그 꾸준함 덕분에 우리 가정이 든든하다는 것을.

이어 받은 순례길

오늘은 아내의 성지순례 대단원의 막을 내리는 날이다. 다락골과 갈매못 성지를 끝으로 111곳 순례를 완주한다. 두 곳 모두 10여 년 전에 다녀온 곳이다. 갈매못 성당은 성전을 다시 잘 꾸몄다. 프랑스인 주교와 신부 두 분은 한양을 떠나 먼 곳 갈마연渴馬淵 모래사장까지 온다. 그들이 갈마연 모래사장을 찾아온 이유는 오직 하나다. 죽기 위해서다. 그들은 오직 죽으러 이곳에 온다. '만민이 평등하다'며 반상班常이 뒤집힐까 걱정하는 사람들과는 다르다. 신념 때문에 죽는 이들이다. 민초들에게 경각심이 필요하니 처형장소를 결정하는 일은 언제나 중요하다.

포졸은 포졸, 망나니는 망나니다워야 하는가? 망나니의 칼은 목을 반만 베고 멈춘다. 사지가 뒤틀리는 고통은 보는 이들도 못 견딘다는 사실을 망나니 역시 잘 안다. 편하게 죽여 달라는 금전의 홍정을 마친 사람의 목은 단번에 잘린다. 죽음의 현장에서도 타협이 있다. 이차돈이 순교할 때 흰 피가 솟구쳤듯, 갈매못 모래사장 위에는 은색 무지개가 떴다고 했다.

성체 조배실은 내가 보아온 곳 중에 제일 아름답다. 성화 '돌아온 탕자'는 붉은 색이 많고 긴 촛대가 불을 밝히고 있다. 스테인드 글래스로 들어오는 오묘한 석양빛에 고요함과 위엄이 가득하다. 언제든지 떠올릴 수 있는 내 마음속조배실이다. 드디어 순례책자에 마지막 도장을 찍으며 감사기도를 올린다. 아내는 내게 고맙다고 말한다. 아니다. 오히려 내가 감사할 뿐이다.

세상을 향해

여기저기 아프다는 당신이 오히려 낫다. 참고 견뎌 병을 키웠다는 얘길 많이 들어서다. 친절한 배려에 모두 반기지만, 아내는 보나마나 지칠 것이다. 이제 아내 대신 내가 다닐 순례길이다. 고생해 온 아내를 보면서 노모 모시듯 산다던 선배의 말을 떠올린다.

피와 땀으로, 또는 무명으로 순교한 이들을 떠올리면 가슴이 먹먹하다. 그러니 그 빛을 온전히 갚는 생을 다시 살아

● 우리가 살아가는 이야기

야 하지 않겠는가. 세상에 감사하고 세상에 진 빚이 이렇게 많다. 부지런히 갚아야 한다, 더 늦기 전에 말이다. 시간적인 여유가 생긴 나는 아내에게 첫 프로포즈를 하듯 세상을 향한 프로포즈를 한다. 허락하실까. 하느님께 여쭤봐야겠다. 이젠 우선순위를 바로 한 후에 취미도 살려가며 보람 있게 지내야겠다. 살아온 삶에 감사하다. 함께한 아내에게 감사하다. 하늘을 향해 한마디 던진다.

"삶아, 감사하다."

| 이일장 |

| 이력 |

서강대 경영학과 졸업

기아자동차재경 본부장

현대자동차 중국지주회사 사장(전무)

현대오토넷 대표이사(전무)

성호전자 부회장

어느 아마추어
골퍼의 도전

삶은 고단함의 연장선이다. 목표했던 성과물이 나오지 않으면 좌절하고 절망한다. 희망이란 미래를 기대하게 하고 새로운 삶을 개척하게 만드는 원동력이다. 그래서 인생역전이나 기업경영을 해나가는 과정을 골프에 비유하곤 한다.

골프채를 잡는 순간 사람들은 골프의 매력에 빠진다. 잘 뻗어나가는 공을 자랑스럽게 생각하며 의기양양하게 다가가 더 멋진 샷을 날리려 정성을 다한다. 하지만 공은 엉뚱한 데로 날아간다. 속상하고 안타까운 상황으로 이어진다. 때로는 더블보기를 하기도 하지만 버디를 할 수 있다는 희망이 있다. 해보려는 열망과 실패를 두려워하지 않는 애정으로 도전하면 예상치도 않은 좋은 점수를 얻을 수 있다. 목표를 세우고 성공하려는 의지와 희망을 버리지 않는 자세는 우리들의 삶과 닮아있다.

밤 12시가 다 되었다. 눈은 멀뚱멀뚱 떠 있다. 내일 아침 5시 기상, 6시 출발. 8시경에 티업Tee-up을 해야 하는데 잠이 오지 않는다. 나만의 방법대로 연습한 골프스윙이 제대로 맞을까 불안해 잠이 오지 않는다. 초등학교 때 소풍가는 기분이다. 아직 젊은 심장이 뛰는 것일까. 기대는 사람을 일으켜 세우는 힘이 있다. 나는 무언가를 기대하고 있다. 부스스 일어나 비몽사몽간에 골프장 티박스Tee-Box에 도착한다. 제정신이 들기 시작한다.

"야아! 오늘 어깨가 아프네."

골퍼들의 핑계는 100여 가지가 넘는다. 핑계 중에 이런 핑계도 있다.

"어제는 70대를 쳤어. 그런데 오늘은 안 될 것 같아."

나는 이런 모든 엄살 부리는 핑계를 이해한다. 골프가 그만큼 어렵다. 골프 동료들에게 나는 이렇게 주장한다.

"골프가 무엇의 약자인지 아느냐?"

"무언데?"

"그건 '골치 아프다'의 줄임말이야."

'골프'의 두 글자를 풀어서 만든 웃음장치다. '골'치가 아'프'다는 말이다. 골프가 골치 아픈 이유는 쉽게 배울 수가 없기 때문이다. 만약 인간이 손을 앞뒤로 흔들지 않고 좌우로 흔들고 다녔다면 골프 배우기가 훨씬 쉬웠을지 모른다. 골프는 평상시에 우리가 쓰지 않는 근육을 사용한다. 배우기도, 잘 치기도 매우 어렵다. 마치 삶에서 목표달성이 어려운 것과 같다. 그래서 골프 잘 치는 사람을 부러워한다. 또 이들을 특별히 예우하기 위해 Life Best Score, Eagle, Single,

Hole-in-one 등을 했을 때 기억하기 위해서 상패를 만들어 주고 특별히 기념한다. 쉬우면 아무나 한다. 쉽지 않은 일을 성취했을 때 성공에 대한 도전의 의미도 커지는 법이다.

골프의 장점은 많다. 우선 힘을 빼고 하는 운동이다. 체력 소모가 적어 오랫동안 할 수 있다. 혼자 하는 운동이므로 부상의 위험도 적어 평생 스포츠로 적합하다. 탁 트인 잔디 밭 자연 속에서 즐길 수 있는 운동이기 때문에 스트레스 해소에도 좋다. 골프 클럽 헤드가 정확히 공을 맞힐 때 강력한 두 손의 촉감, 조그마한 공이 하늘로 솟아오르고 궤도의 정점에서 무게가 없는 것처럼 몇 초 동안 멈추는 듯한 순간, 땅으로 하강하여 푹신한 잔디에 떨어져서 구르는 과정은 티박스Tee-Box에서 볼 때 감정이 고조되게 한다. 선택과 집중의 운동이다. 구멍 하나에 집중해 선택적 타격을 가해 목표물로 이동하는 운동이다.

골프는 한때 부유층이 즐기는 스포츠로 인식되었던 시절도 있었다. 지금은 대중 스포츠로 자리 잡았다. 최근에는 스크린 골프가 발전하면서 직장인들의 문화로 자리매김하고 있다. 1번 티박스Tee-Box에서 드라이버를 꺼내 들고 볼치기를 기다린다. 가슴이 두근댄다. 목표에 대한 집중과 선택을 연구한다.

"볼을 때리면 똑바로 날아갈까?"

불안감이 앞서 빨리 치고 이 순간을 모면하고 싶은 건 나만의 생각일까. 그런데 나의 경험으로는 1번 티박스Tee-Box에서 치는 자세와 스윙하는 순서Routine가 가장 중요하다. 18홀 동안의 모든 샷을 1번 티박스Tee-Box에서 잘 못 치면 그것을 고치기가 어렵다는 이유를 모르겠다. 예를 들면 '백스윙은 오른쪽 골반을 왼쪽으로 가볍게 돌리고 양손을 수직으로 다운해야 한다.'고 배우면 18홀 동안의 이 동작만 반복하고 그 다음 동작, 즉 '클럽을 길게 던지고 골반이 회전해야 하는 동작은 기억이 안 난다. 그렇게 되면 그날 골프는 망쳐 버린다. 대체 골프는 왜 이렇게 어려운가. 스스로 자문하고 좌절한 날이 얼마인지 셀 수조차 없다.

골프가 스트레스로 다가왔다. 나는 1992년부터 골프에 입문했다. 그땐 연습장도 많이 없었다. 잘 가르치는 프로도 찾기 힘들었다. 혼자 독학하는 수밖에 없었다. 골프동작을 배워 퇴직 시까지 그런대로 쳤다. 퇴직 후에는 골프 연습 할 수 있는 시간이 많았다. 그제서야 그동안 내가 행한 골프 동작이 잘못 되었다는 것을 깨달았다. 잘못된 동작을 고치고 열심히 연습해서 상당한 성과를 냈다. 근무했던 그룹 퇴직자들의 모임에서 메달리스트가 되었다. 거듭된 메달 획득으로 나름 골프를 잘하는 사람으로 알려지기 시작했다. 그런데 골프는 잘하는 사람이라고 인정받을 때 나에겐 오히려 부담으로 작용했다. 동료들과 라운드를 할 때면 잘 쳐야 한다는 강박관념이 생겼다.

"왜 골프는 잘 될 때와 못 될 때의 점수 차가 크게 날까? 어째서 일관성 있는 점수가 나오지 않는 것일까?"

이런 의문이 수년 동안 반복되었다.

이해할 수 없는 것은 골프를 잘치고 나면 골프가 별거 아니구나 하는 자만심에 **빠져** 골프동작을 자주 잊어버린다는 점이다.

"연습한 만큼 고른 점수를 내는 골프 동작은 없을까? 프로 골퍼들은 어떻게 비슷한 점수를 매 게임마다 낼 수 있을까?"

이런 의문이 들기 시작한다.

"프로골퍼가 하는 동작은 내가 하는 동작과 다르구나."

프로들의 동영상을 수없이 보고서야 알게 되었다. 결국 나는 프로들이 하는 스윙동작을 따라 해야겠다는 생각에 이르게 되었다. 프로골퍼와 아마추어골퍼의 차이는 우선 연습량에 있다. 프로골퍼들은 하루에 많은 시간을 연습한다. 아마추어들은 1시간이 기본이다. 상업시설인 골프연습장은 1시간 이상 연습할 수 없기 때문이다. 예를 들어 프로가 하루에 8시간 연습한다면 아마추어보다 8배 정도 **빠른** 속도로 골프 실력을 늘릴 수 있다. 아마추어라면 8년이 걸리는 시간을 프로는 1년으로 단축시킬 수 있다는 뜻이다. 프로골퍼 최경주가 하루에 8시간을 연습하면 손가락에 피가 나온다고 했다. 골프클럽에 손가락이 붙어버릴 때까지 연습했다는 얘기를 직접 들은 적이 있다.

연습초기에는 손에 힘이 있어 힘차게 스윙연습을 할 수 있다. 하지만 시간이 지날수록 힘이 빠지면서 골프는 힘을 빼고 부드럽게 쳐야 한다는 원리를 체화하게 된다. 골프는 힘으로 치는 운동이 절대 아니다. 그 원리를 일찍이 터득하고 반복연습을 해야 기량이 일정해진다. 든든하게 기초 작업을 해야 한다. 아마추어는 힘을 넣고, 프로는 힘을 빼고 친다. 어디 골프뿐이랴. 그러나 아마추어들은 연습량이 모자라 스윙의 어느 단계에서 의도적으로 힘을 빼서 볼을 쳐야 하기 때문에 일관성 있는 스윙을 못한다. 골프게임 중계 시 "저 선수는 오늘 샷감이 좋으네요."라고 해설자가 말한다. 골퍼가 힘을 빼고 부드럽게 친다는 것을 조금 고상하게 표현한 말이다.

연습량만큼 중요한 것은 또 있다. 골프기량, 즉 스윙테크닉이다. 아마추어들은 대부분 골프 시작 초기에 레슨프로에게 2, 3개월동안 레슨을 받고 필드에 라운드 나가는 경우가 많다. 스윙테크닉은 아이언 클럽, 우드 클럽, 드라이버, 핏치샷, 벙커샷, 퍼팅 등의 기술을 습득해야 한다. 모든 클럽의 기법을 단기간에 연마하기란 어려운 일이다. 더욱이 레슨프로에게 레슨을 받다 보면 아이언클럽의 샷을 조금 배우다가 그만두기를 반복하게 된다. 정작 중요한 피칭, 퍼팅은 배우지 못하고 자기 생각대로 배우는 경우가 허다하다. 골프를 시작한 지 30년이 지나도 보기 플레이어(90타) 수준을 벗어나지 못하는 아마추어가 대부분인 이유다.

프로골퍼의 스윙은 연습량에 의한 힘 조절하는 방법의 체화, 정확한 스윙테크닉을 배워 반복 연습하여 기량을 유지하는 방법이다. 또한 큰 대회에서 우승한 프로들은 잘 한다고 하는 교만한 생각과 안 된다고 좌절하는 감정을 통제할 수 있도록 훈련한 결과물이기도 하다.

그동안의 골프스윙은 손으로만 하는 스윙이다. 1단계로 백스윙은 손으로 어깨 턴을 90도로 해서 허리를 꼬아준 다음에 2단계로 다운스윙은 손목을 톱의 위치에서 어드레스 위치로 직선으로 끌어내리고 3단계로 임팩트한 후 오른쪽 어깨를 왼쪽 다리 위까지 크게 돌려준다.

이 스윙은 손으로만 하는 스윙으로 약간의 문제점이 있다. 왼쪽어깨가 빨리 열러 방향성이 좋지 않고 어깨를 돌리지 못하면 비거리가 줄어든다. 문제점을 보완하기 위해 최근의 스윙은 몸통 스윙으로 변화되었다. 골프 장비의 발달이 스윙의 변화가 왔다. 대부분의 프로들이 하는 스윙이 바로 몸통, 다시 말해 골반 회전스윙이다. 몸통스윙은 말 그대로 몸통 중 골반을 회전하는 스윙방법이다. 장타자의 공통점은 몸통 스윙을 한다. 정확한 임팩트를 만들고 헤드스피드를 늘릴 수 있는 최상의 방법이다.

1단계 백스윙은 팔로 하지 않고 오른쪽 골반을 왼쪽으로 돌려서 한다. 2단계 다운스윙은 오른 무릎을 왼발 쪽으로 붙여서 중심이동 한 후 두 손은 톱에서 오른쪽 다리 방향으로 90도로 다운하고 오른 무릎은 타깃 방향으로 집어넣는다. 3단계 오른손은 왼쪽 손을 덮으며 클럽을 1시 방향으로 던지고 골반을 신속하게 돌리면 스윙은 완성된다.

　유의할 점은 1단계 백스윙 시 반드시 헤드무게를 느껴야 한다. 다운스윙 시 볼을 끝까지 보아야 한다. 손으로 하는 스윙보다 익히기가 쉽다. 오른 무릎 방향으로 90도 다운스윙하면 신기하게 볼이 명확하게 보인다. 표적 방향으로 무릎이 나가면서 헤드스피드가 증가하여 거리가 늘어나고 직진성이 양호해 일관성 있는 프로 스윙을 완성할 수 있다. 몸통 스윙은 모든 프로들이 하는 공통된 스윙방법이다. 프로들의 연속 동작 스윙을 동영상으로 보면 명확하게 알 수 있다. 나는 이 방법으로 도전을 계속할 것이다.

　돌아오는 골프계절에 푸른 잔디와 하늘을 향해 굿샷을 날리고 좋은 점수를 얻기 위해서다. 포기하지 않는 도전이나 희망은 우리들 삶에 언제나 옥탄가 높은 새로운 에너지를 주기 때문이다.

● 우리가 살아가는 이야기

| 이재옥 |

| 이력 |

(현)카사밀라 노원 대표이사

인간개발포럼 회원 20년

한국전기기술협회 소양강사 5년

JA Korea 경제 교육강사 10년

벽산그룹 근무 30년

제4차 산업혁명시대와
한국의 미래

지금의 시대는 변화무쌍하고 예측불허시대이다. 한치 앞을 내다볼 수 없고 자고 일어나면 바뀌고 또 바뀌어 있다.

블룸버그 통신(2019년 7월 16일)에 의하면, 세계부자 순위에서 아마존의 최고경영자 제프 베이조스가 세계1위 부자를 굳건히 지켰으나, 마이크로소프트 창업자 빌게이츠가 처음으로 7년 만에 3위로 밀려났고, 대신 프랑스 명품브랜드 루이비통모에 헤네시LVMH 베르나르 아르노 회장이 2위로 올라서는 등 변화의 속도는 걷잡을 수가 없이 초스피드로 흘러간다.

이세돌 9단과 알파고의 세기의 바둑대회를 계기로 제4차 산업혁명의 핵심요소인 인공지능이란 단어가 우리에게 현실감 있게 성큼 다가온다. 제4차 산업혁명 시대에는 사물인터넷의 개발로 사람과 사물, 사물과 사물이 인터넷으로 연결되어 정보를 주고받는 IT 환경이 조성되며, 즉 사물에 센서를 부착해 실시간으로 데이터를 주고받는 기술개발로 사람, 도시, 지구를 하나로 묶는 초연결사회가 된다.

제4차 산업혁명의 특징으로는 지능화와 융합이 있다. 지능화란 인터넷으로 연결된 사물들이 사람 없이도 알아서 작동하는 것을 말한다. 대표적인 사례로 최근에 지어지고 있는 공장들은 만물 초통신을 기반으로 사람들의 관리감독 없이도 스스로 물건을 제조한다. 산업혁명으로 인한 또 다른 특징으로는 융합이 있다. 이는 데이터통신을 기반으로 사물과 사물을 연결시킬 수 있다는 것이다.

제4차 산업혁명 시대에는 사람 대신 드론이 택배를 배달하고, 앞으로 5년 안에 자율주행차가 굴러다닐 것이다. 그 이후 언젠가는 인간이 직접 운전하는 것이 금지될 날이 올 것이며, 모든 제품은 기계가 만드는 것을 3D프린트가 척척 복사를 할 것이다. 인간의 고독과 감성을 달래줄 로봇이 반려동물의 자리를 대신하게 될 것이다. 일본의 페퍼 로봇처럼 세계 곳곳에서 아주 보편화 될 날이 올 것이다. 그리고 블록체인 인터넷이 세상을 변하시키고 있으며, 가상화폐가 인터넷에서 거래되고 이 엄청난 변화에 평범한 사람은 물론 전문가들까지도 어리둥절하고 있다.

세계가 주목하고 있는 미래학자 토마스 플레이는 앞으로 2030년쯤 되면 지금의 일자리 20만개 중에서 80%가 사라지게 될 것이라고 예언하고 있다. 이 사실로 미루어 볼 때, 제4차 산업혁명이 우리의 삶에 주는 영향이 서서히 현실로 다가오고 있는 것이다.

약 1만 년 전 인류는 수렵으로 먹고 살다가 더 진화해서 농업혁명을 일으켰다. 1900년도 만해도 세계 인구는 고작 6억 명이었다. 그 후 1908년 독일의 화학자 프리츠하버Fritz Haber가 질소비료를 개발하여 농사를 지으니 소출이 배가되어 굶어죽는 사람이 적어지고 질병이 통제되고 그 여파로 세계인구가 기하급수적으로 불어나 지금은 세계인구가 약 77억 정도에 달한다고 한다.

제4차 산업혁명에 이르기까지 과거를 돌이켜보면 어떠한 가. 제1차 산업혁명에는 영국에서 증기기관차가 나오고 사람이 직접 옷을 만들어 입었는데 어느 날 방직기계가 나와 근로자들이 일자리를 뺏기자 미래를 불안하게 느껴 러다이트라는 사람을 중심으로 망치로 기계를 부수는 사건이 영국에서 일어난 적이 있었다(Luddite Movement: 기계파괴운동).

제2차 산업혁명에는 18세기 후반부터 19세기 초까지 일어난 산업혁명으로 에디슨이 전기를 개발하고, 헨리포드가 자동차를 대량생산하고 에너지기반으로 기계가 빠른 속도로 개발되었고, 제3차 산업혁명에는 20세기 후반에 개인용 컴퓨터, 인터넷 및 정보통신기술이 개발되고 컴퓨터 모바일 디지털 혁명으로 바뀌고 자동화 생산체제를 달성하였다.

그 이후 컴퓨터의 급진적인 발전을 기반으로 인공지능기술AI, 사물인터넷, 나노·바이오기술, 클라우드 서비스, 자율주행차, 빅데이터, 로봇, 3D프린트 등이 새로운 제4차 산업혁명의 핵심요소가 되고 있다.

제1차 산업혁명이후 200년이 지난 오늘날, 제4차 산업혁명의 초입에 선 우리는 다시 한 번 미래에 수많은 직업이 사라짐에 대한 막연한 두려움에 사로잡혀 있는 듯하다.

그 빠른 변화의 규모와 속도가 우리들의 생존에 위협을 준다고 느낄 수 있으며, 다가올 미래를 오히려 비관적이고 회의적으로 보는 사람들도 있다. AI의 눈부신 발전이 인류에게 새로운 진화의 도화선이 될지 아니면 부메랑이 되어 우리를 위협할지 아직 모를 일이다.

우리 대한민국은 땅도 좁고 자원도 없고, 가지고 있는 것은 인적자원인 휴먼 캐피털(두뇌) 뿐이며, 쉽게 말해서 좋은 물건 만들어 세계시장에 팔아 수출로 먹고사는 나라이다. 대한민국은 물건 10개 만들어 8개 수출해서 먹고사는 나라라고 할 수 있다. 전 세계 230여 개의 나라 중 FTA(자유무역협정)를 체결한 나라 숫자만 해도 무려 60개가 된다. 칠레, 페루 다음으로 우리나라가 제일 많이 체결한 국가가 한국인 것이다.

우리 대한민국은 전 세계 경제 영토의 85%를 점유하고 있는데 일본과 중국은 기껏해야 17% 정도이다. 세계경제 12위, 수출 6위, 무역 8위의 국가이다. 2차 세계대전이 끝난 직후 당시 147개 나라 중에서 최빈국 중 2번째로 못 살았던 나라였다. 하지만 지금은 세계 사람들이 대한민국을 롤모델로 삼고 벤치마킹하고 있다. 한류의 열광으로 우리를 부러워하고 있다.

대한민국은 국민 1인당 소득 3만 달러가 되어 드디어 미국, 일본, 독일, 영국, 프랑스, 이탈리아, 한국의 순서로 세계 7개국 밖에 없는 '30-50클럽'(국민 1인당 소득 3만 달러와 인구 5천만 이상 국가들)에 당당히 들어갈 것이다. 대한민국은 희망과 자신감이 넘쳐서 세계를 리드하는 당당한 나라로 우뚝 서게 된다.

2012년 골드만삭스는 2050년쯤 세계에서 가장 잘 살게 될 두 개의 나라로 미국과 대한민국을 꼽았다. 성공 DNA를 가진 우수 국민답게 이 모든 것들이 반드시 국토 통일과 함께 현실화되기를 바란다. 오늘날이 온 국민이 단합해야 할 중요한 시점임을 깨닫도록 해야겠다.

| 홍의숙 |

| 이력 |

주식회사 인코칭 대표이사

한국여성벤처협회 수석부회장

동국대학교 경영대학원 겸임교수

한국기업경영학회 부회장

한국코치협회 부회장

2015 여성가족부장관 표창

2012 교육과학기술부 장관상

| 저서 |

『리더의 마음』

『내편으로 만들어라』

『코칭의 5가지 비밀』

『초심』

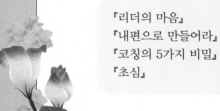

진정한 리더는
책임질 줄 아는 리더다

모든 일이 잘 진행되고 있을 때에는 제법 훌륭한 리더처럼 보이던 사람도 위기상황에 처하면 달라지는 경우가 있다. 그동안의 품위는 온데간데 없어지고 자기 자신만을 보호하기에 급급하여 본색을 드러내는 경우가 많다. 어떻게 하든지 상황을 모면하기 위해 달아나거나 다른 사람에게 책임을 전가하기도 한다.

최근에 만난 임원의 코칭 이슈가 그렇다. 회사에 문제가 발생했다. 그것은 자기 부서에서 잘못해서 벌어진 일인데, 그 책임을 다른 부서가 잘못해서 발생한 것처럼 부풀리고 책임전가를 했다고 한다. 그 결과 상황이 역전되어 결국 자기 부서가 코너에 몰렸다고 한다. 그런 식으로 다른 부서 탓을 하며 책임지지 않으려는 모습에 화가 났다고 한다. 그 결과 항의를 엄청 해서 겨우 정리가 되어서 본인 부서원들은 한숨을 돌리며 좋아했다. 그러나 아직도 자기는 그런 행동을 한 임원이 이해가 안 되기도 하고 공개적으로 화를 낸 것에 대해 불편함이 남아있다고 했다.

똑같은 상황은 아니더라도 부정적인 상황에 처하게 되면 몸부터 사리는 리더들이 너무도 많다. 신경질적인 반응을 하거나 결정을 미루며 우왕좌왕하기도 하면서 정말 각양각색의 다양한 반응이 나타난다. 물론 누구에게나 상황에 따른 이유와 변명거리가 있는 법이다. 아무리 성격이 좋은 사람일지라도 자기 자신이 위험에 처하게 되면 순간적으로 자기중심적이 될 수밖에 없다. 그럼에도 불구하고 스스로 책임지는 리더들이 있다. 결국 이런 사람들이 끝까지 신뢰를 받게 되고 진정한 리더로 자리를 잡는다.

요즘처럼 사회적으로 변화가 심하고 불안정한 상황이 계속되면 사람들의 내면에는 불안감이 쌓이게 마련이다. 이럴 때일수록 책임지는 리더가 빛을 발하게 되는 법이다. 조직에서는 스스로 책임을 떠맡고 일을 추진할 수 있는 사람이 필요하다. 책임질 줄 아는 리더가 진정한 리더이다. 책임을 진다는 것은 쉬운 일이 아니라 매우 큰 용기를 필요로 하는 일이다.

책임질 수 있는 용기는 어디에서 나오는 것일까?

먼저 자신을 투명하게 드러낼 수 있어야 한다. 2020년이면 밀레니얼 세대가 직장 내 50%를 차지한다고 한다. 그들이 가장 중요하게 여기는 것이 첫째로 투명성이다. 현재의 조직 내에 있는 사람들을 둘러보자. 자신을 있는 그대로 드러낼 수 있는 사람이 건강한 사람이다. 그렇기 때문에 진정한 리더가 되기 위해서는 먼저 자기 자신의 심신건강을 위해 스스로 많은 노력을 해야 한다. 그래야 이 위기의 상황에서 오래 살아남을 수 있는 것이다.

인간개발연구원 조찬에 참석하면서 본 모습을 떠올려 본다. 먼저, 참석자들의 평균연령이 60세 이상일 것 같다. 7시에 시작인데 10분 전에 가도 선택의 여지가 없이 앉아 있어야 하는 경우가 많다. 선배님들께서 미리 오셔서 좌정하고 계시기 때문이다. 시간이 다 되어 간신히 도착하신 분을 위해 자리를 맡아놨다며 손짓하고 부른다. 어디에 앉아야 하는지 고민했던 것도 잠시, 이내 웃으면서 준비해준 자리에 앉으면 서로들 그렇게 좋아할 수가 없다. 그림보다 더 보기 좋은 아름다운 모습이다. 이분들은 80세가 넘으신 나이에도 불구하고 이렇게 일을 하시면서 건강하게 생활한다. 이것이 가능한 이유는 그동안 자신의 건강을 잘 지켜왔기 때문이다. 피터 드러커Peter Ferdinand Drucker는 리더십의 본질은 자신의 일에 대한 책임감에서 나온다고 했다.

책임이라는 관점에서 자신의 역할을 생각하는 리더는 어떤 행동을 하게 될까? 우선적으로 본인이 속한 조직에서 주어진 사명과 목표가 무엇인지를 생각하고 구성원들과 함께 명확히 공유한다. 조직에게 맡겨진 할 일들의 우선순위가 무엇인지 결정하고 사명과 목표를 달성하기 위해 바람직한 행동의 기준이 무엇인지를 제시한다. 이런 행동을 통해 리더는 조직

● 우리가 살아가는 이야기

내에서 구성원들과 함께 올바른 인식과 실행에 대한 책임감을 유지한다. 그러면 책임지는 것을 잘 하는 리더는 어떤 행동을 하게 될까? 리더는 자신만의 특권을 추구하지 않는다. 책임을 지고 혹여라도 일이 잘못 되었을 땐 다른 사람을 탓하지 않는다. 물론 잘못한 일을 한 직원에게는 명확한 피드백을 하며 올바르게 일을 할 수 있도록 돕는다. 최종 결과에 대해서는 자신이 책임을 진다.

그뿐만이 아니라 자기보다 뛰어난 부하직원과 함께 일하는 것에 대해 두려움을 갖지 않고 적극적으로 육성하며 함께 성공을 만들어 나간다. 인간개발연구원에서 이렇게 책임감을 갖고 일하는 분이 바로 한영섭 원장님이시다. 얼마 전에 추진했던 프로젝트가 저조한 상황의 결과를 맞이하게 되었다. 예상 외의 일이었다. 원장님은 그때 그 누구도 탓하지 않으셨다. 건강상태가 그리 좋지 않은데도 불구하고 마지막까지 최선을 다하며 솔선수범하였다. 참가자 모두가 만족하게 마무리 되어가는 과정을 지켜보았다.

원장님 주변에는 뛰어난 분들이 많이 계신데 그분들을 잘 어우르며 이끌어 가셨다. 그 모습을 보며 기대를 했다. 장만기 회장님께서 진정한 리더로서의 본을 보이셨기에 대대로 멋진 원장님들께서 함께 하신 것이다. 이 전통은 계속 될 것이라고 믿는다.

4장

세계 속에서
한국을 외치다

| 강국창 |

| 이력 |

㈜동국성신 회장/대표이사

㈜동국개발 회장/대표이사

대한민국국가조찬기도회 부회장

한국기독실업인회(CBMC) 부회장

연세대학교 총동문회 고문

연세동문 장로회 회장

ROTC 인천지구 명예회장

| 수상내역 |

철탑산업훈장

중소기업을 빛낸 얼굴 선정

자랑스런 중소기업인상

CBMC 공로상

HDI 인간경영대상

나의 조국 대한민국을 위한
간절한 기도

천지만물을 창조하시고 국가의 흥망성쇠와 인간의 생사화
복을 주관하시는 전능하신 하나님!

70여 년 전 세계최빈국에서 경제부국으로 일으켜 주시고
부요하게 살도록 인도해주심 감사합니다. 36년 동안 일본의
속국에서 해방시켜주시고, 6·25 공산침략을 UN을 동원하
여 막아주신 하나님의 은혜에 감사드립니다.

애국가와 태극기를 중심으로 자유롭고 평화로운 민주국가
를 세워주신 건국지도자들과 '새마을운동'을 펼치며 "우리도
한번 잘 살아보세"란 구호를 앞세워 국민을 단결시키고 극심
한 가난을 벗어나 부강한 나라가 되게 해준 국가지도자를 추
모하며 감사합니다.

자원이 없어 부녀자들의 긴 머리카락을 잘라 가발을 만들
고 농사만 짓던 이민족을 세계시장으로 눈을 돌리게 해주고
수출대국으로 진입하게 해준 기업인들에게도 감사합니다. 그

러나 지금 이 땅에는 미래는 없고 과거만 존재하는 것 같아 안타깝습니다. 과거는 아무리 좋은 것이라도 흘러간 물 같아서 다시 돌아오지 못하며, 미래도 현재에 의하여 만들어지며, 개인이나 공동체도 미래를 잃게 되면 과거만 파고 들게 되므로, 선진국은 미래가 보장되면 과거를 문제 삼지 않고 있습니다만…. 우리는 과거가 청산되지 않으면 미래를 논하려 하지 않는 우매함을 범하고 있습니다. 긍휼히 여겨주시옵소서.

미국은 오랜 전쟁으로 수많은 희생과 아픔을 안고 있음에도 불구하고 적국이었던 베트남을 세계에서 가장 빠르게 경제성장이 이루어지도록 지원하고 있습니다.

성경(고후5:17)에도 "너희는 이전 일을 기억하지 말며 옛적 일을 생각하지 말라, 이전 것은 지나갔으니… (고후5:10), 옛사람을 벗어버리고 새사람이 되어, 새 일을 행하라"(엡4:22)고 하셨습니다.

학교에서도 어른공경과 감사를 바르게 가르쳐 부모님과 이웃, 우방국이나 기술발전에 도움을 준 나라를 잊지 않게 하시고, 진리와 정의가 무엇인지 올바르게 가르쳐 "동성애와 같은 불의"가 활보하지 못하도록 하여 주시옵소서. 또한 공평한 것을 평등한 것보다 중하게 여기며, 우수한 한 명을 평범한 다수보다 귀하게 여기고, 기술자나 기업가를 공무원이나 법률가보다 우대하는 나라가 되게 해주시옵소서.

공무원이 되려고 고시원을 배회하는 머리 좋은 젊은이들을 변화시켜, 모험적인 기업가나 과학자가 되려는 꿈을 꾸게 하여주시고, 노벨수상자나 스티브잡스 같은 세계적인 인물도 배출되게 하여 주시옵소서.

세계 최하위 출산율, 최대의 자살률과 이혼율 등 부끄러운 기록을 벗어나, 생육하고 번성하라(창2:28)고 하신 하나님의 말씀을 따르게 하여 주시옵소서.

이 땅에 말로만 하는 애국자보다 고용을 창출하고, 세금을 많이 내고, 정의와 진리를 바르게 가르치며 국익에 도움을 주는 기업인, 정치인, 공무원 등의 애국자가 많아지게 하여 주시옵소서.

지금까지 경제성장을 이끌어왔던 제조업이 쇠퇴하고 있습니다. 이는 경쟁국인 일본보다 기술은 낮고 임금은 20% 높으며, 기술을 추월당하고 있는 중국보다 50% 높으니, 가격 경쟁에서 밀려나고 있습니다. 앞으로 동등한 기술과 임금으로 경쟁할 수 있을 때까지는 10~20년이 걸리지 않을까 우려

● 세계 속에서 한국을 외치다

됩니다.

불황의 늪을 더욱 깊어지게 하는 노동의 경직성, 높은 임금, 일을 많이 못하도록 한 근로시간 규제는 빨리 해결하여 주시고, 국가재난이 우려되는 급격한 인구감소와 소상공인과 중소기업들의 사업포기, 늘어나는 기업도산과 공장매물, 젊은이들의 일자리부족과 실업률증가, 사상최대의 국가재정 적자와 수출감소 등, 몰락하고 있는 한국경제가 다시 회생할 수 있도록 하여 주시옵소서.

그리고 중요하지도 바쁘지도 않은 것에 귀한 시간과 기회를 낭비하며, 국민을 민족보다 귀하게 여기지 않는 정치인들을 일깨워주시고, 이 나라를 새롭게 할 훌륭한 지도자도 세워주셔서 오락가락하는 안보문제와 신기술개발의 발목을 잡고 있는 악법과 국가발전을 역행하는 규제와 기업을 괴롭히는 공무원들을 국익을 우선하는 애국공무원으로 변화시켜주시고 각종 어려운 문제들을 해결하여 주시옵소서.

일본에는 100년 이상 기업이 24,000여 개나 되는데 우리나라는 10개도 안되며 전통장수기업도 없습니다.
오너가 기술자인 중소기업의 자녀들마저 기업승계를 거부하여 외국인들이 기술을 배웠다가 지금은 경쟁자로 변하고 있으며, 1세대의 고유기술은 단절된 채 계승되지 못하여 문을 닫는 기업이 속출하고 있습니다.

4차 산업혁명에 대비하여 공장자동화와 스마트공장을 만들려 해도 기계장비와 기술을 역수입해야 하는 실정이 되었습니다.

의로우신 하나님!
우리 국민들이 "요람에서 무덤까지 국가가 해결해준다."고 거짓 선동하는 사회주의나 공산주의에 현혹되지 않게 해주시고 민주주의 시장경제 체제로 온 국민이 하나 되어 다시 한 번 한강의 기적을 이룰 수 있도록 하여 주시옵기를 간절히 바라오며 예수그리스도 이름으로 기도합니다. 아멘.

| 권선복 |

| 이력 |

도서출판 행복에너지 대표

지에스데이타㈜ 대표이사

영상고등학교 운영위원장

대통령직속 지역발전위원회·문화복지 전문위원

전남 장성군 홍보대사

강원도 동해시 대외협력관

대한민국 혁신경영대상(문화예술 부문)

한국의 영향력 있는 CEO(상생경영 부문)

팔팔컴퓨터 전산학원장

서울시 강서구의회(도시건설위원장)

| 저서 |

『행복에너지』
『행복한 나들이』
『파워리더 국회의원 33인』

향기 나는
사람이 되자

누구에게나 존경하는 사람이 한두 명쯤은 있을 것이다. 그중 유한양행의 유일한 박사는 가장 많은 사람들의 공통분모가 되지 않을까 싶다. 이미 세상을 떠나신 지 50여 년이 다 되어가지만 그분이 남긴 삶의 자취와 향기는 깊고 진하기 때문에 쉽사리 잊히지 않는다.

그에 대해서 많은 이야기를 할 수 있겠지만 '노블레스 오블리주'를 실천한 기업인이라 칭하는 데 이견이 있으리라 생각하지 않는다. '노블레스 오블리주'. 높은 사회적 신분에 상응하는 도덕적 의무를 뜻하는 말이다. 오늘날 우리 사회에 높은 신분을 가진 이는 많지만 그에 따른 의무를 수행하는 이는 잘 드러나지 않는다. 그러나 훨씬 오래전에 이러한 덕을 실천할 사람이 바로 유일한 박사다.

유일한 박사는 혈혈단신 미국으로 건너가 공부를 하고, 한국으로 돌아와 제약회사인 유한양행을 설립하였다. 당시로는 파격적인, 종업원들에게 주식의 30%이상을 배분하는 우리나라 최초의 종업원 지주제를 실시하였다. 그는 직원들과 함께

가겠다는 의지로 그러한 일을 했다고 한다. "회사는 어디까지나 사회와 국가의 것이다. 유일한의 것이 아니다." 그가 남긴 말이다.

유한양행은 깨끗한 경영으로도 정평이 나 있었다. 5공화국 시절에는 정치자금을 거부한 일로 인해, 정치적 보복을 당할 위험에 처하기도 했다. 그러나 세무조사에서 먼지 하나 나오지 않자 오히려 동탑산업훈장을 받게 되었다.

기업을 하면서도 유일한 박사는 유한학원을 설립하여 어려운 학생들에게 학업의 길을 열어주는 등 사회적으로도 아름다운 일을 펼치는 동시에, 1969년 50년간 맡았던 기업 CEO자리를 전문경영인에게 물려주며 당시 기업문화에 센세이션을 불러일으켰다. 이를 계기로 우리나라에서도 전문경영 기업인 시대가 열릴 수 있었다.

유일한 박사가 존경받는 가장 큰 이유 중 하나가, 1971년 유명을 달리하며 그분이 남긴 유언장 내용 때문이다. 그는 재산을 공익기업에 기부하고 자식들에겐 유산을 거의 남기지 않았다. 그가 가족에게 남긴 유산이라곤 지극히 사소한 것들 뿐이었다. 아직 어린 손녀에게 대학자금을 지원해 주는 것, 딸에게 대지를 5천 평 상속하여 학생들이 뛰어놀 수 있는 동산으로 꾸미게 하는 것, 장남은 대학까지 졸업했으니 앞으로는 자립해서 살라는 것 등이 전부였다.

자식들도 스스로 자립하기를 바라는 그의 유언은 진정한

'참사랑'의 발로로 생각된다. 세상의 어느 부모인들 자식이 어여쁘지 않으랴. 무엇이든 해주고 싶은 마음이 그라고 해서 다를 바는 없었을 것이다. 허나 그는 과한 유산은 자식을 망치는 '독'이라는 사실을 일찍이 알고 있었다. 스스로의 손과 발로 일구어낸 것이 아니라면 어떤 것도 진정 자신의 것이 될 수 없음을, 오히려 자만과 나태에 빠지게 함을 누구보다도 이해하고 있었던 것으로 보인다. 아이를 성공의 사다리에 올려놓기 위해 막무가내로 무엇이든 다 해주려 힘쓰는 이 시대의 부모들이 본받아야 할 자세가 아닐까?

유일한 박사는 죽음이란 마지막 관문을 건너고 난 뒤에도 남은 사람들에게 큰 반향을 일으켰다. 대기업을 이끌던 사람이 어떻게 가족에게 아무것도 남기지 않을 수 있을까 싶지만, 그가 일생을 통해 보여준 삶의 자세로 추측건대 그는 충분히 그러고도 남았을 것이다.

아버지의 향기는 대대로 전달되었다. 그의 딸 유재라 여사 역시 자신의 재산 200억을 사회에 환원하고 세상을 떠났다. 가히 존경하지 않을 수가 없다.

나 역시 유일한 박사를 무척 존경하는 사람으로서 그분의 평전과 일대기 등을 빠짐없이 읽었다. 삭막해져가는 오늘날, 유일한 박사가 몸소 보여준 선행과 실천이 많은 이들에게 귀감이 되고 있다. 따뜻한 삶을 실천한 그의 모습이 오늘날 젊은이들에게 좋은 본보기가 될 것이라고 믿는다.

은은한 향기는 오랜 시간을 거쳐 정제되고 숙성되어 발향한다. 유일한 박사에게서도 그런 향기가 난다. 사람을 아끼고 사랑하고 평생을 올곧게 살아오신 것들이 정제되고 숙성되어, 오래도록 은은한 향기를 내는 것이 아닐까 싶다.

그분의 향기 나는 삶은 바쁜 세상살이 속에서 잠시 앉았다 가는 쉼터와도 같다. 사람과 사람이 부대끼며 사는 것이 아니라, 서로를 흐뭇하게 바라보며 쉴 수 있게 해준다.

사람마다 고유한 향기가 있다고 한다. 어떤 이는 향기라고는 할 수 없는 악취가 나기도 하고, 어떤 이는 무향무취다. 얼마나 재미없고 멋없는 인생인가?

나는 오래 전부터 미래의 꿈나무들이 책 향기가 나는 사람이 되면 좋겠다고 생각해 왔다. 이 땅의 청소년이 잘 자라기 위해서는 다양한 양분이 필요하다. 부모가 주는 양분, 선생님이 주는 양분, 친구들이 주는 양분… 이것들은 처해진 상황에 따라 달라질 수 있지만 모든 이에게 가장 공평하게 제공될 수 있는 양분 하나가 있다면 바로 책이 아닐까 한다. 책을 통해 수많은 아이들이 꿈을 꿀 수 있고 지식을 배워가며 미래를 개척할 수 있다. 나는 강서구의회 의원활동 당시 그 바람을 담아 청소년문제와 학교문제에 많은 관심을 기울였다. 작은 기회라도 포착하면 아이들이 책과 가까이 지낼 수 있는 방법부터 모색했다. 그중 하나가 바로 시립청소년직업전문학교 도서관을 짓고 이를 지역주민에게 개방하기로 한 것이다.

의정활동 당시만 해도 그 지역에는 시립청소년 직업전문학교가 있었다. 학생 수는 400여 명 남짓 되었는데, 면적과 시설이 상당히 방대했다. 나는 그 방대한 면적의 공간과 시설들을 학생뿐 아니라 주민들에게도 개방한다면 더욱 효율적으로 쓰일 것이라고 확신했다. 특히 이 넓은 공간에 도서관 시설을 갖추게 한다면 금상첨화일 것 같았다. 당시는 정부가 청소년직업전문학교 내에 도서관을 유치한다는 교육개혁안을 내놓고 있었으므로, 사회교육의 일환으로 이를 활용하면 더 좋을 것 같았다. 서울시에서는 걸어서 10분 이내에 도서관 조성을 하겠다는 '서울시 도서관 및 독서문화 활성화 종합계획'을 마련해 놓고 있다.

25년 전에는 서울시에 약 22개의 시립도서관밖에 없었다. 이는 인구 50만 명에 한 개 꼴인 셈이다. 가까운 일본의 도쿄와 비교하면 15분의 1에 해당하는 수치다. 현실적으로 당장에 많은 예산을 들여 이웃나라와 어깨를 나란히 할 만한 도서관을 짓는 것은 불가능한 일이다. 그러나 조금만 바꿔 생각하면 좋은 시설을 충분히 이용할 수 있는 방법이 있으리라 믿고, 강서구 의원으로 활동하면서 도서관 설립을 강력하게 주장했다.

나는 꾸준히 아이들에게 책과 가까워질 수 있는 기회를 자주 주기 위해, 그에 따른 계획을 세워 강력히 추진한 바

있다. 아이들이 책을 가까이하고 자라난다면, 분명 책 향기가 나는 사람이 될 수 있으리란 확신을 가졌기 때문이다. 2019년 현재엔 서울시에 작은도서관 포함 1,100여 개의 도서관이 만들어졌다는 것은 가히 장족의 발전이라 믿어 의심치 않는다.

요즘 아이들은 문장 독해능력이 현저히 떨어진다는 이야기를 들었다. 스마트폰과 유투브를 통해서 모든 지식을 간단하게 얻을 수 있는 세상이라 상대적으로 내용이 많은 책을 굳이 들여다보려 하지 않는다는 것이다. 통탄할 일이다. 사회가 발전하였고 정보는 그 어느 시대보다도 빠르게 돌고 있는데 그것이 오히려 청소년들의 지혜 향상에 발목을 잡게 되다니 아이러니하게도 보인다. 물론 스마트폰을 통해서도 온갖 정보를 접할 수 있지만, 몇 초간 눈을 스쳐지나가는 정보를 보기만 하는 것과 오랜 시간 공을 들여 책을 읽어가며 자신의 생각을 발전시켜 나가는 것에는 천지차이의 효과가 있을 것이다. 이런 시기일수록 아이들에게 책을 읽는 즐거움과 책의 매력에 흠뻑 빠지도록 돕는 커리큘럼이 절실하다.

어느 날 우장춘 박사가 새벽부터 배추밭에 나가 종일 배추를 들여다보며 기록을 하고 있었다. 제자들이 들어가 쉬시라며 만류했지만, 그는 끝까지 고집을 피우며 배추밭을 지켰다.

"자네가 죽은 뒤 신이 '너는 세상에 태어나 무엇을 했느냐?'고 물으면 뭐라고 하겠나. 나는 말이야, '배추 잎사귀 하나는 사람들이 먹기 좋게 만들어놓았습니다.' 하고 대답할 생각이네."

세계적인 육종학자인 우 박사는 보다 많은 사람들의 유익을 위해 인생을 바쳤고, 그만의 향기를 사람들의 식탁 위에 올려놓은 셈이다.

우장춘 박사나 유일한 박사가 우리 인류 중에 유달리 특별한 이들이라 이런 향기를 남긴 것일까? 그렇지는 않다고 본다. 우리 개개인은 전부 고유한 향기를 가진 채 이 지상에 태어났다. 우리가 세상을 살아가는 이유는 그 향기를 맘껏 퍼뜨리고 나누기 위함이다. '나 같은 사람은 안 돼'라고 생각하지 말고 '당연히 할 수 있고, 해야만 해'라고 생각하자. 지금 이 순간 내가 할 수 있는 일은 무엇일까? 세상을 좀 더 아름답게 바꾸기 위해서 나는 나의 재능을 어떻게 쓰고 있나? 뛰어난 위인들이 그러하듯, 우리 역시 향기 나는 삶을 꿈꿔야 하리라. 과연 나는 어떤 향기를 간직한 사람인가? 항상 스스로에게 자문해 보자. 자신의 향기가 다른 이들의 마음을 움직일 만한 건지, 기분을 좋게 만들어주고 있는 건지, 혹 인상을 찌푸리게 하는 건 아닌지 등등 자기성찰을 해보자.

향기 나는 삶을 살기 위한 가장 바른 방법은 내 것만 취하지 않는다는 것이다. 성공을 향해서 달려가는 것은 좋다. 그것은 인간의 본능이기 때문이다. 하지만 어느 순간이 되면 욕심을 내려놓고 사회에 환원할 줄 알아야 한다. 그것이 인간으로서 이룩할 수 있는 가장 큰 마지막 목표다.

벌은 꽃에서 꿀을 따지만, 꽃에게 상처를 남기지 않고 오히려 열매를 맺도록 도와준다. 내 것 취하기에만 급급해 남에게 상처를 내면, 그 상처가 썩어 결국 근원조차 잃게 되고 만다. 이처럼 사람과 사람 사이에도 꽃과 벌 같은 관계가 이루어질 때, 비로소 아름다운 삶의 향기가 은은하게 퍼져 나갈 수 있을 것이다.

세상을 살아가는 많은 사람들이 향기를 찾아 널리 퍼뜨리고 이 세상에 빛과 소금이 되는 삶을 영위하며 행복에너지를 전파하는 세상을 살아가길 기원해본다.

| 김석문 |

| 이력 |

(현)㈜신일팜글라스 회장

(현)㈜에이치케이피 회장

(현)재단법인 '심향(心香)' 이사장

(현)사단법인 KP국제선교회 이사장

| 수상내역 |

2016 – 여성가족부 여성친화 기업인상 수상

2015 – HDI 최고 명예대상 수상

2014 – 중소기업청 우수 기업인상 수상

2010 – 지식경제부 생산혁신 우수CEO대상 수상

2008 – 공주세무서 성실납세기업 수상

2006 – 전경련 우수 기업인상 수상

2002 – 중소기업은행 우수기업인상 수상

우리의 삶이
우아할 수 있다면

11월이면 꼭 꺼내 보는 시가 있다. 다음과 같은 시다.

돌아가기엔 이미 너무 많이 와버렸고 / 버리기에는 차마 아까운 시간입니다 / 어디선가 서리 맞은 어린 장미 한 송이 / 피를 문 입술로 이쪽을 보고 있을 것만 같습니다 / 낮이 조금 짧아졌습니다 / 더욱 그대를 사랑해야 하겠습니다.

나태주 시인의 '11월'이라는 시다. 이 시를 처음 본 것은 작년 2월 공주역에서다. 공주역 개통 3주년 축하 행사의 일환으로 나태주 시인의 시화가 전시되었다. 공주역은 일주일에 4번 넘게 지나치는 일상의 길목이다. '좋은 술과 후회 없는 인생은 무더운 여름날 꺼내놓은 생선과 같으니 그 즉시 음미하지 않으면 상해버리고 만다.'는 어느 책의 글귀가 생각났다. 그래서였나 보다. 나태주 시인의 50여 편의 작품이 전시되자 승강장 연결 통로를 지나갈 때 시를 따라 읽으면서 한동안 멈춰서 시를 감상했었다. 바삐 지나다니던 역에서 걸음을 멈춘 채 시를 읽는 시간이 길어지면서 그 장소도 내게 특별하게 느껴졌다. 전시된 시 중에서 11월이라는 시가 특히 마음에 와닿았다. 얼마 남지 않은 한 해를 아쉬워하며 남은 시간 동안 더 사랑하기를 다짐하는 시인의 마음에 공감했기 때문이었을까.

　유독 '11월'이라는 시가 마음에 닿았던 이유를 곰곰이 생각해 봤다. 11월이 오면 나뭇잎들이 떨어진다. 빈 나무의 처연함과 선한 모습이 먼저 떠오른다. 이런 계절의 순환 속에서 11월이라는 시는 기억에 인상 깊게 남는다. 인생의 끝자락 어디쯤에서 가릴 것도 숨길 것도 없는 본래의 내가 어떤 모습으로 남아야 할지를 일깨웠기 때문이다. 그래서 우리는 한 해가 저물어 갈 때 그동안의 시간을 되돌아보기도 한다. 자신을 격려하고 어려운 이웃에게 온정을 나눠 주면서 주어진 삶을 함께 잘 견뎌 내고 있다는 생각에 마음이 뿌듯해지기도 한다. 이렇듯 '타인과 나누면서 함께 행복하기'는 나의 숙원이고 삶의 이유였다. 내가 살아가는 이유도 그랬다. 작은 회사를 숙명처럼 여기며 살았다. 경영하는 목적도 공동체의 한 사회인으로서 가난한 이웃과 어려운 사람들에게 살아갈 희망을 주고 함께 어울려 잘 살기 위해서였다.

　아프리카 선교 활동을 우연히 후원하게 된 일은 그 출발점이 되었다. 오래전부터 교육만이 모든 인간을 성장시키고 삶의 질을 높일 수 있다고 믿었다. 교육의 기회가 부족한 케냐의 어린이들에게 유치원과 학교를 짓는 목사님의 선교활동을 후원하다가 재단을 만들어 모금하면서 본격적인 후원을 하게 되었다. 지속적인 후원이 거듭될수록 내 능력의 부족함을 느꼈다. 어떤 일을 잘하기 위해서는 첫 번째로 사랑, 두 번째로 기술이 필요하다. 어떤 것에 대해 생각한 것과 생각해야 할 것이 나의 길이 되어 주었다. 드디어 후원자들의 후원금과 나의 힘이 더해져 케냐에 학교를 설립할 수 있었다. 우리는 하루하루 무언가를 이루며 살아간다. 그런데 사는 동안 무엇을 이루며 살아야 잘 사는 것일까? 무엇을 이루며 살 것인가는 전적으로 자신의 선택에 달려 있다.

바람직한 삶을 살기 위해 필요한 네 가지 요소가 있다. 첫째, 자신이 진정 원하는 일을 하는 것. 둘째, 사랑하는 사람들과 함께하는 것. 셋째, 삶을 이끌어 주는 목적을 찾는 것. 그리고 이 마지막 넷째, 이 모든 것들을 함께 할 장소를 갖는 것. 나는 나만의 답을 찾고 싶었다. 나와 관계가 있거나 혹은 관계없는 사람들이 서로에게 연결되어 살아가고 있다는 사실을 알고 있었다. 우리는 지구라는 별에 모인 소중한 사람들이며 함께 행복하게 살아야 한다는 공동체라는 점을 상기할 수밖에 없었다. 나의 답은 인간으로서 어느 때라도 우아한 삶을 사는 것이다. 그것을 실현할 방법은 케냐의 어린이들에게 교육의 기회를 제공하는 일이다. 그 일에 멈추지 않고 동참하는 것이다. 이런 삶이 나에게는 인생을 길고 우아하게 사는 방법이다. 가까운 사람들이 그 일을 지속하는 데 장애가 될 수도 있을 것이다. 이해시키고 참여하게 하는 것 또한 나의 소임이다. 많은 사랑의 수행자들이 좋은 시대를 만들어 가길 바라면서 말이다.

쉽지 않은 일일 것이다. 마음이 흔들릴 때마다 이 말을 떠올리며 마음의 중심을 바로 세운다. '수일불이守―不移', 하나의 물건을 오롯하게 응시하면서 마음을 가다듬어 움직이지 않는다는 뜻이다. 공장 입구에 잎이 진 나무 하나가 보인다. 텅 빈 가지가 참으로 우아하다. 잎이 진 나무를 가만히 응시하다 보면 어느새 산란한 생각들이 끊어진다. 고요함에 접어들어 내가 가야 할 길이 다시 또렷하게 보인다. 내 인생도 다 내려놓고 저 11월의 나무처럼 우아할 수 있다면 좋겠다. 그것은 거창한 이상이 아니다. 그저 공동체의 일원으로서, 한 사람으로서 내 곁의 소중한 이들을 보살피자는 것이다. 그러면 우리 삶의 뒷모습이 우아할 수 있지 않을까. 낮이 더 짧아지고 있다. 우리에게 사랑이 더욱 필요한 계절이다.

● 세계 속에서 한국을 외치다

| 두상달 |

| 이력 |

(사)가정문화원 이사장

칠성산업㈜ 대표이사, ㈜디케이 대표이사

(사)대한민국 국가조찬기도회 회장 및 이사장

(전)사단법인 한국기아대책기구 이사장

(전)기독실업인회 중앙회장 및 명예회장

| 수상내역 |

보건복지부 가정의 날 대통령 표창

제10회 대한민국 신지식인상 가정부문

서울특별시 부부의 날 위원회 서울부부상

| 저서 |

『아침키스가 연봉을 높인다』 외 다수

베사메 무쵸

기업이 경영이라면 가정도 경영이다. 가정이 건강해야 개인과 기업도 성공한다. 성공한 사람들은 하나같이 가정이 행복하다. 건강한 가정과 행복한 가정이 개인의 경쟁력이다. 나아가서는 기업과 나라의 경쟁력이기도 하다. 조사에 따르면 아침키스를 받고 출근하는 사람의 연봉이 2~30% 높다고 한다. 이러한 통계수치에서 알 수 있듯이 개인의 행복지수는 집단의 성공과 무관하지 않다.

거대공룡 IT기업들이 있다. 애플, 구글, 아마존, P.B, 알리바바, 네이버, 카카오톡 등이 바로 그들이다. 이들은 컴퓨터 소프트웨어나 클라우드 서비스, 빅테이터 디지털 IT로 세계를 정복한 회사들이다. 이들이 초국가적 기업이 된 성공요인은 바로 상상력과 창의력이다. 이제는 상상력과 창의력이 없으면 성공할 수 없는 시대가 되었다. 아무도 생각해 내지 못한 새로운 아이디어와 독특한 발상이 개인과 기업을 성공으로 이끌어 준다. 독창적인 아이디어는 행복하고 자신감 있는 사람의 머리에서 나온다. 행복한 가정, 화목한 부부가 곧 개인의 경쟁력이자 기업의 경쟁력이 된다. 직원이 행복해야 생산성이 높아진다. CEO가정이 살아야 직원들이 산다. CEO 부부의 행복이 곧 직원의 행복이고 직원이 행복하면 회사가 번영한다. 기업의 정책결정권을 쥐고 있는 CEO가 부부싸움이라도 하고 출근하면 그날 그 회사 직원들은 하루 종일 죽을 맛이다. 그런 날에는 결재를 받으면 터지기 일쑤다. 최고경영인의 가정불화가 기업에도 영향을 미치는 것이다. 그러니 일국의 대통령이 부부싸움을 한 날에는 온 나라가 조심해야 한다. 강대국 지도자가 부부싸움을 했다고 하면 온 세계가 바짝 긴장해야 한다. 한 가정에서 일어난 작은 나비의 날갯짓이 세계 어느 곳에서 거대한 폭풍으로 몰아칠지 알 수 없는 노릇이다.

압축경제 성장의 주역들은 배수진을 치고 살아왔다. 돈만 벌어 오면 되었다. 일터에서 성과가 중요했다. 가정은 항상 뒷전으로 밀리고 일 중심으로만 살았다. 돈 벌어 와 따뜻하고 배부르기만 하면 되었다. 그래도 아내들은 불만이 없었다. 그러니 한국 경제는 아내들의 고독을 먹고 자란 셈이라는 말도 있었다. 그러나 지금은 풍요의 시대다. 그저 배부르고 등 따숩다고 행복해하지 않는다. 정서적 만족이 중요하다. 가정은 일차사업장이다.

가정이 행복한 사람은 직장에 대한 만족도가 높고 이직률도 낮다. 자신의 능력을 충분히 발휘하고 인정받는데 회사를 옮길 이유가 없다. 직장 정착률이 높으면 기업 차원에서는 조직의 안정성을 유지할 수 있다. 당연히 신규 채용과 직원 훈련에 드는 비용도 절감될 수밖에 없다. 요즘 기업에서 직원들의 가정을 챙기는 행사가 많아진 것도 이 때문이다. 직원의 가정이 망가지면 그 역작용이 기업에도 부정적인 영향을 미치게 된다. 우리 부부가 전하는 강의 제목도 "행복한 가정이 경쟁력입니다."이다. 선진국에서는 이미 오래전부터 가정 친화 기업 문화work&family balance가 확산되고 있다. 행복한 가정이 최고의 경쟁력이 되는 시대다.

아침에 키스를 한다는 것은 하루를 즐겁게 시작하겠다는 의지다. 성공을 향해 가는 길이다. 키스를 하고 회사로 향하는 남편의 마음속에는 행복감과 활력이 넘치기 마련이다. 아침 공기마저 상쾌하게 느껴진다. 출근길이 즐거운 남편은 직장에서 최고의 능률을 발휘한다. 새로운 아이디어가 샘솟고 업무 능력이 향상된다. 표정은 밝고 매사에 긍정적이고 적극적이다. 의사소통도 잘된다. 사람들로부터 신뢰를 받으니 대인 관계가 원만해진다. 동료들과 팀워크가 잘 이루어지니 생산성도 높아진다. 아침 키스를 받고 출근하는 남편은 그렇지 않은 남편보다 연봉이 2~30퍼센트나 더 높다는 선진국의 통계결과가 있다.

● 세계 속에서 한국을 외치다

짓궂은 질문을 받은 일이 있다. 누군가 내게 물었다. 아침 키스를 하면 연봉이 올라가는데 저녁키스를 하면 어떻게 되나요? 나는 이렇게 답했다. "저녁키스를 하면 늦둥이를 둡니다. 건강도 좋아집니다." 부부관계가 좋으면 그만큼 성공할 가능성이 커진다. 배우자로부터 지지받고 인정받는 사람은 자존감도 높아진다. 사회에서도 당당하고 자신감이 넘친다. 자기가 가진 능력을 몇 백 퍼센트 발휘하니 일이 잘될수밖에 없다. 반면 배우자로부터 무시당하는 사람은 매사에 실패하기 마련이다. 겉보기에도 어쩐지 위축되어 보인다. 실제로도 소심해진다. 자신감이 부족하고 의욕도 떨어지니 능력을 제대로 발휘할 리가 없다. 어쩌다 말다툼이라도 하고 출근하는 날이면 일할 기분이 아니다. 마음이 무거워 일이 손에 잡히지 않는다. 부부싸움을 하고 출근한 사람들에게 교통사고가 제일 많이 발생한다는 사실이 조사 결과 밝혀졌다.

지금은 상상력과 창의력이 중요한 시대이다. 상상력과 창의력을 좌우하는 것은 그날의 기분이다. 기분은 주로 그날 아침에 의해 결정된다. 아침기분을 결정하는 것이 어디인가? 바로 가정이다. 아침에 웃으며 시작하면 대박인생, 찌푸리며 시작하면 쪽박인생인 것이다. 그러니 성공하고 싶다면 키스로 아침을 시작하라! 베사메 무쵸! 아침키스가 업무 능력을 업그레이드Up-garde 시킨다! 베사메 무쵸! 아침 키스가 연봉을 높인다!

| 박동순 |

| 이력 |

대한민국 육군에서 34년간 복무 후 대령 전역

경영학 석사, 정치외교학 박사로 문무겸전

(전)숙명여자대학교, 국민대학교 정치대학원 강의

(현)한국군사문제연구원 전문연구위원

(현)정부혁신국민포럼 운영위원(행정안전부 위촉)

(현)호국안보통일교육 전문교수(재향군인회 위촉)

(현)폭력예방통합교육 전문강사(한국양성평등교육
진흥원 위촉)

(현)한성대학교 국방과학대학원 교수

| 저서 |

『내 인생 주인으로 살기』
『한국의 전투부대 파병정책』
『국제분쟁과 평화활동(공저)』
『군사학 개론(공저)』
『국군의 아프가니스탄 평화활동(공저)』

박동순

엄마,
저 군대 다녀왔어요!

따스한 초가을 햇살 아래 머리가 희끗한 군인이 휘장이 번쩍거리는 정복을 입고 산소에 거수경례를 올리고 있다.

"아버지 어머니, 저 군대 잘 다녀왔습니다. 남들은 3년, 아니 지금은 2년 남짓하게 군 생활을 하고는 제대하는데, 저는 자그마치 강산이 세 번 바뀔 만큼의 세월을 보내고 이제 부모님 품으로 돌아왔습니다. 그래서 부모님께 귀가 신고를 드립니다. 어머니께서 신신당부하신 대로 손끝 하나 다치지 않고 무탈하고 멋지게 돌아왔노라고 인사를 올립니다. 충성!"

생전에 나를 볼 때마다 부모님은 늘 이렇게 일러 주셨다.

"군인이란 하는 일이 거칠고 고되니 뭐니 뭐니 해도 몸조심해야 한다. 그리고 다른 사람들에게 절대로 악하게 하지 마라. 선한 끝은 없어도 악한 끝은 반드시 있는 거란다."

하면서 나를 걱정해 주셨다. 덕분에 나는 이렇게 건강하고 자랑스러운 모습으로 부모님 앞에 돌아와 설 수 있었다. 그동안 칠흑 같은 어둠을 뚫고 밤새워 행군을 하는 인내의 한계를 느낄 때는 어머니 생각이 꿈결 같았다. 나의 진로를 결심하는 등 중요하고 어려운 결정을 앞두고는 이럴 때 아버지께 한번 여쭤어 봤으면 얼마나 좋을까 하는 생각이 간절했다. 지금 돌아봤을 때 힘들고 어려웠던 시기를 견뎌 냈음과 그때의 결정이 크게 잘못되지 않았음은 모두 아버지 어머니께서 나를 돌봐 주셨고 지켜 주신 덕분이라고 생각된다.

"아버지 어머니, 산소를 덮었던 풀을 깎아 드리니 시원하고 개운하시지요? 올해는 유난히 비가 자주 내려 풀이 많이 자랐네요."

산소의 풀을 베는 동안 굵은 땀방울에 온몸이 젖었다. 하지만 아버지 어머니께서 좋아하실 거라 생각하며 단숨에 벌초를 마쳤다. 산소의 왼쪽 공터에는 칡넝쿨이 감고 올라간 배나무가 산소를 지키고 서 있다. 울퉁불퉁하게 생긴 배 두 개를 골라 따서 묘상에 올리고 술 한 잔 부어 목을 축여 드렸다. 아버지가 좋아하시던 쑥부쟁이 꽃도 꺾어서 꼽아 드렸다.

어머니는 내가 어릴 적 아침햇살이 방 안 가득 들어오는 닥종이로 바른 문 앞에 앉아 머리를 곱게 빗어 가르마를 반듯하게 가르시곤 했다. 그러곤 하얀 비녀를 쪽진 머리에 꼽으셨다.

"참 개운하고 정신이 맑아져서 좋다."

어머니의 동그란 얼굴에 주먹만한 쪽진 머리가 정말 단아해 보였다. 작은 거울을 통해 옆모습을 이리저리 비춰 보시던 어머니를 올려 보면서 우리들은 차차 머리가 굵어졌다. 오늘 모처럼 군인이었던 아들이 벌초를 해 드리고 나니 어머니께서 "참 개운하고 정신이 맑아져서 좋다."라고 말씀하실 것 같아 흐뭇하다.

1983년, 나는 20대 초반에 장교가 되기 위해 군에 입대했다. 부모님께 절하고 동네 사람들의 배웅을 뒤로하고 마을을 떠났다. 강원도 동북단 고성에서의 소대장 시절, 아버지는 처음이자 마지막 면회를 와 주셨다. 그리고는 내가 영관 장교가 되기 전인 1991년도에 세상을 뜨셨다. 어머니는 당신의 둘째 손주까지 업어 주셨다. 하지만 중풍으로 거동이 불편하셨다. 병석에서 몇 년을 더 누워 계셨다가 2004년에 돌아가셨다. 내가 대령 계급장을 달고 머리가 희끗해져 고향에 돌아오니, 부모님 두 분은 모두 이 세상에 계시지 않았다.

"아버지 어머니, 두 분이 계시는 그곳은 어떠세요? 재미는 좋으신가요? 이생에서처럼 가끔씩 다투시지는 않으세요?"

우리 여섯 남매는 어릴 적 새벽의 잠자리에서 두 분이 두런두런 주고받는 세상 이야기를 들으면서 차츰 머리가 굵어졌다. 이제는 모두 저 나름대로의 가정을 꾸렸고, 벌써 머리가 희끗해지고 있다. 윗동네의 흥이 많으시던 황 씨네 할머니, 아랫마을의 목청이 크시던 김 영감님도 이미 이 세상에 안 계신다. 내 머리가 굵어진 만큼 어른들께서는 나에게 자리를 내어 주신 것이다. 나 또한 후배들과 내 아들 딸, 손주들에게 그 자리를 내어 주고 있는 중이다. 이제 내가 군복을 벗는 이유도 군복을 받아 입고 나보다 더 씩씩하게 나라를 지켜 줄 후배가 있기 때문이다.

아버지 어머니의 묘비 뒷면에는 모두 장성한 아들딸과 사위와 며느리, 그리고 손주들의 이름이 빼곡하다. 넷째까지는 짝을 생전에 보셨다. 다섯째와 막내의 짝은 돌아가신 후에 맺어졌다. 하지만 우리 부모님께는 생소하지는 않으실 것 같다. 우리 여섯 남매는 아버지 어머니의 품 안에서 자라고 맺어진 자식들이 아닌가. 나는 혼잣말로 이렇게 중얼거린다.

"아버지께서는 올해 아흔 다섯이 되셨네요. 돌아가신 지도 어언 26년이나 지나고 있구요. 어머니께선 올해 여든 일곱이시네요, 아버지와는 8년 차이가 나셨으니까요. 정말 제가 이렇게 나이를 먹은 만큼 부모님은 노인이 되고 또 더 이상 이 세상에 계시지 않네요."

생각해 보면 이 좋은 세상을 더 못 보시고 어렵게 키우고 가르친 여섯 자식의 효도도 받아 보지 못하고 그렇게 서둘러 저세상으로 가셨기에 더욱 가슴이 미어진다. 검푸르게 확 트여진 동해바다 여행을 좋아하셨다. 비계가 두툼한 돼지고기 수육에 걸쭉한 막걸리를 즐기시던 부모님께 나는 군 생활을 한답시고, 효도보다 더 큰 충성을 한답시고 한 번도 제대로 편하게 모시지를 못한 것 같다.

내 식구밖에 모르는 아둔한 아들이 이제 부모님을 위해 무엇인가 해 드릴 수 있겠다 싶어 머리를 들어 보니 부모님은 곁에 계시지 않는다. 돈 많이 벌어서 안정되고 여유가 생겼을 때, 효도는 나중에 하면 되는 줄 알았다. 부모님께서 그때까지 기다려 주실 줄 알았다. 정말 많은 후회만 남을 뿐이다. 생각을 되돌려 보니 내가 운전하는 승용차 한번 태워 드리지 못했다. 부드럽고 맛좋은 음식도 한번 맘껏 드시게 해 드리지 못했다. 용돈도 언제 한번 넉넉하게 드렸던 기억이 없다. 내가 철이 들어 효도를 하려고 부모님을 찾아보니 이미 부모님은 이 세상에 계시지 않았다. 다른 집의 부모님은 나이 8, 90이 넘으셔도 끌끌하게 살아 계시는데 내 부모님은 뭐가 그리 급하셨을까, 하고 원망이 들 때도 있다.

부모님은 그런 나를 군에서 출세했다며 친구 친지들에게 입에 침이 마를 정도로 추켜세우며 칭찬했다. 한번은 부모님에게 '마패브랜디'라는 독하고 쓴 양주를 사다 드렸다. 그날 부모님은 집 앞을 오가는 동네사람들을 불러 병뚜껑으로 한 잔씩 나눠 드리면서 자랑하셨다고 한다. 나는 가끔 아이들을 무등 태워 주면서 귀여워하다가도 '내가 이런 호사를 누려도 되는가 싶기도 하고, 부모님께 너무 죄스런 마음이 들어 아이를 슬그머니 내려놓기도 한 적이 여러 번 있었다.

"아버지 어머니, 초가을 하늘이 무척 맑아요. 파란 하늘에 엷게 흩어진 새털구름이 저의 마음을 이리저리 이끌어 주네요. 저는 이제 저 구름처럼 자유를 얻었어요. 아버지 어머니,

이제 저는 다급하게 군영으로 귀대하지 않아도 되고요. 명절이나 제사 때에도 언제든지 달려올 수 있답니다. 시간 맞추어 잠자고 밥 먹고 출근하지 않아도 되고요. 갑갑한 군복과 무거운 군화도 신지 않아도 된대요. 그런데 갑자기 얻어진 자유로운 시간이라 어떻게 즐겨야 할지 아직 실감이 나지 않아요."

이제 정식으로 제 경례 받으세요. 어려서 병치레가 많아 걱정을 많이 하셨던 둘째아들이 고향으로, 부모님 품 안으로 무사히 돌아왔다는 신고입니다. 뒤늦은 다짐이지만 아버지 어머니의 자식으로 부끄럽지 않게 살겠습니다.

"충성! 아버지 어머니, 저 군대 다녀왔습니다."

| 이배용 |

| 이력 |

이화여자대학교 13대 총장

대통령직속 국가브랜드위원회 2대 위원장

한국학중앙연구원 16대 원장

한국대학교육협의회 15대 회장

문화재청 세계유산분과 위원장

(현)코피온(해외봉사단체) 총재

(현)영산대학교 한국학학술원장 및 석좌교수

(현)한국의 서원 통합보존관리단 이사장

가장 한국적인 것이 세계적이다

이배용

▶ 309

올해 2019년 7월 6일 아제르바이잔 바쿠에서 열린 제43차 세계유산총회에서 '한국의 서원'이 유네스코 세계유산으로 등재되었다. 이로써 우리나라 유네스코 유형문화유산으로서는 14번째이다. 모두 9개 서원이 연속유산으로 등재되었는데 경상북도 영주의 소수서원, 경상북도 안동의 도산서원, 병산서원, 경상북도 경주의 옥산서원, 경상북도 대구 달성의 도동서원, 경상남도 함양의 남계서원, 전라남도 장성의 필암서원, 전라북도 정읍의 무성서원, 충청남도 논산의 돈암서원이다. 2010년 이화대학 총장을 마치고 국가브랜드 위원장을 맡으면서 역사학자로서 오랫동안 구상하고 있던 서원 유네스코 등재를 추진하여 9년 만에 이루어낸 참으로 감개무량한 역사적 쾌거였다. 올림픽의 금메달이 있다면 바로 문화의 금메달을 따 온 것이다. 자랑스러운 전통유산을 후대에 길이길이 남겨 주고 세계적으로 알리는 역사의 다리를 놓은 것이다.

한국의 서원은 유네스코 등재기준인 탁월한 보편적 가치

● 세계 속에서 한국을 외치다

를 입증할 OUV_{Outstanding Universal Value} Ⅲ에 해당되는 유산으로 "문화적 전통, 또는 살아있거나 소멸된 문명에 관하여 독보적이거나 적어도 특출한 증거"로 완전성과 진정성을 갖춘 것이다. 즉 조선시대 교육적, 사회적 활동에서 지속적으로 널리 보편화되었던 성리학의 교육체계와 건축물을 창조하였던 탁월성이 입증된 것이다.

그러면 유네스코 세계유산이 되면 어떤 혜택이 있는가? 우선 그 나라의 문화적 위상이 높아지고 국민들의 자긍심이 올라간다. 또한 재난을 당해도 유네스코 세계유산 기구를 통해 복구 작업에 도움을 받을 수 있다. 관광자원이 확대되어 방문객이 전국적으로 증가하고 여러 인프라가 구축되어 경제적 수익을 확보할 수 있다. 특히 보존에 대한 인식이 철저히 입력되어 미래를 향한 유산보존에 안정적 장치와 제도가 마련된다. 무엇보다도 전 세계 인류가 공유하는 세계유산이 됨으로써 이제 한국을 넘어 인류 문명사에 편입되어 역사 대대로 문화교류에 많은 영향력을 미칠 것이다.

현재 한국에 600여 개의 서원들이 있는데 19세기 후반 대원군 때 훼철되지 않고 20세기에 일제 식민지 시기, 6·25 전란 등을 거치면서 원형을 유지하고 있는 유네스코 기준에 맞는 서원 중 9개 서원들이 연속유산으로 성리학 교육기관의 전형으로 등재된 것이다. 한 지역의 단일유산이라면 비교적 등재 추진 작업이 수월하였을 터인데 5개 도와 9개 시군에 걸쳐 있는 연속유산이라 논리개발과 거리상도 동서남으로 떨어져 있어 상호 연관성에 매우 어려운 작업이었다. 그래도 내가 이사장으로 총괄하고 있는 한국의 서원 통합보존관리단과 9개 서원, 지자체, 문화재청과의 긴밀한 협력 아래 착실히 진행되어 세계유산으로 결실을 맺게 되었다.

　유네스코 세계유산으로 확정되던 당일 7월 6일은 잊을 수 없는 한국인으로서 자긍심을 느끼는 날이었다. 우선 세계인들의 호기심을 끌었던 것은 서원 대표들이 쓴 갓이었다. 흰 도포에 검정 갓을 본 외국인들이 친근하게 다가와 모자가 너무 멋있다고 함께 사진 찍어 달라는 부탁과 한번 써 보고 싶다는 호기심들이 대한민국이 주목받는 역사적인 날이었다. 여기에다 등재 선포 직후 동방예의지국답게 감사의 표시로 유교 의례의 절차대로 공수, 읍례, 평신하면서 허리를 굽히고 정중하게 절을 하자 장내는 환호성의 도가니였다. 2,000여 명 가까운 관중들의 시선이 대한민국에 집중되고 박수갈채와 함성이 터져 나오며 카메라 후레쉬가 쉴 새 없이 터졌다. 정말 가장 한국적인 것이 세계적이라는 실감이 마음속 깊은 울림으로 다가왔다. 9년 동안 책임을 맡아 왔기 때문에 꼭 되어야지 하는데 하는 노심초사 애타는 마음이 눈 녹듯이 사라지고 감격의 눈물이 앞을 가렸다. 한결같이 문화로 한국의 위상과 품격을 높이자는 애국심의 발로였다.

　오늘날 우리나라가 온갖 시련을 극복하고 기적 같은 발전

● 세계 속에서 한국을 외치다

을 이룬 원동력에는 교육의 열정이 중심에 있었다. 특히 전통교육에는 지식의 차원뿐 아니라 심성을 끊임없이 바로잡는 인성교육이 중심에 있었다. 조선시대 16세기부터 건립된 사립학교의 효시인 서원교육에는 인류의 미래지향적인 가치인 소통, 화합, 나눔, 배려, 자연, 생명의 존엄성을 추구하는 융합적인 조화의 기능이 있다. 서원에 들어서면 수려한 자연 경관이 눈에 들어온다. 수백년을 역사의 증인으로 지켜온 나무들이 울창하고 맑은 계곡이 흐르고 주변 산세와 어울리는 목조건축의 아름다운 조화는 백 마디 말을 필요로 하지 않는 배움과 깨달음의 시작이다. 자연의 순리, 인간다움의 도덕적 가치를 끊임없이 탐구하고 실천하는 자세가 바로 인성교육의 표본인 것이다.

한국의 서원은 사립 명문고등학교로서 조선시대 선비의 학문과 도덕, 정신을 보여 주며 지역문화의 역사성과 한국문화의 정체성을 담고 있다. 나아가 서원은 유, 무형의 다양한 문화유산(역사, 교육, 제향, 의례, 건축, 기록, 경관, 인물 등)들이 존재하며 도서, 출판, 문화예술, 정치 등 복합적인 문화사가 이루어졌던 거점이었으며, 지성사의 수준을 높이는 데 크게 기여하였다. 한국의 서원은 선현을 배향하고 제사를 지내기 위한 제향공간, 유생들의 장수藏修를 위한 강학공간, 유식遊息을 위한 누문공간, 제향과 강학기능을 지원하고 관리하는 지원공간 그리고 서원의 주변공간으로 구분된다.

서원에서 선비들이 닦고자 했던 것은 호연지기의 자연의 법칙이었고 또한 존경하는 선현이었다. 조선의 선비는 스승의 가르침과 서책을 통해서 깨달음을 얻고자 하였을 뿐 아니라 자연을 통해서 스스로 사색하면서 상생의 지혜를 얻으려고 노력하였다.

▸313

또한 서원마다 공부할 때 현판 하나하나에 새겨진 문구가 예사롭지 않다. 문을 드나들 때나 누정에서 시회를 열고 강학당에서 공부할 때, 사당에서 제례할 때마다 유교가 주는 인간이 깨우쳐야 할 내용이 함축되어 있다. 각 지역의 서원끼리도 끊임없이 소통하였다. 서원을 찾은 손님의 명단인 심원록尋院錄을 보면 유명 유학자들의 이름을 수없이 발견할 수 있다. 또한 공동체 기숙생활을 하면서 상부상조하는 협력체계를 갖추게 되고 바로 오늘날 중요하게 여기는 팀워크가 이루어진다. 법고창신法古創新의 정신으로 옛것을 본받아 새로운 창의성을 발휘하는 지혜는 앞으로 우리가 자긍심을 가지고 이어받아야 할 소중한 문화유산이다.

미래의 정신적 원동력을 자연의 순리와 인성교육을 중요시한 유학에서 찾으려는 사람들이 늘고 있는 요즈음, 서원의 가치가 재평가되고 있다. 모두가 물질적 성공에 치중할 때, 공허해질 수 있는 정신적 가치를 잡아 주고 자연과 인간의 조화를 이루고 있는 서원은 지나간 과거가 아닌 미래를 향한 힘이 될 것이며, 한국의 문화유산을 넘어 세계로, 미래로 영감을 주는 빛나는 문화유산으로 거듭날 것이다.

바로 이 역사의 길 위에 한결같은 인간개발연구원 장만기 회장님의 진정 어린 응원과 격려가 함께 있었다. 이대 총장을 역임할 때나 국가브랜드위원장 시절에도 한국문화를 널리 알리는데 긴밀한 협력체계를 구축했지만 특히 한국학중앙연구원장으로 재임할 때에는 양 기관이 구체적으로 프로그램을 세워서 "평창 올림픽을 문화 올림픽으로"라는 기치 아래 열정적으로 전국을 뛰어다니면서 한국문화콘서트를 열었다. 당시 우리 기관들이 건의하여 평창동계올림픽이 개최될 시기에 설치하였던 한옥들은 아직도 건재하고 있다. 준비 없는 미래는 없다고 하였다. 우리의 고유한 문화를 세계에 알리는 일은 어제나 오늘이나 내일이나 변함없이 꼭 가꾸어 가야 할 우리들의 사명이다.

| 이수경 |

| 이력 |

이수경 가정행복코칭센터 원장/대표코치
짚라인코리아㈜ 부회장
㈜기린산업 부사장 역임
아프리카 말라위공화국 명예영사관 사무총장

| 수상내역 |

헤럴드 경제, 2009 미래의 핵심기업 선정

| 저서 |

『이럴 거면 나랑 왜 결혼했어?』
『차라리 혼자 살 걸 그랬어』

이수경

물들이고 있는가?

우리는 살아가면서 물든다. 어릴 적에는 부모에 영향받아 물들고, 학창 시절에는 선생님이나 선배, 친구들로부터 물든다. 청년 시절이나 사회 활동을 하게 되면 조직의 리더나 선배, 동료들로부터 물든다. 가정을 이루게 되면 배우자로부터 물든다. 검은색일 수도, 흰색일 수도, 빨간색일 수도, 파란색일 수도 있다. 그 색은 내 인생이다. 그렇게 물든 나는 또 누군가를 물들인다. 이렇게 우리는 물들고 물들인다. 나는 어떤 물을 들이고 있을까. 누구를 물들이고 있을까.

인간개발연구원이 창립 45주년이 됐다고 한다. 1975년에 설립된 민간 연구기관이 45년을 지속해 오다니 실로 대단한 일이다. 그 숱한 세월 동안 인간개발연구원을 오간 인물이 얼마나 많을까. 인간개발연구원에서 물든 그들이 이제 각계각층에서 대한민국을 물들이고 있다.

오늘날 대한민국을 아름답게 물들이고 있는 사람이 많다. 김형석 교수도 그들 중에 한 사람이다. 100세 현역으로 지금도 왕성하게 활동을 하고 계신 분이다. 과거에도 100세를 산 사람들이 있다. 하지만 그들은 사람들에게 영향력을 미치지 못했다. 하지만 김형석 교수는 다르다. 그분은 책과 강연 활동을 통해 많은 사람들에게 영향력을 미치고 있다. 인간개발연구원을 통해 김형석 교수님과 인연을 맺고 지난해 4월 김형석 교수님 추천으로 양구 인문대학에서 강의를 하게 되었다. 감사의 표시로 점심을 대접해 드리고 싶다고 연락을 드렸던 적이 있다. 그랬더니 5월에만 예정된 강의가 27회라며 다음 기회에 봤으면 좋겠다고 답을 주셨다. 한 달에 27회면 거의 하루에 한 개꼴이다. 게다가 지방 강의도 많다고 하신다. 100세이신데 그런 스케줄을 소화해 내신다는 게 놀랍다. 실제 강의를 들어 보면 1시간 내내 서서 하신다. 질의응답 시간에도 질문을 잘 알아들으시고, 발음도 새지 않는다.

김 교수의 강의 일정 얘기를 들으며 많은 생각을 했다. 100살에 그런 왕성한 활동을 하려면 어떻게 해야 하는 것일까. 그러기 위해서 필요한 자질과 역량은 다음과 같다. 첫째, 콘텐츠知. 둘째, 건강體. 셋째, 삶의 모범德. 넷째, 사명감人. 다섯째, 신앙심天. 지금부터 이것들을 하나씩 살펴보자.

첫째, 콘텐츠知. 그분이 가진 콘텐츠가 어떤 것이기에 지위 고하를 막론하고 모두가 그분의 강의에 열광하는 것일까. 단순히 나이가 많다고 예우하는 것은 아닐 것이다. 그분의 책과 강의를 들어 보면 요즘 대세라는 강사들과는 확연히 다

● 세계 속에서 한국을 외치다

르다. 그분이 사용하시는 글과 말에는 화려한 수식어나 미사여구가 없다. 지극히 평이한 단어를 쓴다. 그분은 억지 유머를 쓰지 않는다. 목소리 톤이 높거나 낮지도 않으며 늘 차분한 목소리로 강의를 한다. 그럼에도 청중의 눈과 귀를 잡아 끄는 매력이 있다. 그분은 4차 산업 혁명을 들먹이지도 않고, 인공 지능도, 블록체인도, 빅데이터도 언급하지 않는다. 그럼 뭘까. 어떤 말로 청중을 사로잡는 것일까. 한마디로 가슴을 흔드는 메시지다. 사람들은 그분의 메시지에 감동한다. 그분의 메시지는 동서고금을 넘어 널리 통용되는 지혜의 말씀이기 때문이다. 반짝하는 콘텐츠가 아니라 어느 시대, 어떤 상황에 처하든지 꼭 필요한 진리이기 때문이다. 그분의 말씀을 들으면 '아, 나도 저렇게 살아야 되겠다.'라는 생각이 든다. 그런 콘텐츠는 어디에서 나오는 것일까. 김 교수 자신은 독서의 힘이라고 말한다. 지금도 책에서 손을 떼지 않는다고 한다. 예나 지금이나 책을 읽지 않으면 새로운 지식을 얻을 수 없다. 요즘 같이 급변하는 환경에서 새로운 지식을 얻지 않고 각계각층의 사람들에게 메시지를 전할 수 있겠는가. 평생학습 시대라는 말이 비로소 실감난다. 그랬기에 그분은 지금까지 101권의 책을 저술하셨다. 소위 에이지부커agebooker다.

둘째, 건강健體. 백세시대 건강의 중요성은 아무리 강조해도 지나치지 않다. 건강하지 않고 어떻게 100세 현역으로 활동할 수 있겠는가. 그분은 지금도 일주일에 서너 차례 수영을 하신다고 한다. 여기서 말하는 건강은 몸짱을 말하는 것이 아니다. 먹고 소화시키고 말하고 듣고 읽고 쓰고 걸어 다닐 수 있는 정도를 말한다. 일상생활에서 불편이 없을 정도의 건강한 몸을 말한다. 그거면 된다. 그렇게 건강을 유지하려면 술, 담배, 수면 부족, 폭식, 영혼을 타락시킬 정도의 놀이는 금해야 한다. 필수 영양소가 든 음식으로 소식하고, 운동하는 습관(대중교통 이용, 걷기, 산책 등)을 갖고 건전한 삶을 살면 된다. 한마디로 욕심 없고 절제하는 삶이다.

셋째, 삶의 모범德. 그분이 책이나 강의에서 말하는 것과 실제의 삶이 다르다면 누구도 그분을 존경하지 않을 것이다. 요즘은 그런 사람들이 적지 않다. 리더십 강사 중에 리더십 없는 사람 많고, 행복 강사 중에 행복과 거리가 먼 삶을 사는 사람들이 적지 않다. 그런 이들은 말과 글이 다른 경우가 많다. 그런 사람들은 오래가지 못한다. 반짝 빛을 보다가 슬그머니 사라져 버린다. 그러나 그분은 한결같다. 삶에 흐트러짐이 없다. 그래야 오래간다.

넷째, 사명감士. 아무리 건강한 사람이라 해도 100세가 되면 청년이나 중장년 때와는 건강 상태가 다를 수밖에 없다. 젊은 사람도 하기 힘든 1일 1회 강의. 그것도 빈번히 지방 강의를 소화하는 것은 결코 쉽지 않다. 그럼에도 그분이 그렇게 왕성한 활동을 할 수 있는 것은 사명감 아니고서는 설명할 방법이 없다. 그 연세에 유명세도, 돈 때문도 아닐 것이다. 사명감이란 무엇인가. 나를 위해서가 아니라 남을 위하는 것이다. 사람을 살리는 일이다. 사람을 살리는 일보다 더 귀한 일이 어디 있는가. 사명감은 하늘의 명령이다. 조물주가 왜 그분에게 100세임에도 그렇게 건강한 몸을 주셨겠는가. 사람들에게 지혜의 메시지를 전하라는 명령 아니겠는가. 그분은 그 명을 따르는 것이다.

다섯째, 신앙심ᄎ. 인간은 무지하고 부족하며 유한한 존재다. 무지와 부족은 교육으로 채우고, 한계는 신앙으로 채운다는 게 내 생각이다. 우리는 땅에 발을 디디고 살지만 하늘의 뜻을 알아야 한다. 그게 신앙이다. 그분은 독실한 크리스천이다. 신앙서적만 여러 권을 저술하셨다.

특정 종교를 말하는 게 아니다. 어떤 종교가 됐든 간에 신의 존재를 인정할 때 인간은 교만하지 않고 겸손해진다. 부족하다고 남의 것을 탐하지 않고 가진 것에 감사하며 산다. 인간이 타락할 때는 교만할 때다. 나와 내 가족만 소중한 것이 아니라는 사실을 깨달아야 한다. 그래야 다른 사람의 형편을 돌아볼 줄을 아는 것이다. 젊어서는 자기밖에(자기애) 모른다. 중년이 되어서는 가족애로 살고, 노년에는 인류애로 살아가는 것이 성숙한 삶이다. 그것을 가능케 하는 것이 바로 신앙이다. 그분의 말과 글은 항상 국가와 민족을 생각하며 나아가 세계인으로 살아가기에 부족함이 없는 도덕성을 갖추기를 강조한다. 그분은 그걸 선진사회라고 말한다.

김형석 교수는 세상을 아름답게 물들이고 있는 분이다. 그분은 백세시대를 어떻게 맞이해야 하는지 몸소 보여 주시는 분이다. 이분이 계시기에 그 뒤를 쫓는 후배들이 많이 생길 거라고 생각한다. 나도 그중에 하나이다. 나도 백 살 언저리에 하늘의 뜻을 알고 지덕체를 겸비하여 사람을 사랑할 줄 아는 인간이 되었으면 좋겠다. 지금부터라도 준비하면 가능하지 않을까. 기대되는 인생이다.

| 이영석 |

| 이력 |

ERA Korea

CENTURY 21 Korea 창업회장

(전)고려대학교 정책대학원 초빙교수
   (정치학 박사)

(사)한국지정학연구원 설립자

㈜창업리더십센터 창업

(사)도산아카데미 운영이사(2013~)

사회복지공동모금회 아너소사이어티(156호)

유산기부서약(13. 11. 14)

사후시신기증(등록번호 6787)

독립유공자
조부님의 유산

장만기 회장님께서 1975년에 설립하신 인간개발연구원이 세계 평화Peace, 국가 번영prosperity, 인간 행복Happiness의 비전을 추구해 온 지 어느덧 45년이 흘렀다. 그동안 한 번도 빠짐없이 이어 온 조찬 세미나를 비롯해 한국 사회교육의 역사에 남을 교육과 업적을 이루셨다. 최근 건강이 안 좋으심에도 불구하고 '인간개발연구원 45주년 기념문집' 발간을 추진하시는 열정은 초인이라 아니할 수 없다. 필자는 인간개발연구원과 인연을 맺은 지 3~4년에 불과하다. 하지만 나름대로 열심히 배우면서 작은 힘이나마 보태려고 성실하게 동참해 왔다. 이는 독립운동을 하신 필자의 조부님 이기준(李麒俊, 1891~1927)님의 유지를 받든 뜻이다. 손자로서 사회에 기여해야겠다는 사명감이 계기가 되었다고 본다. 그런 뜻은 있었으나 필자 자신의 역량으로는 할 수 없었던 일을 장만기 회장님께서는 45년간 해 오셨다. 그런 인간개발연구원을 만난 것은 필자에게 큰 행운이었다. 조부님으로 인해 인연이 맺어졌다고 해도 과언이 아닐 것이다.

그리스의 역사가 투키디데스(Thucydides, B.C. 460경~B.C. 400경)는 후대에 『펠로폰네소스 전쟁사』*History of the Peloponnesian War*로 알려진 자신의 저서 제목을 『*Eternal Possession*』(영원한 자산)이라고 하였다. 그는 책의 서문에 자신의 책이 후세에 영원한 교훈서가 되기를 기대한다고 기록했다. 같은 의미로 필자는 독립운동을 하신 조부님께서 손자인 필자에게 애국심과 애족 정신이라는 '영원한 사명감'을 남기셨다고 여겼다.

　평북 운산 출생이신 조부님께서는 대한민국임시정부에 독립자금을 지원하셨다. 조부모님은 동지들과 함께 더 많은 독립운동자금을 모집하다가 체포되어 평양감옥에서 옥고를 치르셨다. 후에 중국에서 해외 독립운동을 하다 다시 체포되어 결국 톈진天津감옥에서 고문으로 순국하셨다는 말씀을 어릴 적부터 아버님으로부터 듣고 성장했다. 아버님은 선대의 공훈으로 후대가 보상받으면 안 된다 하시며 국가유공자 신청을 하지 않으셨다. 그 말씀을 당연히 여기며 성장한 필자는 20대에 접어들면서부터 보상을 바라지는 않으나 장차 결혼 후 자녀를 낳으면 후손들에게 조상님의 독립운동 공훈을 자긍심과 애국심으로 남겨 주고 싶다는 생각을 갖기 시작했다. 이후 아버님도 돌아가시고 사회생활에 바쁜 나머지 조부님의 공훈 찾기는 하나의 큰 숙제로만 남아 있었다.

50대에 들어 사업도 안정되면서 조부님의 숭고하신 뜻을 손자인 필자가 기리고 이어 가기 위해 자신이 할 수 있는 일이 무엇인가 늘 고민해 왔다. 조부님의 유지를 이어 가기 위한 새로운 시도는 뒤늦게 시작한 공부였다. 조부님께서 독립운동의 영향을 받으셨으리라 여겨지는 선각자 도산 안창호 선생의 통합 리더십을 박사학위논문 주제로 선정했다. 100년 전에는 조국의 독립, 그리고 지금은 조국의 통일이라는 시대 목표를 갖고 있다. 그때나 지금이나 분열과 갈등이 걸림돌이다. 100년 전 도산은 조국 독립을 이루고 새로운 정치질서인 공화주의 근대 민족국가를 만들고자 했다. 이를 위해 도산은 분열과 갈등을 통합 리더십으로 극복하고자 했지만, 당시 현실의 벽을 넘지는 못했다. 그 현실의 벽은 지금도 공고하게 버티고 있다. 필자는 그 원인 분석과 해결책 연구를 통해 앞으로 다가올 새로운 국가창업인 통일한국 시대가 요구하는 통합 리더십의 유형과 그가 남긴 애국심의 유산과 오늘에 주는 함의를 제시하고자 했다. 그 결과 박사학위논문 '도산 안창호의 정치적 리더십'은 박영사에서 학술서로 출판되었고 책 서두에 "애국심이라는 영원한 사명감을 남겨 주신 건국훈장 독립유공자 이기준(李麒俊, 1891~1927) 조부님께"라는 헌정 메세지를 남겼다.

또 하나의 유지를 받들고자 한 일은 2012년 사회복지공동모금회(사랑의 열매)의 아너소사이어티 회원(156호) 가입이었다. 결과적으로 가입은 조부님의 독립운동 발자취를 찾을 수 있는 계기가 되었다. 인터뷰에서 아너소사이어티 가입 이유를 묻는 질문에 필자는 독립자금을 지원하신 조부님의 뜻을 이어 가기 위해 기부를 결심했다는 대답을 하게 되었다. 이것이 계기가 되어 독립기념관과 국가보훈처와의 연계를 통한 독립유공자 공훈 발굴 과정에서 당시 매일신보(1921. 4. 11)와 동아일보(1921. 5. 1 / 1922. 3. 5) 기사 자료와 함께 조부님의 소중한 독립운동 증거 자료를 발견했다. 조부님의 평양감옥 수감기록인 신분장지문원지身分帳指紋原紙가 지문이 날인된 채 국가보훈처 공훈전자사료관에 남아 있었던 것이다.(톈진감옥 기록과 중국에서 함께 독립운동하신 분들의 자료는 앞으로 찾고자 한다.) 이때 벅차오르는 감동과 함께 좋은 일을 하면 하늘이 돕는다는 옛말이 틀리지 않음을 통감했다. 그 결과 2014년 3·1절 기념행사에서 독립투사였던 조부님께서 순국하신 지 100년 가까운 시간이 흐른 후에 건국훈장 애족장을 수여받을 수 있었다. 독립유공자 유족들에 대한 수많은 국가 혜택들이 있었지만 필자의 형제들은 그 사이 나이가 많이 들었고, 혜택을 받을 기회들은 이미 다 지나갔다. 결국 아버님 말씀대로 국가의 큰 보상은 받지 않은 채 국가에서 매달 지급하는 적은 금액의 보상금만을 받았다. 하지만 그보다 더 큰 영광을 얻게 되었다. 이때부터 매달 모은 보상금은 선대의 뜻을 이어 가기 위한 (사)한국지정학연구원의 2016년 창립 기금의 씨앗이 되었다. 통일부의 사단법인 허가를 받아 통일에 관한 연구를 위해 후원하는 필자에게 비록 작은 보탬이지만 지금까지도 가치 있게 쓰이고 있다. 그 외에 재산과 목숨을 조국에 바치신 조부님의 숭고하신 뜻을 받들어 필자는 2013년에 사회복지공동모금회에 사후 유산기부 서약을 했고 환갑, 진갑을 넘긴 2017년에는 어머님과 가족들의 동의를 받아 고려대학교 의과대학에 사후 시신기증 등록(등록번호 6787)을 했다.

내년부터 필자가 새로이 시작하려는 일은 참다운 젊은 정치인재 양성이다. 100년 전 몸과 재산을 모두 바쳐 조부님께서 이루신 조국 독립을 통일 한국으로 계승·발전시키는 것은 우리 후손들의 몫이라 생각했기 때문이다. 그동안 우리 대한민국은 세계 10위라는 경제대국으로 성장했고 정보통신, 문화, 예술, 음악, 음식, 스포츠 등 여러 분야에서 한류 열풍을 불러일으키는 선진화의 시대를 맞이하고 있다. 그러나 유독 정치 분야만 후진성을 면치 못하고 있는 안타까운 실정이다. 정치 선진화를 위해서는 사회 각 분야의 젊은 우수 인재들이 사심 없는 국가 봉사의 정신으로 민의의 전당인 국회뿐 아니라 정치, 경제, 문화 등 사회 각 분야에서 리더로서 활약해야 한다. 리더 양성을 위한 인간개발연구원의 역할이 더욱 커질 것이라고 본다. 지난 45년의 인간개발연구원이 주로 기업 및 경제인 양성에 주력했다면, 새로운 45년의 인간개발연구원은 정치인재 양성도 아울러 병행하는 프로그램과 시스템을 갖추고 통일 한국을 준비해 나갈 것이라 기대한다.

| 이전우 |

| 이력 |

대구한의과대학교 졸업

경희대한의대 원전학과 석사과정 졸업

경원대한의대 본초학과 박사과정 졸업

서울시 한의사회 이사역임

강남구 한의사회 이사역임

대한 형상학회 감사역임

정부서울청사 부속한의원 위촉한의사 경력

(현)평강한의원장

| 저서 |

월간 석왕(釋王) 건강칼럼 기고

한국불교 건강칼럼 기고

기울어진 운동장에도
피는 꽃

"왜 옛날의 한의학이 아직도 쓰이고 있나. 한의학은 발전이 없는 것이 아니냐."

얼마 전에 친한 친구가 만만한 나에게 이런 질문을 했다.

질문을 들으면서 질문과 별개로 한의학의 현재 상황을 보면서 안타깝기도 하고 서글프기도 했다. 본시 의학이란 생명하고 직결이 된다. 당대의 최첨단 과학과 기술로 운용이 되는 분야이며 병을 치료할 때 가지고 있거나 가질 수 있는 최선의 기술을 다하는 것은 양방이든 한방이든 똑같은 입장이다.

한의학도 역사적으로 보면 당시대 최고의 기술들을 흡수하면서 발전에 발전을 거듭해 왔다. 수많은 이론들이 나타났다가 사라졌고 한의학의 각 분야마다 수많은 학파들이 존재했으며 임상에서 검증을 받지 못하게 되면 또 사라져 갔다.

종두법을 제일 먼저 우리나라에 소개한 송촌 지석영 선생도 한의사다. 송촌 선생님이 당시 의생을 기르는 학당에서 쓰던 교과서인 '한의학강습서'에 서문을 쓰신 것을 보면 "대개 굶주렸을 때 밥을 먹는 것과 병들었을 때 약을 먹는 것은 살아가면서 빠질 수 없는 큰일이다. 다만 주렸을 때 먹는 것과 병이 들었을 때의 약은 중하기가 비록 같으나 혹 사세가 밥을 먹을 수 있어도 죽을 먹는다고 해도 위험한 지경에 이를 일이 없다. 병의 약에 있어서는 인삼人蔘 백출白朮을 복용해야 하는 자가 시호柴胡 황금黃芩을 잘못 쓰면 목숨이 갈라진다. 그러한 즉 병에 있어서 약은 주렸을 때 밥 먹는 것과는 그 관계가 아주 차이가 난다. 어찌 두렵지 아니한가. 내가 약관으로부터 청낭의 학문(한의학을 지칭함)에 뜻을 세웠지만 재주는 작고 지혜는 모자라서 성취가 백발이 되도록 없어서 스스로 탄식을 안 할 수가…." 하시면서 한의사임을 분명히 하셨다.

다들 송촌 선생님이 양의사인 줄로 알고있지만 실제로는 한의사이며 종두법도 한의학을 중심으로 신기술을 도입한 것이다.

한의사들이 500년 전 의학서적인『동의보감』, 심지어는 더 옛날서적인『황제내경黃帝內經』이나『상한잡병론傷寒雜病論』같은 책들을 들먹이는 이유는 한의학의 이론들이 그러한 책들로서 체계가 잡혔기 때문이다.

『황제내경』은 자연의 이치와 운행을 통해서 인체의 운행에 대하여 황제가 질문을 하면 대답을 하는 문답형식으로 설명을 한 한의학의 원전 중의 원전이다.『상한잡병론』은 장사태수였던 장중경 선생님이 당시에 전염병이 창궐해서 인구의

● 세계 속에서 한국을 외치다

절반이 죽었을 때 병증이 신체의 경락을 타고 변화하는 것을 관찰하고 나타나는 증후에 따른 치료법을 논한 책이다.

『동의보감東醫寶鑑』도 허준 선생님이 이미 500년 전에 지은 책이다. 당시의 중요 의서醫書들의 정수를 총망라해서 정리하였는데 그 방법이 오장육부五臟六腑와 외형外形 운기運氣잡병雜病 등 임상에서 쓰기 좋게 분류하였고 이론, 진단, 변증, 치료의 연계성이 아주 뛰어나 조선의 후기까지 다른 책들이 필요 없을 만큼 발군의 책이라 아직도 대단히 중요하게 쓰이고 있다.

현대 수학이 이렇게 발달했는데도 그리스 시대의 유클리드기하학에서 나온 공리가 훌륭히 그대로 쓰이는 것과 같이 한의학도 많은 책들과 이론이 나오고 또 많은 발전이 있지만 기본바탕은 그런 고전들이다.

양의학은 최근의 눈부신 과학의 발달에 힘입어 유전자나 면역 등 해부구조를 앞세운 관점에서는 많은 발달이 있는 것은 사실이나 인체의 기능이나 건강을 유지하는 면에서는 아직도 한의학의 능력이 양의학에 비해 전혀 떨어지지 않으며 오히려 만성질환을 위시한 각 장부 간의 상호관계에서 비롯된 내과나 정신신경과, 노인의학과 부인과에서는 한의학이 우세한 것이 많다.

한의의 이론 중에 가장 최근의 학설이 동무東武 이제마李濟馬 선생님이 쓰신 『동의수세보원東醫壽世保元』에서 비롯된 사상의학이다. 당시에 발달했던 사단론四端論으로 한의의 이론을 재편하여 체질의 체계를 잡아 생리 병리 처방까지 연계하여 제시해서 요즘은 '체질' 하면 '사상의학'이라 할 정도로 보편화 되었다.

이렇듯 눈부신 발전을 해 오던 한의학이 위축되기 시작한 것은 일제강점기를 겪으면서다. 일본은 한의학을 시대에 뒤떨어진 의학으로 생각을 해서 의생제도를 도입을 했다. 해방 이후에는 국민의료법에 의해 2종 의료인으로 격하되었다가 겨우 다시 복권이 되었다.

양의학은 전쟁을 통해서 비약적으로 발전한 해부학과 세균학이 기반이 되어 원인균이나 병명이 확정되면 병명에 따른 매뉴얼로 치료를 하는 의학이다. 병명이 확정 안 되면 진단 때문에 하염없이 시간을 지체하는 경우가 많을 수 있는 약점이 있다. 요즘 같은 평화 시에는 질병이 만성적이고 환경이 다양하고 개인의 특수성마저 고려해야 할 때가 있어서 병인조차 알기가 어려워 병명을 특정하기가 쉽지 않을 수 있다.

과거에 한의에서 주장했던 오장간의 상관관계나 체질 등을 근거 없다고까지 하던 때가 불과 얼마 전인데 양의학의 약점을 자각한 젊은의사 중심으로 자연의학이라고 하면서 한의학의 이론과 비슷한 면을 주장하는 의사들이 최근에 속속 나오고 있다. 이는 한의사의 입장에서는 한의의 영역을 침범해 오는 것이며 진단에 초음파기기를 썼다고 소송까지 걸리는 한의사의 입장에서는 한편으로 부러운 일이기도 하다.

● 세계 속에서 한국을 외치다

한의에서는 교육과정 내내 양방의학에 관해 공부를 하지만 의료현실에서는 거의 활용을 못하게 되어 있다. 의료법을 보면 한의사는 한의학의 이론에 맞게 진료를 해야 한다고 나오는데 따지고 들자면 요즈음에 나오는 수많은 의료기기들도 다 현대기술의 전용이지 양의학적 이론으로 개발한 것이 아니기는 우리나 마찬가지다.

한의학이나 양의학이나 질병을 앓고 있는 사람을 고치기 위해서 노력하는 점은 똑같지만 양의학은 어느새 현대기술의 모든 혜택을 받을 수 있게 되었고 한의학은 부지불식간에 그러지 못하게 되었다. 이로 인해 한의사들의 신기술에 대한 목마름은 상상을 초월한다.

한의학과 양의학이 같이 활동하는 현재의 의료계를 가만히 보면 완전히 기울어진 운동장이다. 모든 여건이 불리한데도 불구하고 굳건히 버티는 한의학을 보면 안쓰럽기도 하고 또 수많은 선후배와 동료들의 노력에 눈물겨운 점도 많지만 내실로서 오늘날까지 온 현실에 자부심도 생긴다.

모두의 애타는 노력으로 한의학도 많은 발전에 발전을 거듭하여 전문적으로 진출하고 있는 분야가 많아졌다. 특히 각종 통증이나 각종 만성병, 만성폐쇄성 폐 질환COPD, 종양 등 등 현대의학으로서도 쉽지 않은 질병들에 상당한 성과를 올리고 있다는 보고가 계속 올라오고 있다.

4월이 잔인하다는 것이 그 여리디여린 새싹이 뚫고 올라가야 하는 대지의 단단함과 무거움이라면 한의학의 존속은 그에 못지않은 오해와 견제 속에서 이루어져 왔다. 폐암으로 3개월 정도 살 수 있다고 판정받은 환자가 내원해서 치료을 했는데 6개월여 만에 기운을 차리고 혼자서 내원도 가능해졌다.

환자가 나에게 물었다.

"한약을 먹으면 간이 나빠진다는데 이렇게 오래 약을 먹어도 괜찮은가요?"

나는 말을 잃고 한참을 쳐다봤다. 그분은 한방치료만으로 13년을 더 사시다 재작년에 돌아가셨다. 지금도 그 질문은 내 뇌리에서 떠나지 않는다.

이제마 선생님의 꿈이 "집집마다 의학을 공부하고 알고 있으면 부모님을 봉양하는 데 도움이 된다."는데 있었다면 나의 꿈은 모든 사람들이 병원에만 매여서 약과 수술 등으로 연명하다가 생을 마감하지 말고 인간답게 건강하고 행복한 인생을 보낼 수 있었으면 하는 데 있다.

| 임서연 |

| 이력 |

고려대 경영전문대학원수료

일본 도시바전자 반도체 부문 근무

런던 주재

러시아 주재

㈜예일앤힐링가든 대표

하느님, 꽃보직을
바라지 않습니다

내 죽은 후에는 자식의 몸을 지킬 것을 원한다

– 부모은중경父母恩重經 –

내일은 아들이 온다. 21개월의 군복무를 무사히 마치고 제대할 예정이다. 일요일 아침 우리 식구들은 평소보다 일찍 일어나 분홍장미, 연분홍 카네이션 그리고 흰 수국이 들어간 꽃바구니를 만들었다. 연분홍 리본에는 "내 새끼 고생 많이 했다. 엄마가."라고 적었다.

아들의 군 입대에 관한 몇 가지 에피소드가 있다.

눈이 많이 나빠 군 면제를 받은 남편은 머리는 크고 가슴이 작다. 그런 남편과 살다 보니 내심 대한민국 남자라면 군대는 꼭 다녀와야 한다는 생각을 하고 살았다. 참고로 친정의 오빠, 남동생도 면제이고 시댁의 시누이 남편들도 전부 면제이다. 런던에 머물던 시절, 한국에서 녹화된 VCR을 빌려서 그 프로에 등장하는 어떤 연예인을 보며 즐거워했었다.

그런데 그가 훗날 군대 기피로 전 국민에게 격하게 내동댕이쳐진 사실을 알게 되었다. 대한민국에서 군 면제자를 바라보는 사회적 시선이 어떠한지 생생히 느낄 수 있었다.

내 아이도 남자 아니던가? 하나뿐인 아들의 장래에 누가 되는 일은 일어나지 않길 원했다. 그렇다고 강요하듯이 이야기하면 오히려 반발할까 봐, 나의 얘기가 혹여나 아들 입장에선 잔소리로 들릴까 봐, 입을 조심했다. 그러다가 어느 날 군대에 관한 얘기를 했다. 바를 정正자를 쓰듯이 봄에 한 번, 여름에 한 번, 가을에 한 번, 그리고 겨울에 한 번 군대에 대한 내 의견을 건넸다.

"아들, 우리 아들이 다음에 외무부 장관이 하고 싶다 했지. 그런데 다른 자격은 다 갖추어도 미필이라 하고 싶은 일을 못하게 되면 너무 억울하겠지? 그 가수 봤잖아. 정말 재능 있는 사람인데도 군대를 기피해서 무섭게 버려졌어. 이젠 입국도 못 하잖아. 그래서 나는 네가 많이 힘들어도 군에 입대했으면 좋겠어…." 이 얘기를 계절마다 한 번씩은 꼭 했다. 그렇게 아들에게 은근히 세뇌시키고 있었다.

아빠의 주재원 생활로 10년 이상 외국 생활을 한 적도 있다. 그랬기에 군복무를 안 할 수 있는 방법도 있었다. 허나 고맙게도 아들은 모스크바 대학 1학년을 마치고 여름 방학에

귀국해 신체검사를 받았다. 그리고 2학년을 마친 뒤 2017년 10월 러시아어 통번역병으로 입대를 하였다.

입대하는 날 전 가족이 눈물을 흘리기도 하면서 논산 훈련소로 향했다. 준비한 도시락을 주었으나 모두 하나도 먹지 못했다. 훈련소에 아들을 두고 나오는 길에 성당에 들러 미사를 보고 차분한 마음으로 귀가했다. 아들의 입대에 있어서의 기도 제목은, "하느님 꽃보직을 원하지 않습니다. 단 아들 아이의 엉덩이를 남자가 만지는 일이 일어나지 않게 도와주세요."였다. 군대 내 성희롱 문제가 못내 마음에 걸렸던 것이다.

그 기도의 소원이 이루어져 다행히 그런 일은 일어나지 않았다. 휴가를 나올 때면 나는 아들의 종아리, 엉덩이 등을 장난스레 두드리며 "우리 아들 엄마 말고 다른 사람이 여기 만진 적 있어?" 하고 묻곤 했다. 그때마다 아들은 "엄마, 나처럼 이렇게 큰 아이를 누가 만지겠어?" 하고 반문했다. 나는 안심할 수 있었다. 하느님 감사합니다.

훈련소 생활의 기쁨 중 하나가 바로 손편지를 받는 일이다. 나와 딸아이는 열심히 편지를 쓰기도 했다. 이메일은 정말 하루에 한 통씩 썼다. 내가 힘들게 복무하고 있는 아이에게 해 줄 수 있는 것뿐이라고는 이게 전부였다. 바쁜 시험 준비 중에도 힘이 되어 준 딸아이가 무척 고맙다.

약 2주 후 도착한 아들의 옷과 소지품, 신발을 보니 잘 지내고 있구나 하는 믿음이 생겼다. 5주 후 논산 훈련소에서 계급장을 붙일 때는 나를 잠시 안아 주던 그 느낌에 눈물이 핑 돌기도 했다. 언제 이렇게 커 버렸는지. 당당한 군복을 입은 아들의 품은 그 누구보다도 든든하고 따뜻했다. 그때 아들에게 맛있는 도시락과 논산 딸기를 전해 줬다. 그 순간의 기분은 경험해 본 사람만이 알 것이다. 운 좋게도 아들은 집에서 차로 30분 거리에 배치를 받아 자주 만날 수 있었다. 무엇이 가장 힘드냐고 물어보자 돌연 세상과 연결되지 않은 것 같은 느낌이 들 때가 가장 무섭다고 한다. 아들 역시 모바일 세대이기에 이해가 간다.

어르신들은 요즘 군대는 군대도 아니라고 하신다. 특히 어렵게 군 생활을 지내신 분들은 더 그렇다. 그러나 난 동의하기가 어렵다. 그들이 겪은 어려움의 무게와 잉여 세대로 성장한 우리 아이들의 어려움의 무게는 비슷할 것이라는 생각이 들기 때문이다. 수직적인 비교보다는 수평적인 비교를 추천하고 싶어진다.

군대를 보낸 엄마도 아들과 정비례해 힘들다. 2018년 봄, 전쟁설이 나돌 때는 '이 전쟁설이 사실이면 내 아들이 가장 앞에 설 텐데' 하는 두려움에 힘이 들었다. 딸만 둘 가진 엄마가 "요즘은 군대도 핸드폰 사용 가능하다고 하던데요?"라며 무심하게 말을 흘릴 땐, "아직 그 일이 시행되지 않았어요." 라고 대답했다. 그러면서 저 여자의 자식도 군대 갔으면 좋겠다는 마음이 벌컥 들기도 했다.

지극히 개인적인 생각이지만 여성도 1년 정도는 군에 입대하여 총을 쏘거나 힘쓰지 않는 업무를 하면 어떨까 생각해 보기도 했다. 여성에게도 군대가 좋은 영향을 끼칠 수 있지 않을까? 특히나 요즘처럼 "남자는 군대 가는데" 하는 남녀 대결적 구도가 이루어질 때 양성평등의 실현으로 나아갈 수 있지 않을까 하는 생각도 해 본다.

물론 남자 역시 가정생활에 있어서 육아를 비롯한 가사에 적극적이길 바란다. 서로가 서로의 영역을 경험해 보고 돕는 과정에서 진실된 배려와 이해, 사랑이 나오기 때문이다. 대한민국이 군대도 필요 없는 평온한 나라라면 더 바랄 나위가 없겠지만 말이다.

아들의 군 생활은 어떤 느낌일까, 궁금했다. 동에서 모집하는 여성예비군 창단 멤버로 가입해 보기도 하고, 군복에 군화를 신고 계룡대 견학을 가거나 비상식량도 먹어 봤다. 6.25 때 전사한 군인의 소박한 유해 발굴지에 가 보기도 했다. 군복을 입은 군인이 휴가를 나와 친구와 함께 거니는 모습을 봐도 아들 생각이 났고, 군인 앞의 여자 친구가 심드렁해 보이면 내 아들도 저런 대접을 받으면 어쩌나 하는 생각에 마음이 덜컥거리기도 하였다. 이러한 측은지심은 요즘 애들 말로 '에바'일까?

올해 5월 초였다. 아들의 생일잔치를 집 근처의 음식점에서 하게 되었다. 남편이 아들에게 말했다. "너는 재수도, 성형도 하지 않았고 자신의 기대보다는 항시 1년 정도 모든 걸 빨리했으니 제대 후 바로 모스크바에 가지 말고 1년 정도 한국에 머무르는 게 좋겠다. 그 기간 동안 여행도 하고, 앞으로 어떻게 살아야 할지 생각해 봤으면 한다." 이렇게 말했다. 그 말을 듣고 나는 속으로 '음… 멋진 생각이야. 이런 말을 할 수 있다는 것은 형편이 된다고 할 수 있는 것도 아니고, 생각만 있다고 되는 것도 아닌데… 여하튼 대단해요.'라고 끄덕거렸다. 그러다가 금방 '아, 어떡하지, 아침밥 안 준다고 가끔 투덜대는 이 아이가 1년 동안 머무르면 나는 또 부모로서의 죄책감을 느끼며 지내겠구나.' 하는 생각이 냉큼 들고 말았다. 어찌되었던 군대에서 무사히 돌아온 아이에게 감사할 뿐이었다. 6월 호국 보훈의 달 마지막 날에 나라를 위해 목숨을 바치신 선배님들, 그리고 대한민국의 건재에 힘쓰신 익명의 모든 분들에게 감사를 드린다.

| 전상백 |

| 이력 |

1957년 서울대 공대 건축학과(공학사)

동 환경대학원 환경계획과(환경학석사)

자격 건축사, 기술사(구조 및 시공)

경력 철도청 교통공무원 교육원 교관

한국종합기술개발공사 기술이사

한국종합건축사사무소

(전)㈜한국종합기술개발공사 이사

(전)㈜한국종합건축사사무소 대표,
　　도시,산업인프라 만들기 50년

| 저서 |

『시간과 공간』(1993)
『살며 생각하며』(2002년)
『흐르는 인생, 보람은 있었네』(2012년)

생애 마감을
아름답게

자연의 섭리는 사람의 힘으로는 거스를 수 없다. 하늘이
주신 순환원리에 따라 누구든지 죽음을 맞이한다. 품위 있는
죽음을 원한다면 미리미리 죽음을 준비해야 한다.

나 하늘로 돌아가리라

아름다운 이 세상 소풍 끝내는 날

가서 아름다웠다고 말하리라

- 천상병 시인의 '귀천(歸天)' 중에서 -

이 시를 대할 때마다 나도 이렇게 이 세상에서의 소임을
다하고 만족한 웃음을 지으면서 감사하며 죽어 갈 수 있는가
를 자문해 본다. 몇 년 전 산수傘壽 에세이집을 내면서 죽음을
진지하게 생각하게 되었다. 요즘 나이가 나이인 만큼 선배,
동료, 후배들의 부고가 부쩍 늘어났다.

로빈 샤르마의 책『내가 죽을 때 누가 울어줄까』중에서 "네가 태어났을 때 너는 울음을 터트리고 태어났지만 너를 지켜보는 사람들은 너를 보고 기뻐했단다. 반대로 네가 죽을 때는 많은 사람이 울겠지만 그때 너 자신은 감사와 만족의 미소를 지으면서 고이 갈 수 있어야 한다."고 충고한다. 그 러기 위해서는 매일 매일의 성실한 생활이 필요하다. 죽음을 배우면 죽음이 달라지는 것이 아니라 삶이 달라질 것이다.

이제 더 이상 은퇴 후 15~20년은 덤으로 사는 삶이 아 니다. 이 시기는 또 다른 성숙의 시기라고 보아야 한다. 과거 의 연장이라고 생각하거나 과도한 경쟁의식을 갖는 것도 바 람직하지 않다. 이제 노년의 생활은 절제, 예절, 교양, 봉사, 기부, 신앙과 같은 성숙한 모범을 보여 주어야 할 것이다. 무 리하지 않고 게으르지 않고 건강한 체력을 유지하며 살다가 호상이라고 불리는 다소 고령인 나이에 큰 병 앓지 않고 잠 을 자듯이 편안히 저세상으로 가는 복을 누리고 싶다. 현재 나는 창립 40년을 맞이하는 한국종합 건축사 사무소의 회장 으로 회사간부와 직원들의 노고에 감사하며 생활하고 있다.

죽음은 비움의 문화이다. 비움과 나눔의 생활을 실천하기 에 앞서 자신과 주변 그리고 자손들과 관련된 제반사를 꾸 준히 정리해 나가는 습관을 들여야 한다. 사후死後 나와 연관

된 어려운 문제를 미해결한 채로 두고 가는 것은 안 된다. 그렇게 되면 생전에 자손들을 위해 애썼던 보람은 없어지고 만다.

우리나라는 유언장을 남기는 경우가 겨우 3~5%로, 서구의 15~20% 이상에 훨씬 못 미친다. 정돈된 사후를 위해 유언장을 꼭 작성해 놓아야 한다. 당사자의 건강상태에 따라 다르겠지만 예상 수명의 5~8년 전부터 유언장을 작성하고 초기에는 2~3년마다 후기에는 매년 상황변화와 실상을 감안하여 수정, 첨가를 거듭하면서 최적, 최선의 유서를 남겨 공증을 받고 절차에 따라 보관해야 한다.

현재의 관습으로는 토장土葬은 유해를 장지에 묻어 봉분하고 화장火葬은 산골로 만들어 납골당 또는 봉안당에 수장한다. 요새는 지정하는 나무 밑에 산골회散骨灰를 흙과 섞어서 나무뿌리 주위에 뿌려서 묻는 수목장이 늘고 있다.

나는 죽은 후 땅도 봉분도 없이 가고 싶다. 생전에 죽은 자와 산 자의 깊은 정서가 있어서 그렇지 사후의 흔적은 적을수록 은혜롭다.

설날, 한식, 추석과 기일忌日에는 묘지 참배로 인한 교통의 혼잡이 심하고 환경의 오염은 물론 조용하고 엄숙한 경건의 분위기가 흐트러진다. 또 따지고 보면 묘분 납골이란 고인이 전해 주는 유훈, 유언 또는 영적인 귀중한 가치와는 동떨어진 껍데기가 아닌가? 그런 의미에서 장차는 사이버cyber 묘지가 펴져 나가리라고 생각한다.

고인의 생전의 모습, 행동, 음성을 담은 영상과 기념될 만한 유언, 유서, 그리고 유류목록遺留目錄과 매년 남은 자손의 애도를 기록한 글도 사이버 상에 남겨 놓을 수 있다.

요사이는 영상映像산업이 발달해서 자손들은 부모님의 삶의 여정을 제작해서 보전하는 사이트를 쉽게 만들 수 있다. 설날, 추석 등 기념할 만한 날에 가족이 모여 조상님을 추모하고 또 그 자리에서 다 같이 유훈, 훈시를 경시, 경청하는 방법이 멀지 않는 장래의 모습이 아닌가 싶다. 컴퓨터 세대인 우리 자녀 이하의 자손은 부모님과 조상님을 기리고 추모와 경의를 표현할 수 있는 사이트를 개설해서 얼마든지 조상을 기리는 유작을 모을 수 있다. 멋지게, 은혜롭게 이런 유류遺留자료를 남겨 기리는 것이 이제부터 효도의 길이 될 것이다. 옛날 족보族譜는 한문으로만 기재되어 있어 신세대는 이해가 어려워 잘 보지 않는다. 이제부터는 가문의 전통을 지켜 길이 보전하는 프로그램에 유류자료가 모아져서 기존의 족보를 대신하게 되면 좋겠다. 나는 이런 사이버를 의식하지는 않았지만 나름대로 나의 흔적을 남기기 위하여 회갑(61), 고희(70), 산

수(80)에 가족생활 에세이집을 집필하고 완성했다.

몇 년 후 맞이하게 될 졸수卒壽, 90세의 나이에도 다 같이 모여서 가족 에세이집을 유작遺作으로 남기고 싶다. 건강상으로 큰 문제는 없겠지만 정신적으로 많은 자료를 모으고 정리, 집필하는 영민함이 유지될지는 알 수 없다. 다만 그런 희망을 안고 건실하게 살아갈 것이다. 그리하여 내 생애를 마감할 때 아비된 나는 그런대로 보람은 있었다고 나직이 읊조리고 싶다.

| 정지환 |

| 이력 |

서울시립대 영문학과 및 동대학원 국문학과
석사과정 졸업.
인간개발연구원 에세이클럽 총무, 회장 역임
(현)감사경영연구소 소장
(현)경희대학교 객원 교수

추석맞이 감사나눔
이벤트 이렇게 해 보세요

저는 지난 10년 동안 기업, 학교, 군대, 병원, 지자체 등 전국을 다니며 감사 강연을 했습니다. 감사의 현장과 변화 사례를 취재해 왔습니다. 조금 더 자유롭게 감사를 전파하고 기록하기 위하여 3년 전부터는 아예 프리랜서 강사와 기자로 독립했습니다. 저의 감사 강연은 입소문을 타고 교도소, 노인대학, 일자리희망센터, 알코올중독자치유센터 등 소외된 계층에게도 전파되었습니다. 그렇게 강연 1000회 돌파의 기록을 세우기도 했습니다. 이렇게 사람들의 공감을 얻으며 강연 활동을 할 수 있었던 데에는 나름의 비결이 있습니다. 저는 '남들 앞에서 말하기' 전에 '남의 말 듣기'를 먼저 실행했기 때문이라고 생각합니다. 2004년부터 10년 넘게 인간개발연구원 조찬강연에 참석해 국내 최고 연사들의 강연 내용을 정리하며 저도 모르게 강사의 내공을 키울 수 있었던 것 같습니다. 과거의 '실명 비판實名批判'에 앞장서는 '싸움꾼 기자'였던 저는 이제 '실명 감사實名感謝'를 주도하는 '감사 전도사'가 되었습니다. 타인의 어떤 점을 비판하기 전에 내가 먼저 좋은 것을 실천하는 방식으로 세상의 변화를 도모하는 것. 그런 식으로 긍정적 인생을 살기 위해 오늘도 노력하고 있습니다. 지금부터 소개하려는 추석맞이 감사나눔 이벤트도 그런 노력의 일환일 것입니다.

소가족 편

작년 추석 명절에 가족들과 어울려 감사나눔 이벤트를 진행했습니다. 추석맞이 감사나눔 이벤트의 핵심은 '어머니를 위한 100감사'를 적은 족자를 읽어 드리고 전달하는 것이었습니다. 저는 6년 전 아버지 제삿날에 '아버지를 위한 100감사'를 작성해 가족들 앞에서 낭독한 적이 있습니다. 당시 감사내용을 절반쯤 낭독할 때, 어머니가 눈물을 흘리기 시작했습니다. 초등학교와 유치원에 다니던 어린 조카들이 다소곳이 앉아 나머지 절반의 낭독을 들었던 기억이 납니다. 어른들의 감사나눔이 아이들에게 유익한 밥상머리 교육이 될 수도 있다는 사실을 그때 확인할 수 있었습니다. A4용지 6장 분량의 그 100감사는 제수씨가 코팅해서 보관해 주는 바람에 요즘 감사 강연 때마다 보조자료로 활용하고 있습니다.

2018년 9월 24일 여명이 밝았습니다. 아침 일찍 일어나 이불을 개고 청소를 마친 우리 가족은 거실에 둘러앉아 12년 전에 별세하신 아버지를 추도하는 감사예배를 드렸습니다.

● 세계 속에서 한국을 외치다

예배가 끝나고 79세의 어머니를 위해 족자에 쓴 100감사를 읽었습니다. 이를 위해 저는 거실에 큰 밥상을 펴고 미리 써 놓았던 100감사를 예쁜 글씨로 새 족자에 옮겨 적었습니다. '어머니에 대한 100감사'를 하나씩 적다 보니 어머니를 중심으로 한 우리 가족의 역사, 희로애락喜怒哀樂이 고스란히 드러났습니다. 그런데 이번에는 어머니도 가만히 듣고만 있지 않으셨습니다. 어머니는 편지지에 미리 메모해 두셨던 '엄마가 부탁하고 싶은 말'을 꺼내 들더니 가족들 앞에서 낭독하기 시작하셨습니다.

1. 부부끼리 이해하고 양보하며 살아라.
2. 형제끼리 상의하며 살아라.
3. 사촌들과 사이좋게 지내라.
4. 다음에 엄마가 없더라도 서로 의리를 지키면서 살아라.
5. 나는 손자들과 손녀들이 착하고 예뻐서 행복하다.
6. 나는 아들들이 잘하고 며느리들이 미인이고 더 잘해서 행복하다.
7. 부디 편안한 인상을 가지고 살 거라.

여섯 번째 말씀인 "며느리들이 미인"이라는 표현에서 우리 가족은 함박웃음을 터뜨렸습니다. '미인 며느리들'은 추석 연휴 첫날 이미 어머니를 모시고 꽃구경도 다녀왔던 터였습니다. 영어 단어 '패밀리Family'에 대해 아래와 같이 독특하게 해석하는 것을 어디선가 본 적이 있습니다. 우리 자식들이 부모님께 드리고 싶은 인사이기도 합니다. "Father And Mother I Love You(아버지 어머니 사랑합니다)." 이 문장의 머리글자만 모으면 '패밀리Family'라는 단어가 완성됩니다.

대가족편

추석 전날 저녁에는 사촌형제들과 어울려서 감사나눔 이벤트를 진행했습니다. 처음에는 맥주회사에 다니는 조카 상호의 후원으로 맥주파티를 열어 보자는 이야기에서 시작되었습니다. 그러다가 우리 집안의 장손인 오촌조카 진호가 전화를 걸어와 맥주파티와 감사나눔을 결합한 행사를 제안했고, 저도 흔쾌히 수락했습니다.

추석 전날인 11월 23일 오후 5시부터 큰댁의 넓은 마당으로 사람들이 모이기 시작했습니다. 사촌형제와 조카들, 오촌당숙 식구까지 모였습니다. 원활한 행사 진행을 위해 진호를 비롯한 조카들은 두 시간 전부터 맥주와 고기 등 음식 마련은 물론이고 모닥불을 피우기 위해 장작까지 준비했습니다.

(한석봉은 글씨를 쓰고, 어머니는 떡을 썰었지만) 우리는 한쪽에선 감사카드를 쓰고, 또 다른 한쪽에서 고기를 굽기 시작했습니다. 우리는 아버지 형제 중 유일하게 생존해 계신

서울 백부님과 백모님, 수호신처럼 고향을 지키고 계신 백모님, 어머님, 두 숙모님 등 여섯 분의 집안 어른들에게 감사카드를 쓰기로 했습니다. 오촌조카 서현이가 가장 먼저 5감사를 완성했습니다.

"지금부터 경주정씨 양공공파 69대손 사촌들이 준비한 추석맞이 감사나눔 이벤트를 여러분의 힘찬 박수와 함성으로 시작하겠습니다."

주위가 어둑어둑해질 무렵 사회를 맡은 저의 개막 선언으로 행사는 시작되었습니다. 장손 진호의 개회사, 사촌들 중 각 집안 맏형들의 축사가 이어졌습니다. 감사나눔 이벤트의 방식은 아주 간단했습니다. 아들, 며느리, 손주 등이 차례로 앞에 나와 자신이 쓴 감사카드를 읽고 어르신들이 앉아 계신 곳으로 찾아가 당사자를 포옹해 드리고 감사카드를 전달하는 방식으로 진행했습니다. 어른들을 포옹해 드릴 때마다 여기저기서 박수가 쏟아졌습니다.

가장 먼저 할머니에게 감사카드를 작성한 조카 서현이에게도 발표의 기회를 주었습니다. 서현이는 자신이 쓴 감사카드를 모든 사람이 지켜보는 가운데 씩씩하게 읽은 다음 할머니에게 전달하고 안아드렸습니다. 곁에서 이를 지켜보는 아빠의 대견해하는 모습, 포옹 장면을 찍느라 분주한 엄마의 모습이 이날 사진기자 역할을 담당한 사촌 지철의 카메라에 담겼습니다.

일찍 타계한 아버지에게 감사카드를 썼던 장손 진호가 다섯 가지 감사를 한 줄 한 줄 읽을 때마다 목이 메어 눈물을 흘리자 모두 숙연해지는 감동적인 장면이 연출되기도 했습니다. "보고 싶습니다. 그립습니다."라는 마지막 구절에 이르자 멀리서 지켜보던 큰댁 형수님의 눈에서 그만 눈물이 쏟아지고 말았습니다.

이날 행사를 시작하기 전에는 전혀 예상하지 못했던 소득이 있었습니다. 경주 정씨 집안에 시집을 와서 남편들을 먼저 저세상으로 보내고 혼자가 되어 고향을 지키고 있는 백모와 숙모들의 이름을 뒤늦게 알게 된 것이 바로 그것입니다. 평생 자기 이름으로 불리지 못하고, 'ㅇㅇ댁', 'ㅇㅇ엄마'로 불렸던 우리 어머니들의 실명을 부르며 감사인사를 드리게 되어 너무 감사했습니다.

추석맞이 감사나눔 이벤트를 진행하면서 감사가 가화만사성家和萬事成의 첫걸음이 될 수 있다는 확신을 갖게 되었습니다. 앞으로 설날과 추석 등 명절에 감사나눔 이벤트가 대한민국 방방곡곡에서 다양한 방식으로 진행되길 소망합니다. 이 글이 그날을 위한 작은 참고자료가 되었으면 좋겠습니다.

● 세계 속에서 한국을 외치다

5장

주인의식을 갖고
삶을 이끌어나가다

| 강득형 |

| 이력 |

덕하 물산 대표

한국공공정책평가협회 자문위원

평생교육사

문화예술교육사

사회복지사

한국어교사

정책분석평가사 등등

그림 한 장으로
나를 표현하다

   나의 취미 중의 하나는 그림 그리기다. 그림 한 장으로 나를 표현할 수 있다는 점이 매력적이다. 초등학교 미술 시간에 크레파스를 사용해서 그림을 그렸던 기억이 어렴풋이 난다. 초등학교 4, 5학년 때로 기억된다. 미술시간에 담임선생님께서 제시한 그림의 주제는 '자신의 꿈'이었다. 초등학교 때 나의 꿈은 군인이나 경찰이었다. 현역으로 군 생활을 하고 나왔으니 나는 벌써 꿈 하나를 이룬 셈이었다.

   2014년 나는 '문화예술교육사'라는 자격증을 취득하였다. 이것은 문화체육관광부에서 주는 국가 자격증이다. 문화예술교육사라는 자격증은 10개의 전공분야가 있다. 미술, 음악, 무용, 연극, 영화, 국악, 사진, 만화, 애니메이션, 디자인, 공예 분야다.

   나는 미술을 선택했다. 지정된 대학에서 수업을 수강하고 일정한 조건을 충족하면 취득할 수 있다. 나는 이화여대와 중앙대에서 수업을 수강하였으며 당시 전공분야 해당자는 한

학기 정도만 수강하면 취득이 가능하였다. 나는 미술 전공자가 아니므로 자격증 과정 과목을 수강하는 데 4학기 정도가 걸렸다.

2014년 문화예술 교육사를 취득하고 '리줌회'라는 그림 동아리에 가입하였다. 1년에 한 번씩 모여 정기적으로 인사동에서 작품전시회를 갖는 모임이다. 그림을 그리는 일은 계속하여 붓을 놓지 않고 감각을 잃지 않는 것이 무엇보다 중요하다. '리줌회'라는 그림 동아리는 이 사실에 공감한 미술가들이 모여서 만든 문화예술작품 동아리이다.

그림의 종류에는 유화, 수묵화, 수채화, 드로잉, 아크릴, 한국화 등 여러 종류가 있다. 그중에서 유화가 마음에 들었다. 색채의 조화 등 여러 가지 생각을 뭉툭한 붓 터치로 표현하는 것이 마음에 들었다. 20대 후반, 유럽의 배낭여행을 갔을 때였다. 프랑스 루브르 박물관의 대형 작품들을 살펴보는데 유화형태의 작품들이 연상되었다. 그림을 그리는데 자격증은 없어도 된다. 다만 내가 자격증을 취득했던 이유는 전문가들과 함께할 수 있는 기회를 만들어 보고 싶은 마음이 앞섰기 때문이다.

삼성동 코엑스COEX에서 전문작가들이 모여 대규모 전시회를 연다. 1년에 몇 번 정도를 개최한다. 기회가 될 때마다 그림을 자주 보러 간다. 그림을 통해 해당 작가의 내면을 들여다볼 수 있어서 유익하다.

내가 왜 이렇게 그림까지 전공하며 시간과 에너지를 사용할까 곰곰이 생각해 보았다. 생각해 보니 나는 청소년기에 소설 읽는 것을 좋아했다. 당시 아버지께서 소규모 건축과 연관된 사업을 하고 계시던 상황이었다. 당시 우리 집도 형편이 어려웠던 시절이었다. 돈을 벌기 위해 기업가에 관심을 가지지 않았나 하는 생각이 든다.

동네 헌책방에 가는 것이 내 취미 중의 하나였다. 헌책방엔 80년대 후반 우리나라 대기업들의 성공신화를 써 놓은 책들이 많았다. 여러 기업가 내용 중에 삼성 이병철 회장의 저서 『호암자전』이 떠오른다. 그 책 속에서 기억에 남는 이야기는 수집에 관한 일화다. 이병철 회장이 그림과 골동품 등의 종류를 수집했다는 일화가 기억난다. 기업가는 사업에 전념하는 것도 중요하지만 이런 분야에도 관심을 갖곤 한다. 그림 등 골동품의 종류는 한 시대의 역사를 표현하는 상징물이 되기도 한다. 또한 골동품은 자산형성에 있어서 중요하다는 것이 머릿속에 어렴풋이 각인되었다.

청소년 시절 우표수집 등을 한 계기에도 이러한 영향이 있었다는 생각이 든다. 요즘에는 우표 수집을 하지 않지만 당시만 해도 우체국에 특별우표 등이 나오면 틈틈이 구입했던

● 주인의식을 갖고 삶을 이끌어나가다

기억이 난다.

"호랑이는 죽어서 가죽을 남기고 사람은 죽어서 이름을 남긴다."라는 문구를 청소년 시절부터 종종 떠올리곤 했다. 어떻게 하면 이름을 남길 수 있을까? 가끔 곰곰이 생각해 보곤 한다. 정치인이 되어서 역사적 인물이 될 것인가. 아니면 기업가가 되어 돈을 많이 벌어 국가나 사회에 도움이 되는 사람이 될 것인가.

1998년 전후 아버지 사업이 부도가 난 적이 있다. 그때 아버지를 대신해 일을 맡아 보기도 했다. 하지만 이름을 남길 정도의 사업을 하기에는 역량이 부족하다고 느꼈다. 정치인도 생각보다 쉽지 않다는 사실을 깨달았다. 어떤 방법이 있을까 생각하는 과정에서 자신의 독창적인 작품을 남기는 것도 한 방법이라는 생각이 들었다. 글이 되건 그림이 되건 자신만의 독창적인 내용을 기록하는 것도 보람 있지 않을까 하는 생각이다.

4차 산업혁명으로 인공지능이 시대의 화두로 떠오르고 있다. 모든 것이 융복합적으로 진화하고 있는 시대이다. 미술 분야도 각기 독창적인 자기만의 색깔들이 융합해서 다양한 색감으로 표현되는 과정이다. 이러한 창의적인 시대와 잘 어울리는 것이 바로 그림 그리기가 아닐까 생각한다. 요즘은

'유튜브 시대'이다. 유튜브 시대는 내가 주인공인 시대이다. 자신만의 독창적인 색깔로 세상 사람들에게 인정을 받을 수 있다면 기업가, 정치인을 능가하는 존경과 부의 힘을 가질 수 있는 시대다.

스마트폰이 나오기 전에는 '문자의 시대'였다. 하지만 스마트폰의 대중화로 '영상의 시대'가 도래했다. 얼마 전 구글 코리아 상무의 조찬세미나 강연을 들었다. 강연 내용 중에는 다음과 같은 내용이 있었다. "요즘 전철에서 신문 읽는 분들은 꼰대로 인식합니다." 그 말을 듣고 이제는 정말 영상의 시대가 도래했다는 것을 느꼈다.

한국경제신문사에서 29초 영화제를 만들어 많은 호응을 얻고 있다. 경영학 분야에서도 '엘리베이터 마케팅'이라는 용어가 등장했다. 이것은 약 30초 전후로 핵심만을 전달하여 상대방의 호응을 얻게 만드는 마케팅 방법이다.

변화의 속도가 점점 빨라지는 시대다. 이 시대에 내 이야기를 기록하고 전달하는 방법 중에 가장 독창적인 방법이 바로 그림이라고 생각한다. 자신만의 색깔과 방법으로 나만의 기록을 남길 수 있고 서로가 의사소통을 할 수 있는 독창적인 방법이다.

초고령화 사회가 다가오고 있다. 내 현재의 삶이 지구 역사의 한 페이지다. 내가 살아온 삶은 이 세상 그 어떤 것과도 바꿀 수 없는 보물이다.

요즘은 누가 알아주지 않아도 자신의 삶에 충실하고 즐겁게 사는 게 더 보람 있지 않을까 생각한다. 나의 소중한 삶을 글과 함께 한 장의 그림으로 표현해 보는 것은 어떨까요?

| 고문수 |

| 이력 |

(현)한국자동차산업협동조합 입사(66. 04~)

(현)한국자동차산업협동조합 상무이사(94. 01~)

(현)한국자동차산업협동조합 전무이사

자동차부품 국산개발 협의회 위원장

자동차부품공업 육성대책반 위원장

통상산업부 공업기반 기술개발 기획평가단 위원

기술표준원 우수품질(EM)·신기술(NT)인증
평가위원

산업자원부 기술개발 기획평가단 위원

| 수상내역 |

1982. 11 대통령표창
1996. 5 석탑산업훈장

아버지는
산이었다

아버지는 하나의 산이었다. 침묵으로 서서 숲을 기르는 존재였다. 아버지의 삶은 결코 평탄하지 않았지만 자식들에게 많은 교훈을 주었다. 비록 가난한 가정이지만 훈장의 가문에서 태어나신 아버지께서는 어려서부터 한학을 배웠다. 열 살 때 집에서 6km정도 떨어진 곳에 초등학교가 개교된다는 소식을 듣고 할아버지의 허락을 받아 신학문을 배우러 매일 산길로 등하교를 하며 공부했다.

초등학교를 졸업했던 당시는 일본강점기 시절이었으며 기술을 배우고 싶어 철도전문 기술학교에 입학을 했다. 처음으로 객지인 부산에서 생활을 했다. 기술학교 수료를 마치고 처음 발령받은 곳이 경북 영천역으로, 이곳에서 철도청 선로 신호기 보수원으로 근무했다. 비록 막노동에 가까운 힘든 일이었지만 그야말로 열심히 일하면서 공부했다. 이후 선로 수장으로 승진하여 철도관사에서 생활했으며 이후 경주, 울산, 호계역에서 근무했다.

1945년 일본으로부터 해방이 되어 영천역에서 근무했을 때였다. 그때의 혼란스러운 사회는 그대로 직장에까지 파급되었다. 직장의 책임자로서 관계기관의 조사를 수차례 받았다. 직원들을 보호하기 위해 조사관들의 취조에 한결같이 우리 직장에는 한 사람도 좌익에 가담한 사실이 없음을 증명하기 위해 피나는 노력을 했다. 그때 잘못되었으면 지금의 내가 없었을 것이라고 했다. 당신의 일순간을 모면하기 위해 허위 진술을 할 수가 없었다. 취조 중 몽둥이질을 너무 당해서 피멍 든 자국이 없어지기까지 일 년 이상을 고생했다. 몸에 좋다는 약을 먹고 발라 보았지만 효험이 없었다. 피멍 자국을 없애고 몸을 회복하기 위해서는 인분액이 좋다는 풍문이 떠돌고 있어 마시기까지 했다. 빈 병을 변소 간 인분 통에 깊숙이 넣을 때 병마개 대신에 솔잎을 촘촘히 묶어 단단히 한 후 병구멍에 끼워 넣어 놓으면 여과지 역할을 하였다. 솔잎 틈을 통해 맑은 인분액이 병 속으로 들어왔다. 어찌하든 낫겠다고 이것을 마셨다.

1950년도에 6·25 전쟁이 발발했다. 온 나라 곳곳이 포성으로 걱정과 두려움이 많을 때 고향에서 큰 아버지가 영천까지 찾아왔다. 무서운 전쟁 때에 여기서 이런 고생하지 말고 가족들을 모두 데리고 고향으로 내려가자고 했다. 아버지는 우리 가족을 걱정해 주시는 형님께 "내가 맡은 일은 해야 하기에 위험이 닥치면 연락 드릴 테니 여기 걱정은 마시고 내려가시라."고 했다.

● 주인의식을 갖고 삶을 이끌어나가다

하룻밤 주무시고 다음 날 새벽에 큰 아버지께서는 울산으로 내려갔다. 귀향한 그날 밤에 지역 빨치산 잔당에 붙잡혀 큰 아버지가 참수당하였다. 아버지께서는 바로 고향에 내려가서 초상을 치루고 돌아왔지만 산골 고향에 계시는 당신의 어머니, 형수, 여동생 등 세 여인들의 안위를 걱정하지 않을 수 없었다. 3년간의 기나긴 포성이 멈춘 후 울산 고향 쪽으로 보내 달라고 청원했다. 장남의 역할을 물려받은 아버지는 어머니를 가까이 모시는 것이었다.

호계역과 울산역에서 근무를 하던 중 5·16 군사혁명정부 하에서 모든 직장에 정풍운동이 불어닥쳤다. 선로수장인 아버지에게 재직자 중 2명을 가려내어 옷을 벗기라는 요구였다. 아버지의 소속 직장에는 그런 정풍 대상이 없음을 강변하였으나 들어줄 리 만무했다. 그렇다면 본인이 우선 나가겠다면서 자원하여 퇴직했다. 그때 아버지의 나이가 40대 초반이었다. 아내와 다섯 아들에 외동딸까지 육남매를 어떻게 먹여 살리고 교육시킬까 만감이 교차했다. 아버지는 다른 동료가 당하더라도 똑같은 심정일 거라고 판단하였다. 정들었던 철도관사도 비워주어야 했고 하루빨리 새로운 집을 구해서 떠나야 했다.

철도관사는 일제 강압기 때에 철도를 건설하면서 역 근처에 책임자인 역장 또는 선로수장을 위해 일본의 조선총독부가 지은 집이었다. 관사 안에는 전화기가 벽에 걸려 있고, 화장실, 목욕탕, 부엌까지 완벽하게 갖추어져 있었다. 당시에 동네에는 공중목욕탕이란 게 없었으며 목욕이래야 더울 때는 등물로, 추울 때는 물을 데워서 씻는 정도였다. 범종을 뒤집어 놓은 모양의 주물로 된 목욕탕 속에 두 명은 들어갈 수 있었다.

특히 겨울철이 되면 남들은 산으로 들로 땔감을 구하러 다녔다. 그러나 우리 집은 철도레일을 받쳐 주는 나무침목이 수명을 다하면 그것을 적당히 잘라서 땔감으로 사용할 수 있는 편리한 점이 있었다. 그리고 내가 다니고 있는 중학교가 부산이라 한 달에 한 두어 번쯤 고향인 울산에 갈 때는 철도청 가족 티켓을 이용할 수도 있었다. 아버지는 모든 혜택을 뒤로하고 10년 넘게 다니던 직장을 그만두었다. 그때 심정이 어떠하였을까. 한동안 참으로 막막한 생활을 했다.

아버지는 두 주먹을 불끈 쥐고 다시 일어났다. 지역 재건사업, 농경지 정리사업, 전기 없는 마을의 전기가설공사 등 지역 내에서 할 수 있는 소규모 토건 사업을 시작하였다. 약 10년간 열심히 일하다 보니 마을 주민으로부터 신용을 받기 시작했다. 1972년부터 6년간 단위지역 농업 협동조합장에 선출되어 봉사하였다.

내가 고향을 떠나 부산에 있는 공업고등학교에 재학 중일 때였다. 어느 날 아버지가 부산에 볼일을 보러 오셨다가 학교로 면회를 왔다. 유달리 아버지를 좋아했던 나는 수업을 뒤로하고 뛰쳐나갔다. 학교 앞 조그만 식당으로 데려가 밥을 사 주시면서 "고생 많지, 몸은 괜찮나? 공부는 잘하고 있나? 그라고 우리 막걸리 한잔하자."하시면서 용기를 북돋워 주었다. 당신이 못나 자식을 고생시킨다는 생각을 하는 아버지의 모습을 바라보면서 나는 덩달아 밝은 표정을 지으며 막걸리 잔을 살짝 옆으로 돌려 꿀꺽꿀꺽 들이켰다.

복막염 수술을 받은 후 고향집에서 회복하고 있을 때였다. 새벽 일찍이 아버지는 집에서 멀리 떨어져 있는 염소목장을 찾아갔다. 염소를 방목하기 전에 한 마리를 골라서 사 왔다. 염소고기에다 옻나무 토막을 넣고 함께 달여서 옻 염소탕을 만들어 주었다. 하루빨리 건강한 모습으로 회복하여 학업에 뒤처지지 말라 격려해 주었다. 아버지는 항상 내 곁에 아니 내 가슴속 깊숙이 자리 잡고 있었다.

말년에는 지역의 사학교육기관인 울산향교에 관여하면서 지역원로들과 함께 향토문화 복원사업과 충효 사상 보급, 시조 및 한문학 보급에 힘을 기울였다. 특히 2001년부터 구강서원 복원 추진위원장을 맡아서 중건에 노력하였다. 또한 유년시절에 배운 한학을 바탕으로 시조 읊기와 창시를 하며 벗들과 어울려 생을 보냈다.

어느 해 추석 이틀 전에 아내와 함께 고향으로 내려가려고 핸들을 잡았다. 아버지께서 몸이 불편하셔서 병원에 입원해 있다는 소식을 듣고 있어 즐거운 귀향길은 아니었다. 병원에 도착하여 아버지의 손을 잡았다. 병상에 누워 계시던 아버지께서 살며시 눈을 떴다. 누운 자리에서 일어나시더니 말씀을 못 하고 곁에 있는 편지 봉투에다 몇 자 적는 것이었다. "이놈의 자식아, 네가 오기를 이토록 기다렸다." 그 순간 나는 하염없이 눈물을 흘렸다. 나는 아버지의 손을 꽉 움켜쥐고 하루 빨리 쾌차하여 퇴원하시기를 간절히 기도했다. 그러나 아버지께서는 가족들이 지켜보는 가운데 조용히 눈을 감으셨다. 추석 전날 새벽이었다.

아버지는 병원에 입원하기 한 달 전만 하더라도 자전거며 오토바이를 타실 정도로 건강했다. 단지 옛날에 겪은 일련의 후유증 때문인지 가래가 자주 생겨 헛기침을 자주 해야 하는 천식 증상이 있어 고생을 했다.

아버지는 소탈하고 항상 긍정적이고 활동적이었다. 대인관계가 원만하여 주변 관계인들과 친교가 많았던 분이라고 하고 싶다. 넉넉지 않은 살림에 많은 자식을 부양하느라 평탄하지 않은 삶을 보냈다. 한국의 전 근대사 속에서 여러 어려운 일들을 몸소 겪었다. 평소 자식들에게 아기자기한 말씀은 없었지만 만날 때마다 '남 탓 하지마라', '마음먹기 달렸다'는 것을 무언의 행동으로 보여 주었다. 항상 밝은 얼굴을 보여주며 자신의 일은 뒤로 미루고 자식들의 이야기를 들어 주시던 아버지였다. 86년을 사시다가 생을 마감했다. 아버지는 다시 산이 되셨다.

● 주인의식을 갖고 삶을 이끌어나가다

좋은 곳으로 편안히 영면하시기를 기원했다.

"아버지! 저희 형제자매들은 기대에 어긋나지 않게 열심히
살아갈게요! 사랑합니다."

| 고지석 |

| 이력 |

국세청 11년 근무

세무법인 '내일' 대표세무사

서울고등법원 상설조정위원

㈜유니온 사외이사

(전)가천대학교, 상명대학교 겸임교수

(전)한국세무사 석·박사회 회장

| 저서 |

『아버지의 유산』

아름다운 습관,
아름다운 중독

두 달 전에 L이라는 친구와 골프를 치러 갔다. 16번 홀에서 왼쪽 가슴의 통증을 호소하였다. 같이 골프를 치던 친구들이 심근경색일지도 모른다고 했다. 서둘러 골프를 중단하고 가까운 대학병원 응급실로 갔다. 진단 결과 심장의 혈관 하나가 파열되어 출혈이 계속되고 있다고 하였다. 조금만 늦었더라면 과다출혈로 생명이 위험할 뻔했다. 다행히 급하게 심장 수술을 해서 손상된 혈관에 인조혈관을 삽입하여 생명에는 지장이 없다고 하였다.

그때 만약 몇 홀 안 남았다고 통증을 좀 참고 골프를 계속했다면 정말 큰일 날 뻔하였다. 다행히 골프를 같이 치던 C라는 친구가 의학상식이 있어서 골프를 계속할 상황이 아니라고 판단을 하고, 즉시 가까운 응급실로 갔다. 참 다행이었다. 살다보면 순간의 판단으로 사람이 살 수도 있고, 죽을 수도 있는 경우가 많다. "사람이 살다 보면 삶과 죽음의 경계가 바로 지척에 있다."라는 말이 실감이 났다.

그 친구는 응급수술이 잘 끝났으나, 폐 기능이 많이 약해서 회복이 늦어져 2주 이상을 중환자실에서 계속 머물러야 한다고 하였다. 일반적인 경우는 심장수술을 받고 10일 정도 지나면 퇴원을 하게 된다. 그러나 친구는 담배를 오랫동안 피웠기 때문에 폐 기능이 약해져서 회복이 늦었다. 더구나 폐렴까지 와서 두 달이 다 되었는데도 퇴원을 못하고 있었다.

그 친구는 몇 년 전부터 담배를 끊고 전자담배를 피우고 있었다. 폐에 별 문제가 없을 것으로 알고 있었다. 주위에서 친구들이 "전자담배가 더 안 좋다고 하더라. 전자담배도 끊어라." 라고 권유를 많이 하였다. 그래도 전자담배는 덜 해로운 것으로 알고 계속 피우고 있었다. 많은 사람들이 담배 대신 전자담배를 피우면 니코틴을 직접 들여 마시지 않고 증류된 상태로 흡입하기 때문에 피해가 적을 것으로 착각한다. 요즘은 부쩍 전자담배를 많이들 피우고 있다. 액상형 전자담배는 니코틴 용액에 담배 향 등이 나는 가향 물질을 넣은 뒤 가열해 증기를 흡입하는 형태의 담배다. 액상형 전자담배를 흡입할 때 비타민 E 아세데이트 등 식물성 지방질이 폐로 들어가 문제가 생길 수 있다.

실제로 최근에 전자담배의 폐해에 대하여 계속 뉴스에 나오고 있다. 심지어 미국에서는 전자담배를 피운 뒤 1,479명이나 중증 폐 손상 질환을 일으켰으며, 33명이나 사망했다고 한다. 그만큼 전자담배가 사람들의 폐와 건강에 극히 해롭다는 것이다. 그런데도 전자 담배는 일반 담배보다 덜 해로울 것이라고 착각을 하고 계속 피우고 있어 더 큰일이다. 심지어 일반 담배는 대개 니코틴을 많이 들이마시지 않으려고 담배연기를 깊이 들여마시지 않는다. 전자담배는 덜 해로울 것으로 생각한다. 주위가 뿌옇게 될 정도로 수증기를 세게 빨아들여 폐 속 깊숙이 들여마시는 경향이 많다.

담배를 피우는 사람들이 평상시에는 건강문제에 대하여 전혀 문제를 못 느끼며 살고 있다. 담배를 피우면 폐암에 걸릴 확률이 좀 높다는 정도로만 생각하고 있다. 그러나 흡연은 폐암도 문제지만, 그 외에도 폐 기능이 약해져서 다른 장기에 병증이 있을 때 수술을 할 수 없어 큰 문제다. 폐 기능이 약해지면 마취 후에 깨어나지 못한다. 그 친구도 담배를 오래 피워서 폐 기능이 약해졌다. 폐 기능 약화로 회복이 늦어져 두 달이 되어 가는데도 퇴원을 못 하고 있다.

실제로 또 다른 J라는 친구도 몇 달 전에 방광과 요도에 병증이 있어서 수술을 해야 했다. 폐 기능이 약해서 마취를 못 해 수술을 못하고 고생을 하고 있다. 그 친구도 담배를 오래 피워서 폐 기능이 약해졌기 때문이다.

필자도 옛날에 기관지가 좀 약해서 금연을 하려고 여러 번 시도를 했다. 하지만 실패했다. 이미 니코틴에 중독이 되어 있어서 금연이 어려웠다. 그러나 내가 정말로 니코틴에 중독되어 있어서 담배를 끊기가 어려운 것인지 확인하고 싶었다.

니코틴에 중독이 되어 있는지 여부를 나 스스로 실험을 하기로 했다. 아침에 잠이 깬 후에 곧바로 일어나지 않고 물만 마시며 일부러 잠자리에서 계속 몇 시간을 뒹굴며 누워 있었다. 잠이 깬 뒤에 몇 시간이 지나면 참기 어려울 정도로 담배를 강렬하게 피우고 싶은지 확인했다. 잠이 깬 지 4~5시간이 지났다. 담배 피우고 싶은 생각이 별로 나지 않았다. 보통 때 같으면 아침 식사하고 출근 시간이 지나 이미 담배를 피웠을 시간이었다. 아침식사도 안 한 상태로 몇 시간이 지났다. 담배를 피우고 싶은 욕구가 강하지 않았다. 1시가 다 되어 점심식사를 하고 나자 담배를 피우고 싶었다. 만약에 내가 니코틴에 중독이 되어 있다면 잠이 깨고 나서 5~6 시간이 지났으니, 담배를 피우고 싶은 욕구가 강했을 것이다. 그런데 생각보다 흡연욕구가 강하지가 않았다. 그렇다면 담배를 끊기 어려운 것은 니코틴에 중독이 되어서가 아니라, 흡연습관 때문이라는 결론이었다.

결국 식사를 하고 나면 담배를 피우게 되고, 또 옆에서 담배를 피우게 되면 나도 덩달아서 담배를 피우고 싶어진다는 사실을 알게 되었다. 물론 담배를 오래 피워 니코틴 중독이 된 사람도 있다. 일반적으로는 담배를 피우는 사람들이 모두 다 니코틴 중독이 된 것이 아니다. 결국 흡연 습관에 불과한 상태다. 그 순간만 참으면 담배를 끊을 수 있음을 확신했다. 그러나 그런 사실을 확인하고서도 금연이 쉽지 않았다. 물론

▶377

요즘은 담배를 안 피운 사람이 많아 담배 안 피운다고 떳떳하게 얘기할 수 있다. 그 시절에는 남자가 담배를 안 피운다고 하면 꽁생원으로 취급을 받기도 하던 때였다. 담배는 건강에 안 좋고 백해무익이라는 것을 깨닫고 계속 담배를 끊어야겠다고 생각은 하고 있었다. 그러나 몇 년 동안이나 담배를 끊지 못하고 계속 피우고 있었다.

그 무렵 모시고 살던 아버지가 50년 동안이나 피우시던 담배를 끊으셨다. 나는 아버지가 그렇게 오랫동안 피우시던 담배를 끊으셨는데, 20년도 못 피운 내가 담배를 못 끊는다는 것은 '남자의 의지'가 아니라는 생각이 들었다. 계속 벼르고 별렀다. 1990년 10월 1일부터 담배를 끊었다. 몇 년 후에 아들도 담배를 피우고 있어서, 아들에게도 금연을 권했다.

"영국아, 할아버지는 50년 동안 피우시던 담배를 끊으셨고, 나도 20년 동안 피웠던 담배를 끊었다. 그런데 너는 이제 겨우 10년도 못 피웠는데 한번 끊어 봐라. 담배는 건강에도 안 좋고, 특히 갓 태어난 네 딸한테도 안 좋으니 이번 기회에 담배를 끊어 봐라."

"네, 노력해 보겠습니다."

갓 태어난 딸한테도 안 좋다는 것을 깨달았는지, 아들도 몇 달 만에 담배를 끊었다. 나는 여러 번 실패한 후에 겨우 담배를 끊었는데, 아들은 단번에 금연을 실행했다. 정말 어려운 일을 했다고 칭찬해 주었다. 온 식구가 축하를 해 주었다.

나는 지금도 내 일생 중에 잘한 일을 꼽으라면, 제일 먼저 담배를 끊은 일을 든다. 80년대까지만 해도 음식점이나 사무실의 실내에서 담배를 자유스럽게 피웠다. 심지어 버스 안에서는 물론 비행기 내에서도 담배를 피울 수 있었다. 요즘은 사무실은 물론 자기 집에서도 담배를 자유스럽게 피울 수 없게 되었다. 지금도 담배를 피우고 있다면, 피우고 싶을 때 마음대로 피우지도 못하고 얼마나 짜증나고 괴롭겠는가. 스트레스도 흡연 자체에 못지않게 건강에 좋지 않을 수도 있다. 인간개발연구원에서 매주 목요일 아침마다 실시하는 조찬강연 시간에 10여 년 전쯤 당시 국립암센타 원장인 박재갑 원장으로부터 흡연폐해에 대한 자세한 특강을 듣고, '나는 이미 담배를 끊은 것이 천만다행이다'라는 생각이 들었다. 요즈음 흡연자에 대한 사회에서의 냉대와 폐해에 대한 얘기만 나오면, 금연을 할 수 있는 계기와 용기를 주신 선친께 다시 한번 깊은 감사를 드린다. 오늘은 감사하는 습관과 감사하는 마음의 중독을 꿈꾼다.

● 주인의식을 갖고 삶을 이끌어나가다

| 김완수 |

| 이력 |

국제사이버대학교 웰빙귀농학과 객원교수

(전)여주시농업기술센터소장

농촌진흥청 강소농 민간전문위원

NCS(국가직무능력표준)개발 심의위원
(종자분야-한국산업인력공단)

한국신지식인(농업컨설팅분야)

국가기술자격 종자분야 세부전문위원

국방전직교육원, 농협대,

공무원연금공단, 귀농귀촌종합센터 출강

중국 위해시 향촌진흥 산업발전 복무대사(전문위원)

| 저서 |

『성공하는 귀농인보다 행복한 귀농인이 되자!』 등
3권

세월은 흐르는 것이 아니라
쌓이는 것이다

김완수

추억은 흐르지 않고, 쌓였다. 추억이 하나하나 쌓이는 것으로 세월은 흐르는 것이 아니라 쌓이는 것임을 확인한다. 1955년에 태어났고 60년대에 초등학교를 다녔던 나. 농촌의 모든 길은 구불구불 포장되지 않았다. 마차바퀴에 골이 나 있는 울퉁불퉁한 길이었다. 길 가운데는 질경이, 씀바귀 등 풀이 자라고 있었고 군데군데 소똥도 있었다. 이런 길을 하염없이 걸었다.

봄이 되면 겨울 동안 얼어붙은 길이 녹아 늘 바짓가랑이에 붉은 진흙이 안 묻은 적이 없었다. 또 신발은 고무신으로 자주 벗겨져 양말까지 버리기 일쑤였다. 구두는 물론 운동화도 없어 한겨울에도 검정고무신을 신고 다녔다. 비가 내리면 산길은 흙이 파여 내리고 미끄러워 산 밑으로 구를 때도 있었다. 봄부터 가을까지는 질퍼덕거리고, 겨울에는 얼어붙고 눈이 겨울 내내 쌓여 있었다.

손목시계도 없었다. 새벽 닭 우는 소리를 듣고 일어나시는 아버지와 어머니의 시간이 가장 정확했다. 두 분은 새벽부터 바쁘셨다. 아버지는 방에 불을 지피며 돼지와 소죽을 끓이셨다. 어머니는 아침밥을 짓고 다섯 자식의 도시락을 꾸렸다. 지금처럼 밥을 담는 그릇과 반찬을 담는 그릇이 따로 있는 것도 아니었다. 한 도시락 안에 반찬 칸이 있어 김치 또는 깍두기 등을 넣었다. 가끔씩 계란 후라이를 밥 위에 놓아주면 최고로 기분 좋은 날이었다. 싸준 도시락을 똑바로 들고 가는 건 사실 불가능했다. 책가방이 적어 세로로 넣고 가다보니 반찬국물이 흘러 가방과 책에 벌겋게 스며드는 일이 자주 있었다. 당시에는 책가방도 없어 보자기를 들고 다니던 아이들도 있었다. 그나마 나는 사정이 좀 나았다.

한때는 미국에서 원조로 온 옥수수가루로 만든 노란 옥수수가루 죽이나 네모난 빵을 학교에서 배급받아 먹었다. 조금이라도 큰 빵 조각이 돌아오기를 기대했다. 쌀 부족으로 쌀밥을 풍족하게 먹을 수 있는 사람이 많지 않았다. 점심 도시락을 못 싸 오는 학생들도 꽤 많았다. 쌀 부족 문제 해결을 위해 범정부적 절미운동節米運動의 일환으로 혼분식장려운동混粉食獎勵運動을 강력하게 추진했다. 점심시간이 돌아오면 선생님께서 도시락에 보리를 30% 이상 넣었는지를 검사하고 합격해야 밥을 먹었다. 지금 아이들은 상상도 못할 풍경이리라.

봄이면 장독대 옆에 겨우내 얼었다 녹으면서 뭉그러진 작은 화단에 돌로 테두리를 쌓고 채송화, 과꽃, 작약, 다알리아, 칸나 등을 심고 물을 주었다. 또 집 앞 언덕 경사면에는 잔디를 입혔고 개나리, 사철나무, 앵두나무, 찔레꽃나무를 심었고, 집 뒤에는 밤나무와 감나무, 은행나무를 심었다. 창가 쪽에는 포도나무를 심어 햇빛도 막고, 익기 전에 한 알 두 알 따 먹는 기쁨이 참 좋았다. 새콤달콤한 그 맛을 아직도 잊을 수가 없다.

봄꽃도 피고, 봄바람이 살랑살랑 불어오면 가장 기다려지는 봄 소풍을 갔다. 봄 소풍을 기다리는 이유는 단연 맛있는 도시락. 어머니가 집에서 직접 만들어 주신 김밥에 삶은 계란을 챙겨주기 때문이었다. 여기에 좀 여유가 있으면 써니텐과 아이스케키를 사서 먹으라고 용돈을 받기도 하였다. 생각만 해도 입에서 군침이 돌았다. 그러고 보니 당시는 김밥에 삶은 계란은 소풍 가는 날을 위한 아이들의 특별식이었다. 그냥 짠지에 보리밥을 싸오는 친구도 많았다. 그 맛은 어디로 갔나 싶다. 여기에 보물찾기로 연필 한 자루만 받으면 그렇게 기쁠 수가 없었다. 최고의 풍요로움을 느끼는 순간이었다.

초여름이면 벌거벗은 민둥산에 깡통과 나무젓가락을 가지고 선생님과 함께 일제히 송충이를 잡으러 갔다. 하도 송충이가 많아 앙상한 가지만 남아 있는 소나무가 너무 많았다.

6·25 전쟁으로 폐허된 산에 작은 소나무를 심어 산림녹화를 하였던 시기라 나무의 키도 작았다. 고사리 같은 초등학

교 학생들이 다닥다닥 붙어 설설 기어 다니는 털이 송송 난 징그러운 송충이를 능수능란하게 잡아 깡통에 집어넣었다. 깡통이 차면 구덩이를 파서 한꺼번에 파묻거나 석유 냄새나는 불에 태웠다. 송충이를 잡다가 젓가락에서 쑥 빠져나와 발등 위로 떨어지는 참사가 일어나기도 했다. 그러면 여자 아이들은 "엄마야!" 하고 소리를 지르는 것도 모자라 눈물까지 흘리곤 했다. 남자 아이들은 신바람이 나서 잡은 송충이를 친구들 옷 속에 집어넣기도 하고, 여자 아이들 코앞에 송충이를 들이대며 놀리기도 했다. 애국가에도 나올 정도로 아름드리 소나무가 많은 남산에서는 시민과 학생들이 모두 동원돼 송충이를 잡아 '남산 소나무 살리기에 나섰다'는 신문보도도 있었다.

학생들은 '금수강산 푸르게 너도나도 송충이를 잡자'라는 구호가 쓰인 리본을 가슴에 달고 송충이를 잡았다. 그 많던 송충이는 지금 다 어디 갔을까. 송충이가 줄어든 것은 사실이겠지만 나무가 울창해 눈에 잘 띄지 않는다고도 한다. 지금의 소나무 재선충만큼 과거에는 송충이가 소나무에게 위협적인 존재였다.

송충이를 잡고 나면 꽃길 조성에 동원되었다. 신작로를 오가는 손님들에게 가을에 아름다움을 만끽하라고 코스모스 꽃을 심는 일이었다. 한 무리는 호미와 삽으로 구덩이를 파고, 또 한 무리는 심을 코스모스 모종을 나르고, 나머지 한 무리는 주전자로 물을 나르며 정성스럽게 심었다. 이제 꽃이 피는 가을을 기다리면 되었다. 더없이 평온한 초여름이 지나가는 풍경이었다.

뜨거운 여름이 되었다. 집 앞에 바로 개울이 있었다. 당시 개울물은 맑고 깨끗해 그냥 멱을 감기도 했다. 붕어, 미꾸라지 등 많은 물고기도 잡았다. 이곳이 우리들의 수영장이었다. 초등학교 3학년 무렵 작은 바위에 올라가 다이빙을 하다가 물결이 센 곳으로 깊게 들어가 계속 흘러가 나오지도 못한 적이 있었다. 누군가의 도움으로 극적으로 살아난 적이 있었다. 그 후로 지금까지 물이 무서워 수영복 한번 입어 보지 않았다. 바닷물에 들어가 본 적도 없고 풀장 한번 안 갔다.

또 잊지 못하는 것이 참외밭 원두막에서 좋은 참외는 팔고 속이 곯은 참외는 발라 먹었던 일이다. 이 맛도 아무나 느끼는 것이 아니었다. 참외밭이 있고 원두막이 있어야만 누릴 수 있었다. 한여름이 지나가면 학교가 개학을 하였다. 개학날에는 등에 한 짐 가득 풀을 메고 가야했다. 이것도 숙제였다. 학교에서는 풀을 쌓아 퇴비를 만들어 자투리땅에 섞어 넣고 콩과 옥수수 등을 심었다.

가을이 되었다. 고구마와 왜무를 캐 먹던 일, 남의 집 감을 몰래 따 먹던 일, 그나마 먹을 것이 가장 많은 계절이었다. 학교에서는 벼 베기가 끝나면 논에서 벼이삭을 주어 오라고

● 주인의식을 갖고 삶을 이끌어나가다

숙제를 내 주었다. 학교에서 돌아오면 질퍼덕거리는 논에서 벼이삭을 주워 말려 낱알을 고르는 일도 보통이 아니었다.

늦가을 김장은 작게는 온 가족의 대사요, 크게는 이 집 저 집 온 마을의 잔칫날이 아니었을까. 생각해 보면 누구 하나 김장 김치를 공짜로 먹는 사람이 없었다. 어머니를 비롯한 이웃 아주머니들은 전날부터 배추를 절이고 무채를 썰면서 부지런히 움직이셨던 것은 물론이요, 뒷방을 지키시던 할아버지까지 나서서 장독이 들어갈 땅을 다지셨다. 이렇게 정성스럽게 담근 김장김치는 한겨울 반찬으로 요긴하게 쓰였다. 따뜻한 아랫목에 앉아서 맨밥에 신 김장김치 쭉쭉 찢어 먹고, 얼큰한 김치찌개, 붉은 김치의 맛을 모르는 한국인은 없을 것이다. 또 집집이 제사와 고사를 지냈다. 늦은 밤까지 줄을 서 기다려 떡 한 조각 얻어먹고 나면 가을도 지나갔다.

초겨울에는 솔방울을 줍기 위해 단체로 산에 올라가야 했다. 한겨울 교실의 조개탄 난로를 피우려면 솔방울이 불쏘시개로 많이 필요하기 때문이었다. 솔방울 줍는 것도 학년별 반별로 목표가 있었다. 조개탄 창고 옆에 솔방울 창고가 따로 있어 그곳을 가득 채울 때까지 솔방울을 주워야 했다.

겨울이면 얼마나 추웠는지 모른다. 아무리 옷을 끼워 입어도 둔하기만 했지 따뜻하지가 않았다. 겨울에도 검정고무신을 신는 아이들도 많았다. 나는 다행히 검정색 얇은 운동화를 신고 다녔다. 그래도 발이 시렸다. 귀에는 동상이 걸리고,

손과 얼굴이 트는 일은 일상이었다. 저녁이면 옹기종기 모여 화덕에 둘러앉아 이를 잡았다. 옷을 벗어 따스한 불에 쪼이면 이가 굼실굼실 기어 나왔다. 이때 손톱을 비벼 따닥따닥 잡곤 했다. 이 잡는 소리 참 통쾌하고 시원했다.

이뿐 아니라 학교에서는 담임선생님께서는 매일 매일 목과 손에 때 검사를 했다. 목욕탕도 없어 겨우내 한두 번 가마솥에 물을 끓여 부엌 한구석에서 목욕을 했다. 여학생은 머리카락에 붙은 이를 검사했다. 선생님이 이와 빈대를 잡는다고 머리와 옷 속에 디디티DDT 가루를 뿌려줬다. 독성이 높다고 지금은 사용이 금지된 살충제다. 몸속에 회충도 극에 달했다. 교실에서 일제히 기생충 약을 나눠 주며 선생님 앞에서 누구나 먹는 것을 확인했다.

사시사철을 가리지 않고 매주 월요일에는 운동장에 모여 조회가 있었다. 어김없이 교장선생님의 훈시가 있었다. 장난감이나 놀이기구는 상상도 못했다. 사기조각을 이용한 땅따먹기, 종이딱지치기, 고무줄로 만든 새총, 자치기, 돼지오줌보로 만든 공, 지푸라기로 만든 공 등이 유일한 장난감이자 놀이였다. 그나마 놀 시간도 부족했다. 학교에서 돌아오면 책가방을 마루에 팽개치고 논밭으로 뛰어가 봄에는 모내기, 가을에는 벼 베기 등 온갖 농사일 돕기, 풀 베어 퇴비 만들기, 커다란 논둑에서 소 풀 먹이기, 겨울 방학 때는 땔감을 마련하기 위해 산을 헤매고, 동생 돌보기 등 쉴 틈이 없었다.

● 주인의식을 갖고 삶을 이끌어나가다

어두워진 밤이 와야 앉은뱅이 밥상을 놓고 숙제를 했다. 그야말로 주경야독晝耕夜讀이었다.

많은 사람들은 내가 공직생활을 하고 지금은 대학교수로 활동하고 있는 것을 보면서 금수저라고 오해를 하는 경우가 있다. 그러나 나는 어린 시절 남들보다 더 많이 일했고 어려운 환경에서 자랐기 때문에 초등학교 시절의 추억은 더욱 간절하다.

교가에서도 나오듯 '뒤로는 서봉에 정기를 받고 앞으로 발안평야 망망하여라~' 이제 그렇게 넓어 보였던 발안평야도, 높아 보였던 서봉산도, 드넓었던 학교운동장도 이젠 너무 작아 보여 마치 소인국小人國에 온 느낌이다. 변변치 않은 집안 내력에 커서 무엇이 될지 답답하기만 했던 시골소년 시절의 나로 돌아가 볼 수 있는 귀한 추억이다. 끝없는 갈증의 연속이었던 인생에서 내가 살아왔던 옛날을 기억하는 일, 참 감동스러운 일이었다. 그래도 잊지 못하는 추억을 생각하니 이 순간 나의 가슴은 환해진다. 추억의 번뇌 속에 속절없이 세월은 간다. 세월은 흐르는 것이 아니라 오늘도 쌓이는 것임을 느낀다. 추억의 높이가 인생의 하루치만큼 높아졌다.

| 두진문 |

| 이력 |

(현)신생활그룹 부회장

한국화장품 퍼스트에버 사업단 사장

한국은퇴설계연구소 회장

한샘리빙클럽 사장

JM글로벌 사장

웅진코웨이 개발부문 사장

웅진코아 대표이사

웅진식품, 코리아나 화장품 총괄본부장

| 저서 |

『두진문의 은퇴혁명』
『성공하고 싶은가? 영업에서 시작하라』

렌탈시장의 성공과
또 한 번의 중국렌탈에 도전한다

"대한민국은 렌탈전성시대이다. 말 그대로 모든 것이 렌탈"이라는 상품으로 포장되어 제공된다는 말이다. 이 현상을 대변하듯 '한국에서는 아내와 자녀를 제외하고 모든 것이 렌탈이 가능하다.' 라는 말이 있을 정도다.

한국의 렌탈시장은 2020년에는 40조를 예상한다고 한다. 그러나 필자는 40조를 훌쩍 넘어 45조 시장도 가능할 것이라고 생각한다. 참고로 일본렌탈시장 규모는 800조이다. 이를 증명이라도 하듯 SK네트웍스는 정유사업을 접고 렌탈사업으로 역량을 전환한다고 발표했다. 또한 렌탈 1위 사업자인 코웨이는 렌탈사업과 전혀 상관없어 보이는 게임업체인 넷마블이 인수하기로 확정되었다. 대기업들이 렌탈사업에 관심을 갖고 뛰어드는 이유는 무엇일까? 무엇보다 대기업들은 왜 근래에 들어서 렌탈사업에 그토록 관심을 갖는 것일까? 이러한 질문에 대한 해답을 얻기 위해서는 렌탈사업이 어떻게 태동되었는지 살펴볼 필요가 있다.

한국의 렌탈이라는 개념은 1997년 정수기를 기반으로 처음 코웨이에서 출발되었다. 그 시기에는 미주, 유럽 등에서는 매우 친숙한 임대의 개념이 한국에서는 반갑지 않은 시기였다. 부동산도 월세보다는 전세가 주를 이루었고, 모든 가전제품은 구매 중심이었다. 렌탈상품을 기획했던 당시를 회고해 보면 IMF 등의 좋지 않은 경제적 여건으로 판매가 매우 부진한 시기었다. 다양한 고민을 통해 정수기 판매를 시도해보아도 경제적 사정이 좋지 않았던 그 당시 고객 지갑을 열어서 고가의 정수기를 구입하게 하는 것은 거의 불가능에 가까워 보였다. 심각한 영업회의가 계속되는 가운데, 지금도 기억하는 직원의 한마디가 귀를 때렸다. "어차피 안 팔리고 쌓여 있는 제품, 빌려주기라도 합시다." 가만히 생각해 보면 그때 그 상황에 딱 맞아 떨어지는 아이디어였다. 경제적으로 지갑을 닫은 고객에게 그나마 지갑을 꺼내게 하는 한 가지 묘안은 가격을 매우 저렴하게 낮추는 것이었다. 그렇다고 판매가를 떨어뜨릴 수는 없는 일이고 정수기를 빌려주고 대가로 임대료를 받는다면 고객은 저렴하게 정수기의 좋은 물을 마실 수 있고 회사는 쌓여 있는 재고를 털어 낼 수 있었다. 물론 처음 기획되는 상품이라 요금, 영업, 운영 등의 다양한 준비와 시행착오를 겪었지만 그때 렌탈 상품이 기획되지 않았다면 지금의 코웨이는 존재하지 않았을 것이다. 그리고 렌탈성공의 총지휘자 웅진그룹 윤석금 회장님께 다시 한번 감

● 주인의식을 갖고 삶을 이끌어나가다

사드립니다.

이렇게 시작된 렌탈은 고가의 제품을 나눠 지불해서 초기 구입부담을 경감하는 효과와 함께 월 지불하는 요금에 필터교환, 제품청소 및 청결서비스를 정기적으로 제공함으로써 고객은 고가의 제품과 함께 까다로운 제품관리를 한꺼번에 해결할 수 있었다. 렌탈시장이 폭발적으로 성장한 배경은 결국 소비자가 불편해하는 경제적 부담감, 제품관리의 어려움을 해결해 줌으로써 소비자 스스로 렌탈이 더 매력적이라고 느꼈기 때문이라고 생각한다.

렌탈이 황금알을 낳는 시장으로 진화되고 있었을 2000년대 초반, 왜 대기업들은 렌탈사업에 뛰어들지 않고 2015년 이후 본격적으로 뛰어들기 시작했을까? 필자는 그 당시 대부분의 대기업이 제조업을 영위하기 때문이라고 생각한다. 렌탈방식의 사업은 제조업이 뛰어들기에는 리스크가 많은 사업임에 틀림없었다. 제품에 대한 대가를 월별로 나눠서 받아야 하는 캐시플로우 리스크와 필터교환 등 유지보수 서비스를 직접 운영해야 하는 관리 리스크 그리고 판매 고객 하나하나에 대한 이력과 서비스 상황을 모니터링하고 대응해야 하는 내부 역량을 준비해야 하는 투자 리스크가 그것이었다. 지속적인 상품개발과 제조 그리고 수출 등에 총력을 기울여야 하는 제조 회사의 특성상 렌탈사업에 대한 진입은 매우 부담스러운 결정이 아닐 수 없었다. 제조와 서비스 및 금융과 유통사업이 버무려져 있는 렌탈사업은 발을 내딛기에는 좀처럼 쉽지 않은 종합적인 역량이 필요한 사업이었다.

하지만 작금의 시대는 4차 산업혁명을 준비해야 하는 변혁의 시대이다. 이미 빅데이터 사업은 궤도에 올라와 있고, 스마트폰의 진화로 소비, 공급, 유통, 금융 등 전방위에 걸친 변화와 개혁의 속도가 날로 빨라지고 있다. 특히 4차 혁명에 대한 준비가 세계적인 수준에 올라와 있는 한국은 앞서 설명한 렌탈사업의 리스크의 이유들이 점차 극복되고 효율화될 수 있다는 판단 아래 렌탈사업은 놀라운 쾌속성장을 할 수 있게 되었다. 어쩌면 렌탈시장의 기회와 고속 성장은 한국에서 렌탈사업을 성공으로 코웨이의 신화를 다시 볼 수 없는 레드오션으로 흘러가고 있음을 반증한다. 그렇다면 이제 다시 코웨이의 신화는 재현될 수 없는 것일까? 이러한 고민을 하던 중 필자는 중국이 바로 그 신화를 다시 써 내려갈 수 있는 기회의 땅이라는 것을 알게 되었다.

오늘날은 코웨이와 렌탈사업을 시작하려던 그 시기와 너무 흡사한 경제적인 환경이다. 고속성장으로 고객의 소비 경험이 어느 때보다도 높다. 렌탈사업이 성공할 수 있는 요인들은 너무나 많다. 한국보다도 진일보 된 핀테크 결제 시스템과 5G서비스를 시작하는 중국의 산업환경, 고객의 스마트

환경 등이 바로 그것이다.

더욱 놀라운 사실은 렌탈사업자가 렌탈상품을 기획할 때 가장 문제가 될 수 있는 캐시플로우 리스크가 중국에는 비교적 적다는 것이다. 한국의 경우 통신요금, 렌탈요금 등 월 수납 방식이 상식으로 여겨지는 반면, 중국에서는 1년 선납 방식이 보편화되어 있다. 통신요금과 주차장 임대료 등은 1년 선납으로 계약한다. 물론 월 수납 방식도 있지만 비싸기 때문에 대부분 1년 선납방식을 선택한다. 특히 깜짝 놀란 사실은 가스요금이 선불제라는 것이다. 즉, 선불로 충전하는 방식을 통해 가스가 공급된다는 것이다. 충전된 가스 요금이 소진될 경우, 요리나 더운물로 샤워를 할 수 없다. 한국과는 사뭇 다른 이 수납방식이 렌탈사업을 진행하기에는 안성맞춤이라고 한다. 또한 중국은 이미 스마트폰을 갖고 다니지 않으면 생활할 수 없는 환경이 되어 있다. 모든 결제방식이 핀테크 기술을 활용한 전자결제 방식이기 때문에 아주 작은 생필품을 살 경우에도 모두 스마트폰을 이용하여 QR코드로 결제한다. 이러한 중국의 발전된 결제방식은 한 번의 계약으로 여러 번 결제를 해야 하는 렌탈사업에 있어서 매우 좋은 환경이 아닐 수 없다. 특히, 한국에서 가장 어려운 관리부분인 요금수납, 채권관리 등이 매우 수월하게 이루어지며 더욱이 렌탈운영 원가 측면에서도 한국보다 유리하다.

고객의 소비성향은 어떠한가? 중국의 환율을 고려할 때, 고가의 가전제품 등이 판매가 저조할 것으로 지레짐작한다. 하지만 중국의 생활수준은 생각보다 매우 높으며 소비수준도 생각보다 훌륭하다. 거기에 렌탈이라는 구매부담을 줄여 주는 경제적 솔루션이 플러스된다. 한 번의 구매로 제품과 서비스를 동시에 받을 수 있는 렌탈상품의 이점이 추가된다면 중국에서 렌탈의 붐을 일으키기엔 필요충분 조건이 갖춰져 있다고 볼 수 있다. 한마디로 필자가 한국에서 코웨이를 통해 렌탈이라는 제도를 처음 시작하고 렌탈사업을 성공적으로 이끌었던 그 경험을 되살려 중국에서 키워 간다면 한국에서 이룬 성공의 10배 이상을 이뤄 낼 수 있는 그야말로 꿈의 사업으로 성장시킬 수 있다고 확신한다.

중국은 이제 렌탈이 시작되는 시장이다. 이 거대한 시장을 정수기, 공기청정기 등 코웨이의 초기 렌탈 제품에서 진일보한 한국에 접목시킨다면 어떨까. 필자는 한국 최초로 렌탈서비스를 제공한 코웨이처럼 중국 최초의 종합스마트렌탈서비스 회사를 세웠다. 그리고 이제 또 하나의 신화를 창조하려한다.

| 문정이 |

| 이력 |

상담학 박사

E3 Group consulting 대표

원원긍정변화컨설팅 전임교수

경기도 연예협회 가수분과 회원

자연환경국민신탁 미래영사

감사로 여는 세상

눈을 가리니 세상은 순간 달라졌습니다. 세상에는 벽만 있고 문이 없다는 것을 실감했습니다. 보이지 않는 것이 이토록 아프고 고통스럽다는 것을, 두려움을 넘어선 공포라는 것을 온몸으로 실감했습니다. 안전한 공간이라고 생각했던 집안은 공포 영화의 세트장이 되었고, 이것저것 일을 해 보겠다는 오만한 계획은 허공에 흩어졌습니다. 여기저기 부딪히고 욕실에서 미끄러져 넘어져 욱신거리는 온몸의 상처를 가슴으로 끌어안으며, 공포 영화의 세트장으로 변해 버린 집안을, 양팔을 휘저으며 엉금엉금 기었습니다. 안방으로 들어와 더듬더듬 찾은 침대 한 켠에 쭈그리고 앉아 12시 알람이 울릴 때까지 울고 또 울었습니다. 볼 수 있다는 것이 얼마나 큰 축복인지 단 한 번도 감사하지 못하고, 야차 같은 얼굴로 원망만 하면서 살아왔던 악한 나 자신이 너무나 부끄러워서 울었습니다. 가진 게 없다고, 피눈물 나는 시집살이로 힘들다고, 왜 나에게만 힘든 일이 일어나냐고 원망만 했던 나 자신이 너무나 악하게 느껴져서 울고 또 울었습니다.

5년 동안의 사내 강사 일을 접고, 프리랜서 강사를 하겠다고 당당히 선언한 지 어언 2년이 지나가고 있었습니다. 하지만 무엇 하나 내세울 게 없는 저에게는 강의를 할 수 있는 기회조차 주어지지 않았습니다. 아이 둘을 어린이집에 맡기고, 배움을 찾아 부나비처럼 날아다니면서 사람을 만나고 강의를 듣고 다녔습니다. 도서관에 뿌리 내리고 강의를 위해 공부하고 또 공부했습니다. 아이 맡기는 돈도 바닥이 드러나고, 돈을 오히려 쓰고만 있는 상황에 남편 얼굴 보기도 미안했습니다. 모든 것을 포기하고 전업주부의 길을 걸어야 하나 진지하게 고민할 즈음, ○○시각장애인 협회에서 시각장애 안마사분들에게 서비스와 셀프리더십을 접목해서 강의를 해줄 수 있냐는 의뢰가 들어왔습니다. 동영상도 많이 활용하고 PPT도 많이 사용하는 내가 시각장애인 분들께 강의를 할 자신이 없었습니다. 하지만 교육생을 가려 가면서 강의를 할 상황도 아니었습니다. 돈이 문제가 아니라 강의가 너무나 하고 싶었습니다.

그래서 한번 도전해 보겠노라 강의는 수락했지만, 앞이 캄캄했습니다. 셀프리더십은 제 메인주제였지만 서비스는 생소한 분야였고, 앞이 보이지 않는 분들에게 3시간 동안 어떻게 강의를 해야 할지 한숨만 나왔습니다. 그래서 제일 먼저 직접 강의를 들으셔야 하는 안마사님께 블라인드 테스트Blind test처럼 직접 고객이 되어 안마를 받아 보았습니다. 그리고 비교 대상이 필요하다 생각하여 호텔안마를 직접 돈을 내고 받아보았습니다. 강사료를 받기도 전에 강사료만큼의 지출이 생겼지만 의미 있는 시간이 되었습니다. 두 서비스를 비교하면 좋은 서비스에 대한 살아 있는 이야기를 할 수 있다는 확신이 섰습니다. 하지만 그것만으로 3시간을 강의할 수는 없었습니다. 그래서 다음 단계로 준비한 게 교육생의 입장이 되어 그들의 시선으로 생각하고 느껴 보자는 저의 강의 철학을 실천해 보는 것이었습니다.

아이들을 어린이집에 보내고 평소라면 도서관에서 공부할 시간, 9시부터 12시까지 눈을 가리고 생활해 보자고 마음먹었습니다. 혹시 몰라 12시가 되면 알람이 울리도록 알람을 맞추고, 위험할 수 있는 상황을 대비해 대충 집안의 구조를 다시 한번 머릿속에 넣어놓고 눈을 가렸습니다. 가만히 앉아 있으면 아무 의미가 없으니 먼저 설거지를 시작했습니다. 싱크대 앞에 서서 오로지 손의 느낌과 소리만으로 더듬더듬 설거지를 마치고 나름 청소기도 돌리며 방청소도 했지만 다음이 문제였습니다. 욕실 청소를 하려고 욕실로 들어가는 순간 무언가에 미끄러져 그대로 엉덩방아를 찧으면서 허리와 머리를 변기에 부딪친 것입니다.

머리에는 커다란 혹이 나고 허리는 살갗이 벗겨져 피가 나고 엉덩이는 욱신욱신 쑤시는데, 뼈에는 이상이 없는 것 같았지만 끔찍한 고통이 밀려왔습니다. 아픈 몸을 이끌고 낑낑대면서 욕실청소를 하는데, 눈물이 나오기 시작했습니다. 처음에는 너무 아파서 눈물이 났던 거 같습니다. 무슨 강의를 하겠다고 이런 짓까지 하나 싶어 내 신세가 처량하고 서러워 울기 시작한 거 같습니다.

처음에는 흐느껴 울기 시작했습니다. 작은 울음은 이내 통곡소리로 바뀌기 시작했고, 욕실 바닥에 널브러져 앉아 미친 듯이 소리 지르며 울기 시작했습니다. 시집 와서 남편과 떨어져 살면서 시부모님 병간호하면서 겪었던 서럽고 피눈물 났던 순간도 떠올랐습니다. 내가 사직서를 쓸 수밖에 없는 상황을 만들었던, 직장동료와 상사가 미치도록 미웠습니다. 그렇게 울부짖음 같은 울음이 잦아들 무렵, 마음 깊은 곳에서 올라오는 소리가 있었습니다.

"그래도 너는 볼 수 있잖아. 그것만으로도 얼마나 감사한데 너는 원망과 불평불만으로 인생을 허비하고 있구나."

깊은 깨달음. 그렇게 엉금엉금 기어 안방으로 들어와 침대 한 켠에 앉아 알람이 울릴 때까지 울고 또 울었습니다. 감사하고 또 감사했습니다. 안개로 뿌옇던 머리가 맑아지고 더 큰 깨달음이 몰려왔습니다. 시각장애 분들은 보이지 않는 대신 나머지 4개의 감각이 다른 분들보다 뛰어나신 분들이었습니다. 그들의 시각을 만족시킬 수는 없지만 나머지 4개의 감각을 사로잡자는 생각이 들었습니다. 그리고 감사의 마음을 담아 강의를 준비했습니다.

강의 당일 딸기와 접시를 사 들고 1시간 먼저 강의장에 도착했습니다. 딸기를 깨끗하게 씻어서 접시에 담아 책상에 올려놓았습니다. 강의장을 사전답사 했을 때 거슬렸던 곰팡이 냄새를 먼저 잡아야겠다는 생각에 탈취제를 먼저 뿌리고 제가 애용하는 향수를 구석구석 뿌렸습니다. 노트북으로 음악을 틀어 놓고, 강의 시작 시간이 되면 안드레아보첼리의 넬라 판타지아Nella Fantasia가 흘러나오도록 편집을 했습니다. 그리고 시간에 맞춰 들어오시는 교육생 한 분 한 분의 손을 잡고 3시간 동안 강의를 할 문정이 강사라고 소개했습니다.

강의가 시작되었습니다. 첫 말은,

"여러분을 위해 맛있는 딸기를 준비했습니다. 손을 뻗으면 접시에 딸기가 담겨 있어요. 먼저 먹고 시작할까요?"

"제가 너무나 좋아하는 넬라 판타지아Nella Fantasia가 흘러나오고 있네요. 이 노래는 시각장애를 가지고 있는 팝페라가수 안드레아 보첼리가 부른 노래입니다. 눈치 채셨는지 모르지만, 강의장에서 항상 풍겨오던 곰팡이 냄새가 싫어서 먼저 탈취제를 뿌리고 대신 제가 사용하는 향수를 곳곳에 뿌려 놓았습니다. 마음에 드시나요? 처음 시각장애 안마사님께 강의를 해 달라고 의뢰가 왔을 때 걱정이 더 앞섰습니다…."

이렇게 서두를 열었던 강의는 감동과 즐거움, 유익함으로 3시간을 꽉꽉 채워 끝낼 수 있었습니다. 그때 저에게 강의 의뢰를 하셨던 홍○○ 팀장님은 처음부터 끝까지 강의를 함께 들으셨고 큰 감동을 받으셨던 것입니다. 그리고 몇 달 후 장

애협회 관계자 분들이 200명 정도 모이는 전국모임에 저를 강사로 불러 주셨습니다. 그때 강의를 들은 많은 분들이 전국방방곡곡에서 저를 부르기 시작했습니다. 새로운 강의의 무대가 열린 것입니다.

그리고 시간은 흘러 그 사이 석사, 박사도 끝내고, 이제는 리더십, 에니어그램, 트라우마 치유부터 성품강의까지 다양한 주제로 강의를 하고 있습니다. 개인 프리랜서 강사로서 장관상도 받고, 인재경영잡지에서는 2009년부터 지금까지 올해의 명강사 30명에 계속해서 뽑히는 기쁨도 누리고 있습니다.

38살의 어린 나이에 제 강의를 듣고 운명을 바꿨다고 고마워하는 교육생의 주례를 서는 감동의 순간도 경험했습니다. 자살하려고 수면제를 모으던 교육생이 다시 삶의 의미를 발견하게 되었다는 눈물로 범벅된 전화도 받았습니다. 제 강의를 듣고 운명을 바꾼 아버지로 인해 꼴등을 도맡아 하던 아들이 외고에 들어가게 되었다는 감사의 편지도 받아 보았습니다. 평생 동안 끔찍한 두통과 벌거벗겨진 채 추운 동굴 안에 웅크리고 사는 것 같아 치유캠프도 다녀 보고 정신과도 가보고 별 짓을 다했는데도 효과가 없었는데, 처음으로 머리가 맑아진 거 같다고 몸이 따뜻해진 거 같다고 환해진 얼굴로 감사인사도 받아 봤습니다.

이 모든 것을 가능하게 한 열쇠는 바로 '감사'였습니다. 원망과 불평불만으로 인생을 살아가던 내가 감사로 새로운 깨달음을 얻을 수 있었고, 깨달음의 순간 진행된 강의가 지금의 저를 만들었습니다.

며칠 전, 전사적으로 성품 교육을 실시하고 그 실행도를 평가의 척도로 삼아 인사 평가를 한 모 기업에서 평가가 낮은 팀장, 반장, 리더들만 모아 놓고 하루 종일 강의를 진행했습니다. 워낙 안 좋은 이유로 끌려오다시피 전국에서 모인 교육생들이라 처음 강의 시작은 모두가 벌레 씹은 표정이었습니다.

하지만 강의가 진행될수록 마음과 얼굴이 풀어지기 시작하더니 감동으로 물들어 가기 시작했습니다. 강의가 끝난 후 생애 최고의 교육이었다고, 다음에도 또 듣고 싶은데 그러려면 평가를 또 낮게 받아야 들을 수 있는 거 아니냐는 농담까지 하시면서 돌아가셨습니다. 그리고 그중의 한 교육생이 강의를 들으면서 오후에 아내에게 문자를 보냈다면서 그 문자를 저에게 보여 주셨습니다. 교육 시간에 모두 앞에서 읽어 주시고, 문자로 저에게 보내 주셨습니다.

"이렇게 많은 사람들 가운데 너를 만난 건 정말 행운이야. 황무지 같은 이 세상에 너를 만나지 못했다면⋯."

제가 강의 때 오프닝으로 노래 부른 여행스케치의 '운명'이라는 노래 가사입니다.

"이런 마음으로 타인을 대해야 하는데, 난 타인을 탓했어

● 주인의식을 갖고 삶을 이끌어나가다

요. 나의 태도와 감정의 문제는 인식하지 못하고 밖으로 내몰았던 거 같아요. 처음 강의에는 시쳇말로 쪽팔리고 자존심 상했는데, 그게 아니었어요. 타인에 대한 태도의 문제, 타인을 대하는 나의 마음 문제가 우선이 아니었나 싶어요. 결국 내가 해야 하는 거고, 타인이 나를 이해하고 생각해 주는 건 누구도 아닌 내가 해야 하고 다가가야 했는데. 그동안 외부의 자극에 의해 그런 거라고 생각했습니다. 내가 내 마음이 그렇게 하지 못하고 안 했던 거 같아요. 당신이 전에 그랬죠. 상담을 받아 보는 게 좋겠다고… 맞아요. 내 마음이 아팠던 거 같아요. 내가 아프니까 다른 사람에게 더 아프게 했던 거 같아요. 나를 돌아보는 좋은 시간으로 삼을게요. 결국 내가 해결해야 하는 거니까. 이런 나의 곁에 있어 줘서 고맙고 위로가 되요. 진심 고마워요. 나 더 힘내 볼게요."

이날 또 다른 한 분이 감사를 배웠습니다. 아마 이분의 삶도 달라질 거라 기대합니다. 이날 강의의 주제는 존중이었습니다. 마음의 문은 문고리가 안쪽에 있습니다. 밖에서 열 수가 없습니다. 내가 열어야만 열리는 신비의 문이었습니다. 세상으로 나가는 문의 열쇠는 감사였습니다.

| 백영진 |

| 이력 |

건국대 축산학과 졸업

서울대에서 석·박사 학위 취득

한국야쿠르트 중앙연구소 소장

덴마크 정부 초청 「낙농미생물 및 유가공 연구」

건국대, 경희대, 성균관대 강사

중앙대 겸임교수

상지대 초빙교수 등 23년간 후학 양성

한국축산식품학회 회장

한국유가공학회 회장

| 저서 |

『유산균과 발효유의 알파와 오메가』 외 다수

유산균과 발효유는
인류건강의 파수꾼이다

1.유산균과 건강

인류의 최대 소망 가운데 하나는 동서고금東西古今을 막론하고 육체적으로나 정신적으로 병에 걸리지 않고 건강하게 오래 사는 일이다. 사람은 누구나 건강하게 오래 살기를 원하지만 뜻대로 되지 않는 것이 사람의 수명이다. 그러나 식생활이나 운동을 통하여 평균 수명을 어느 정도는 늘릴 수 있다.

1) 유산균은 인간이 이용할 수 있는 가장 유익한 미생물

세계적인 장수촌 주민들의 식생활 공통점은 영양 균형이 좋은 신선한 식품을 먹고, 과식하지 않으며, 유산균 발효유 제품을 즐겨 먹는다는 사실이다. 건강하게 장수하려면 마음이 편안하고 소화기관인 장도 튼튼해서 속이 편안해야 한다. 그래야 건강한 생활이 가능하다. 유산균은 인간이 이용할 수 있는 가장 유익한 미생물의 한 종류로서 오랜 역사를 두고 발효유 제품을 중심으로 각종 발효식품, 장류, 김치, 젓갈류,

발효 소시지, 생균제probiotics, 사일레지 및 가축의 사료 첨가제 등에 이르기까지 인류 생활에 광범위하게 활용되고 있다.

유산균은 사람이나 포유동물의 소화관, 구강, 각종 발효 식품과 토양 등 자연계에 널리 분포한다. 유산균은 인류의 생활과 밀접한 관계를 맺고 있는 유익한 공생체임을 알 수 있다.

프랑스의 미생물학자 파스퇴르Pasteur가 1857년에 유산균을 처음 발견한 이후 유산균 발효유의 과학적 효능은 20세기 초기에 생물학자 메치니코프가 1908년 발효유를 먹으면 건강 장수한다는 연구 결과를 생명의 연장The Prolongation of Life이라는 책에서 밝혔다. 메치니코프는 불가리아 지방 사람이 장수하는 원인이 유산균으로 발효된 '불가리아 우유'를 항상 먹기 때문이라고 발표하여 유산균 발효유의 건강효능을 과학적으로 처음 입증하였다.

2) 유산균의 발견과 생리적 특성

유산균은 포도당 또는 유당과 같은 탄수화물을 분해 이용하여 젖산 이외에 초산, 약간의 에칠알코올, 탄산가스 등을 생산하는 박테리아다. 유산균은 1857년 파스퇴르에 의해 최초 발견되었을 당시에는 이들 유산균은 포도주를 만드는 데 있어서 포도주를 신맛sour이 나게 만드는 귀찮은 존재로 알려졌다.

유산균Lactic acid bacteria은 그람Gram 양성균으로 포자를 형성치 않으며 운동성이 없고 둥근 공 모양 또는 막대기 모양을 하고 있다 (그림1). 크기는 둥근 공 모양의 균은 대략 직경이 0.5~1.0㎛, 막대기 모양의 균은 0.5~1.5×2~5㎛ 정도다.(㎛: 마이크로미터는 100만분의 1미터)

지금까지 알려진 유산균은 300~400여 종류이며, 그중 30~40여 종류가 주로 발효유 제조 및 발효 산업에 이용되고 있다. 유산균을 대별하면 일반적으로 6개 그룹으로 구분한다. 락토바실러스Lactobacillus, 락토코커스Lactococcus, 연쇄상 구균Streptococcus, 류코노스톡Leuconostoc, 페디오코커스Pediococcus, 그리고 산소를 싫어하는 혐기성 박테리아인 비피도박테리아Bifidobacterium로 구별하기도 한다.

유산균은 사람의 체온과 비슷한 37℃ 전후해서 가장 활발하게 활동하지만, 영하의 온도에서는 가사 상태로 존재하며, 냉장고 온도 부근인 0~5℃에서는 생육이 정지된다. 8℃ 이상에서는 활동이 서서히 시작되며, 45℃ 이상 온도가 상승함에 따라서 생육이 억제당하다가 60℃ 이상이 되면 생존하지 못하고 대부분이 사멸한다.

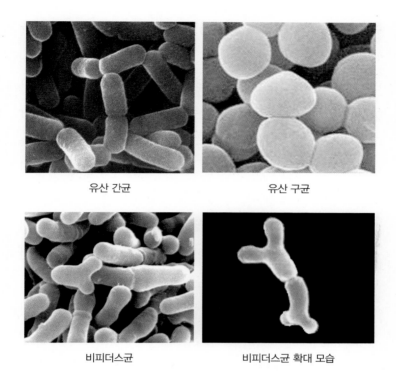

유산 간균   유산 구균

비피더스균   비피더스균 확대 모습

〈그림 1〉유산균의 전자현미경 사진

2. 유산균 발효유의 건강증진 효과

발효유는 우유, 산양유, 마유 등과 같은 포유동물의 젖을 원료로 유산균이나 효모를 종균으로 발효시킨 식품으로, 유산균에 의해 발효된 우유의 영양과 유산균의 효능 그리고 첨가한 과실의 영양 가치를 합친 것이다. 또한 우유를 먹으면 가스가 생기고 심하면 설사를 하여 속이 불편한 사람도 발효유를 먹거나 우유와 발효유를 함께 먹으면 속이 편해지고 우

유를 잘 소화할 수 있는데, 이것은 유산균이 우유의 유당을 분해하기 때문이다.

발효유 제품은 영양 생리적으로 우수한 식품으로 간주하고 있으며, 발효유의 정기적인 섭취는 건강과 장수하는 데 좋다고 알려져 있다. 이 건강증진 효과는 발효유의 원료가 되는 우유와 발효에 필요한 유산균, 그리고 발효 과정 중에 생성된 대사산물의 복합적인 작용으로 알려져 있다. 유산균의 핵심적인 기능은 포도당이나 유당과 같은 탄수화물을 발효 이용하여 젖산을 대량으로 생산한다. 생산된 젖산은 식품을 산성화하여 맛있고 저장성이 좋은 여러 가지 발효식품을 만들어 준다. 유산균은 장내 미생물의 균총normal microflora을 정상적이고 생리적으로 유리한 균총으로 유지해 줌으로써 장 질환을 예방, 억제하여 장 건강을 증진하는 기능이라고 할 수 있다.

유산균은 장내에서 유해균의 증식을 억제하고, 장내 정상 균총을 유지하며, 혈중 콜레스테롤을 저하하고, 장 점막의 면역성을 증강하여 면역기능을 강화하며, 다양한 건강증진 효과를 나타낸다. 발암성 효소의 생산을 저하하고 발암물질의 생성을 억제하여 항암효과를 나타내며 장내독소를 무독화한다. 설사 및 변비의 개선 등 정장작용, 혈중 콜레스테롤 농도 저하, 유당의 소화를 증진하고, 피부 미용 효과, 장내 균총의 안정화로 정상적 균총 조성을 통한 노화 방지 등이다. 발효유를 꾸준히 섭취하면 유산균이 장내에서 인체에 해로운 병원성 세균, 식품 부패균 등의 증식을 억제하고, 이로운 세균의 생육을 촉진해 장을 튼튼하게 한다.

성경은 창세기 18장 8절에 '아브라함이 세 천사의 방문을 받았을 때 엉긴 젖과 우유를 대접하였다'는 내용이 있으며, 신명기 32장 14절에 발효되어서 엉긴 소젖과 염소젖에 대한 기록이 있다. 구약 시대에 이미 요구르트와 비슷한 발효유를 만들어 먹어서 알 수 있듯이 발효유의 역사는 무척 오래 되었다. 발효유는 지중해와 페르시아만 지역에서 페니키아Phoenicia 시대(B.C 3,000년경) 이전에 유래되어, 그 후에 중동부 지역을 거쳐 유럽지역으로 전파되었다.

발효유의 기원은 유목민들이 신선한 우유를 가죽 부대로 만든 용기에 넣어 이동하던 중 우유가 사막의 더운 기후에서 우유 속에 존재하는 유산균에 의해서 자연 발효되어 우유가 순두부처럼 엉겼다. 이것이 자연적인 발효유의 탄생이다. 유럽이나 북미의 요구르트는 과실이 첨가된 떠먹는 요구르트가 대부분이지만 한국과 일본 등 동남아 지역에서는 과즙을 넣어 마시는 형태의 액상 요구르트가 많이 소비되며, 최근에는 유럽과 북미 지역 등에서도 액상 요구르트 판매가 증가하는 추세다.

발효유의 섭취 시기는 식사 여부와 상관없이 편리한 아무 때나 먹어도 대부분의 유산균이 살아서 위장을 통과하여 소장과 대장으로 넘어가 동일한 정장효과가 있음이 임상시험 결과 확인되었다. 하루 섭취량은 대략 떠먹거나 마시는 농후 요구르트를 기준으로 100~150g을 매일 꾸준히 섭취하면 된다. 최근 통계에 의하면 우리나라 발효유의 소비량은 일인당 연간 약 12kg 정도로 일본을 제치고 아시아 국가 중에서 소비량이 제일 많은 것으로 나타났지만, 북서 유럽 국가보다는 1/2~1/3 수준에 머물러 있다. 그러나 최근 건강과 웰빙 열풍으로 유산균 발효유 시장은 건강 증진 기능이 크게 강조된 기능성 요구르트 중심으로 빠르게 변화되어 가고 있다. 유산균 발효유 요구르트는 장 건강 증진 효과를 얻을 수 있는 건강 장수 식품임에 틀림이 없다.

발효유의 건강증진 효과를 요약하면 다음과 같다.

첫째로, 살아 있는 유산균의 건강증진 효과로는 유산균이 생균으로써 장내에 도달하여 증식할 수 있는 능력을 갖춘 유산균의 경우는 외래 병원균에 대하여 유산균이 영양소를 경쟁적으로 섭취하거나 장소를 점거한다. 다른 균에 대하여 항균성 물질을 생성하고, 장내 pH를 저하함으로써 유해균의 증식을 저지하며, 장내의 유해물질을 분해하거나, 합성을 저지하고, 숙주의 면역력을 높이는 작용을 한다.

둘째로, 유산균이 위산이나 담즙에서 사멸되었을 때는 죽은 유산균으로부터 유리된 균체 성분이 장으로부터 흡수되어 면역기능을 자극하여 감염이나 암에 대하여 저항력을 높여주고, 간 기능을 촉진하며, 장내 유해물질을 무독화 시킨다.

셋째로, 유산균의 작용에 의하여 만들어진 유효물질인 젖산, 펩톤Peptone, 펩타이드Peptide 혹은 미량 활성 물질의 효과이다. 이들에 의하여 장운동이 자극되어 장내부패가 억제되고, 칼슘의 흡수가 개선되며, 간 기능의 항진이나 장 분비가 촉진될 수 있다.

3. 유산균 발효유의 영양학적 효과

유산균의 가장 핵심적인 기능은 탄수화물을 이용하여 젖산을 생성하는 것이며, 생산된 젖산은 식품을 산성화하여 맛있고 저장성이 높은 여러 가지 발효식품을 만들어 준다. 또한 유산균은 장내의 미생물 균총을 정상적이고 생리적인 유익한 균총으로 유지해 장 질환을 예방하고 억제해 주는 기능이다. 따라서 유산균은 인류의 생활에 직간접으로 밀접한 관계를 맺고 있는 매우 유익한 공생체의 하나임을 알 수 있다.

유산균 발효유의 음용 효과는 영양상으로 완전에 가까운 우유로 만들어진 영양 효과와 유산균에 의해 생성된 발효생성물질의 장내에서 유익한 작용을 들 수 있다. 많은 유산균 연구가들은 건강한 사람과 동물의 장내 정상 미생물 균총이 부패성 장 병원균에 대한 저항성을 높여 주며, 장 질환과 병증을 예방하여 노화를 지연시킨다고 주장하였다.

유산균 발효유는 우유와 함께 전 세계적으로 많은 국가에서 일상적으로 섭취하는 주요한 발효식품 중의 한 종류이다. 우유의 영양적 가치가 인체에 필요한 영양소의 종류, 양, 이용 효율면에서 볼 때 인류에게 '거의 완전한 식품'으로 알려진 바와 같이 발효유 제품의 영양적 가치는 원료가 우유이기 때문에 우유의 영양적 가치 이외에 유산균에 의한 각종 대사산물의 생성 등 영양학적 가치가 우유보다도 우수하다. 우선 식품의 영양학적인 가치는 단백질, 탄수화물, 지방, 광물질, 미량성분, 비타민과 같은 조성과 영양소의 체내 이용도에 좌우된다. 발효유제품은 우유가 발효 중의 변화로 인하여 영양학적인 면에서 다소 차이를 보인다.

우유가 발효 중의 변화로 인하여 생긴 변화를 보면 감소하는 성분은 유당, 단백질, 지방이며 증가하는 성분은 젖산, 갈락토스, 포도당, 다당류, 펩타이드, 유리 아미노산, 유리지

방산, 비타민, 향미 성분 등이다. 발효유의 열량은 발효 전후 큰 변화 없이 비슷하여 100g에 대략 65Kcal 정도이다. 발효유는 영양이 우수한 우유를 원료로 하여 제조하였을 뿐만 아니라 인체에 유익한 유산균이 함유되어 있다. 발효유는 우유와 비교할 때 우선 젖산 생성으로 저장성을 증진하고, 유당 성분과 단백질의 일부가 분해되어 소화흡수가 용이하며 건강 증진 효과가 있어 유익하다. 특히 발효유는 유산균을 배양시켜 만드는 과정에서 단백질이 분해되어 필수아미노산의 함량이 증가하고, 동양인에게는 소화성이 나쁜 우유의 유당을 젖산 및 글루코스와 갈락토스로 분해하여 소화흡수가 용이하다. 유산균 배양 중에 생성한 비타민 B12, 엽산, 나이아신, 그리고 생리활성물질은 그대로 섭취되어 우리의 건강에 직간접적으로 효과를 나타낸다.

| 송파 유상옥 松坡 兪相玉 |

| 이력 |

㈜코리아나화장품 회장

한국수필가협회 부회장

(전)한국사립미술관협회 명예회장

(전)제9대 한국박물관회 회장

(전)덕수장학재단 이사장

(전)대한화장품공업협회 회장

(전)동아유리공업 대표이사 사장

(전)라미화장품 대표이사 사장

(전)동아제약 상무이사

| 저서 |

『나는 60에도 화장을 한다』 외 다수

조찬 연수로
학이시습지 學而時習之 하다

인간개발연구원을 이끄는 장만기 회장과의 인연은 한창 젊고 활발히 사회에서 활동하던 1977년부터다. 지금 그와 내가 80대 후반이 되었으니 40년도 더 된 인연이다. 나는 매주 목요일 오전 7시 소공동 롯데호텔에서 열리는 인간개발연구원 조찬회에 참석했다. 이른 아침에 조찬회 강연을 들으며 경영 지식을 쌓았고, 회사에 출근해서 현장을 발로 뛰며 분주히 다녔다. 경영인 선배들의 강연은 회사 경영에 대한 결의를 굳히게 했다.

제약업계가 너도나도 앞다투어 성장해 가던 1970년, 나는 당시 근무하던 동아제약에서 기획관리이사로 기업공개, 신공장 건설을 맡아 동분서주하였다. 그해에 연 매출 100억 원을 업계 최초로 달성했다. 60여 년이 넘는 회사 생활 중 가장 신바람 나던 시기다. 그 후 회사의 판매는 4년간 127억 원의 매출을 올려 전보다 주춤했다. 영업 담당 임원이 자주 교체되었다. 얼마 지나지 않아 이사회가 열렸다.

● 주인의식을 갖고 삶을 이끌어나가다

"유 이사, 기획 관리는 오래 해 보았으니 영업을 맡아 보지?"

경험이 없던 나에게 영업 총괄을 맡으라니. 회의가 끝나고 모처럼 남산에 올랐다. 심호흡을 하고 발전해 나가는 서울 시내를 내려다보며 생각했다. 경쟁력을 키워서 판매 실적을 올려야 기업이 발전하지. 남산에서 용두동 사무실로 돌아와 강신호 전무님(현 동아쏘시오홀딩스 명예회장)의 집무실로 들어갔다. 기획관리에서 현장으로 뛰어 보자. 실천의 묘미를 찾아 나서 보자.

"제가 한번 뛰어보겠습니다."
"잘 생각했어!"

판매 실적을 올려야 했다. 신제품 개발, 거래처 관리, 판매 원들의 근무 독려, 목표 달성, 판촉물 분배. 사원들의 사기와 거래처의 관심이 높아져 갔다. 우선적으로 광고, 홍보활동에 집중했고 약사 모임에 참석하며 친교를 넓혔다. 관계있는 경조사에는 빠짐없이 인사드리고, 지역 단체 모임을 찾으며 분주하게 다녔다. 그렇게 영업을 맡게 된 첫해 매출은 168억, 다음 해 240억, 3년 차엔 345억 원으로 매년 50% 넘게 급성장했다. 신바람 나는 성과를 올렸다. 영업 사원들이 신나게

뛰어 준 덕분이다. 내가 신나게 뛰도록 도와주었나. 업계 선
두로 나서며 공개 기업의 기반도 매우 좋아졌다. 신바람 나
는 일터에서 보람을 가득 느꼈다.

공산품 중에서 의약품과 화장품은 여러 면에서 유사성이
있다. 그 무렵 화장품 사업에 진출하고자 본사에선 조그만
화장품 회사를 인수해 간부 몇 명을 파견했다. 당시에는 여
성 판매원이 고객을 직접 찾아가 제품을 판매하는 방문판매
가 화장품의 주된 유통 구조였다. 미용사원을 대규모 채용하
고 제품과 공장 시설에 어마어마한 자금을 퍼부었다. 하지만
이익을 내기는커녕 3년간 적자를 냈다. 모두가 걱정하는 회
사가 되었다.

이때 나에게 무겁지만 새로운 경영책임이 맡겨졌다. 적자
경영에 헤매던 이 회사를 우량기업으로 키워야 한다. 전문
경영자로 성장할 기회가 왔으니 앞서 나가 보자 싶었다. 신
제품 개발, 고객 개척, 사원 교육, 광고와 판촉, 자금 조달,
시설 개량, 제조 방법 연구, 해외 명품 화장품사와의 기술 제
휴. 기본적인 것부터 차근차근 해 나갔다.

제품을 알리기 위해서는 광고를 잘해야 한다. 광고할 브랜
드는 라피네. 당시 가장 인기 있던 모델을 쓰기로 했다. 프랑

스에서 활동하는 세계적인 피아니스트 백건우 씨와 결혼해 파리에 살고 있던 윤정희 씨를 만나 어렵게 그녀와의 모델 계약을 성사시켰다. 파리 여성들의 예쁜 모습을 담은 광고지 '파리서 온 라피네'가 전국의 소비자에게 퍼져 나갔다. 고객들은 점차 브랜드를 알기 시작했고 고객의 수는 늘어났다. 2020년을 한 달 앞둔 지금, 그녀가 건강이 좋지 않다는 소식을 들었다. 하루 빨리 그녀가 쾌유했으면 좋겠다.

기업 경영을 하면서 커다란 성취는 만남이다. 1988년 올림픽이 끝나고 만나게 된 윤석금 회장과의 인연 또한 소중하다. 온갖 경영 상식을 활용해 키운 기업, 코리아나 화장품. 천안에 공장과 연구소를 짓고, 고객을 늘려 상장기업으로 키웠다. 그 역할을 할 수 있었던 건 인간개발연구원의 조찬회의 도움이 컸다.

나를 위해, 회사를 위해, 국가를 위해 학이시습지하며 노년을 보내고 있다. 전문경영자로서 10년간 역할을 끝내고 회사를 창업해 제2의 삶을 살고 있는 CEO다. 힘들고 상황이 어려울 때마다 마음속으로 되새긴 학이시습지. "해 봤어? 해 봐!" 현대그룹의 창업자, 고故정주영 회장의 유명한 명언. 그 말 그대로 실천하는 삶이다.

| 임병훈 |

| 이력 |

조선대학교 정밀기계공학 졸업

서울대학교 공과대 최고산업전략과정 19기 수료

텔스타무역 창업(1987년)

(전)경기도 외국인투자기업 협의회 회장

(현)한국 이노비즈협회 수석부회장

(현)텔스타 - 홈멜㈜ 회장

| 수상내역 |

2018년 HDI인간경영대상 창조혁신부문

2017년 혁신기업가 대상

2015년 창조경제 벤처창업대전 미래창조과학부
　　　　장관 표창

2007년 우수자본재 개발유공자 대통령 표창

———————————————— 임병훈

인간개발연구원과
함께 걸어온 텔스타

1987년 대한민국은 민주화 운동으로 요동쳤다. 서울역 광장에서 기차 출발시간까지 놓쳐 가며 시민들과 함께했던 기억이 지금도 생생하다. 모두가 건국 이래 최대 위기라 걱정했고 사업하는 사람들은 절망했다. 그런 상황이었음에도 나는 후배 두 명과 함께 텔스타 무역이라는 이름으로 덜컥 창업했다.

처음에는 일본의 품질 검사장비를 수입하고 판매하는 오퍼상으로 시작했다. 하지만 1년도 버티지 못한채 다른 회사들이 수입한 장비의 설치와 A/S를 대행하는 엔지니어링 회사로 전환했다. 당시 오퍼상 중에는 판매에만 집중하고 사후관리를 소홀히 하는 회사가 많았다. 당연히 고객들은 외국 장비에 대한 불만과 고통이 클 수밖에 없었다. 나는 그들의 불편을 잘 이해하고 있었기에 장비를 설치하고 시운전하는 일을 도와주며 관계를 꾸준히 이어 갈 수 있었다. 생존을 위한 불가피한 선택이었다. 거래수수료만 챙기고 나 몰라라 하는 회사를 대신해 주니 예상과 다르게 고객으로부터 사랑과 협조를 받았다.

　이때 나는 다양한 현장 체험을 하며 기술을 습득했다. 또
한 사람들의 '고통'이 집중된 곳에 바로 사업 기회가 있다는
이치를 깨닫게 되었다. 그렇게 보낸 10여 년의 축적기간은
IMF라는 국가적 위기에 오히려 행운이 되어 주었다. 어쩌면
힘든 일을 즐겁게 해 온 것에 대한 당연한 대가였을지도 모
르겠다. 암튼, 오랜 기간 동안 현장에서 체험하며 익힌 기술
로 장비를 국산화할 수 있는 기회가 온 것이다. 또한, 그때
당시는 디지털 기술이 아날로그 기술에 밀려 기회를 잡지 못
하고 있던 참이었다. 나는 운 좋게 디지털 기술을 활용하여
장비 국산화에 성공했다. 그 후에도 일본 회사들은 아날로
그 기술을 고집해 주었고, 덕분에 수많은 측정기들을 국산화
할 수 있었다. 소재, 부품, 장비 등의 산업은 천재지변과 같
은 외부에서 온 위기가 아니면 결코 대체하기가 쉽지 않다.
지금 생각해보면, 우리 회사의 행운이기도 했지만, 대한민
국 장비산업의 행운이었던 셈이다. 그런 관점에서 보면 최근
일본의 수출 규제 정책은 대한민국 산업에 큰 기회와 명분을
만들어 주고 있는지 모른다.

　이렇게 장비 제조업에 뛰어들어 측정기 메이커로 안착되
기도 전에 조립기 분야에 뛰어들었다. 측정기술과 조립기술

이 동시에 구현되는 분야는 고객이 치러야 할 고통이 너무도 크다는 사실을 깨닫게 되었다. 당시만 해도 기술 분야는 한 우물만 파야 한다는 게 상식이었다. 측정기술과 조립기술을 동시에 추구하는 회사는 없었다. 많은 이들이 내게 무모한 선택을 한다고 했지만 우리는 도전했고 결국 장비 국산화에 성공했다. 당시로서는 측정기술과 조립기술을 동시에 구현할 수 있는 유일한 회사가 되었다. 이 경험은 내게 텔스타의 나아가야 할 방향과 에너지가 무엇인지를 깨닫게 해주었다. 먼저 고객의 입장에서 그들의 고통을 생각해봐야 할 문제다. 이런 확신은 그 후 턴키 조립라인 제작에 도전하게 만들었고 정보통신 기술까지 융합시키면서 지금의 스마트팩토리 구축 전문회사로 진화하게 했다.

'고객'이란 의미는 어디에서 왔을까?

인간은 자신의 가족을 좀 더 안전하게 지키기 위해 공동체 생활을 시작했다. 이렇게 시작한 공동체는 점점 복잡해졌고 어느 날 인간은 자신을 지켜 주는 건 가족이 아닌 다른 존재라는 사실을 깨달았다. 여기서 말하는 다른 존재가 바로 '고객'이다. 결국 내 가족을 지켜 주는 사회공동체가 유지되려면 우리는 서로 누군가의 고객이 되어 주며 살아가야 한다. 그렇다면 '고통'의 의미는 무엇일까? 현대인들은 사업을 하면서 '고객 니즈'라는 말을 많이 쓴다. '결핍'이 인류 진화를 가져왔다는 믿음 때문일 것이다. 하지만, 요즘 세대들은 물질적이 가난보다도 사랑, 슬픔 등 정서적인 문제로 더욱 힘들어 한다. 그런 감정을 표현할 때 '결핍'이라는 단어로는 부족했다. 그랬기 때문에 나는 비즈니스 용어로는 다소 생소한 '고통'이라는 용어를 사용하기 시작했다.

인간은 자신의 고통을 얼마나 알고 있을까? 고객이 자신의 고통을 얼마나 알고 있을까? 텔스타가 오랜 기간 동안 고객 맞춤형 장비제작을 하면서 터득한 지혜는 바로 그것이다. 고객 자신조차도 자신의 고통을 정확히 모른다는 것. 고객이 원하는 대로 설비를 제작해도 감동은커녕 만족시키기도 쉽지 않았다. 비유하자면, 병원을 찾는 환자가 자신의 환부를 정확히 모르는 것과 같다. 의사가 끝없이 문진하고 검사하며 환자를 치료하는 것과, 텔스타가 고객 고통을 끝없이 상상하고 소통하며 해결해 가는 것은 같은 이치다. '고객 고통'을 느끼고 찾아내는 것은 결코 쉽지 않다. 따뜻한 마음으로 정성을 다하며 관찰해야 발견할 수 있다.

텔스타는 소통의 목적을 '고객고통정립'으로 정하고 오랜 기간 회사 문화로 만들어 왔다. 텔스타에서는 거대한 프로젝트는 물론이고 개인 출장이나 잠깐의 미팅 등 작은 일에도 상호 소통을 통하여 고객고통을 정립하는 절차를 소중히 여긴다. 수행하려는 일의 본질을 규명하는 의식이기 때문이다. 이렇게 정립된 고객고통은 그 일을 수행하는 동안 텔스타인 스스로의 판단과 행동의 기준이 된다. 어떻게 하면, 모든 구성원들이 동일한 목표를 지향하며 자율적으로 움직일 수 있을까? 어떻게 하면, 구성원 한 사람 한 사람이 창의적 판단을 할 수 있을까? 질문에 대한 해답을 이렇게 '고객고통'에서 찾게 되었다.

지금으로부터 20여 년 전이다. 평생학습을 실천하던 선배 덕분에 나와 인간개발연구원과의 인연은 시작되었다. 덕분에 사회공동체의 일원으로 살아가야 삶이 지속할 수 있다는 사실을 알아냈다. 기술도 중요하지만, 차별화된 조직문화가 더 중요하다는 것을 깨우치게 된 것이다. 우리가 학습해야 하는 이유도 인간의 새로운 고통을 느끼고, 찾아내고, 해결하기 위해서라는 철학이 생겼다.

인간개발연구원이 앞으로도 오랫동안 지속성장되길 소망한다. CEO인 '나'를 개발시키며 텔스타를 성장시켜 주었듯이 지난 45년간 내가 듣고 온 수업은 수많은 CEO들을 성장시키며 오늘의 대한민국을 이끌어 주었다. 인간개발연구원을 설립하고, 평생을 바쳐 헌신해주신 장만기회장님께 끝없는 존경과 감사를 드린다.

단풍처럼 뜨겁게 타오르고,
아름답게 물들고

편집위원장 성역교역(주) 김창송회장

늦가을 어느 오후, 창가에 홀로 앉는다. 가로수에서 붉은 단풍이 한 잎 두 잎 떨어진다. 단풍들은 떨어져 봄나무에게로 달려가고 있다. 낙엽들은 봄이면 초록잎으로 반란처럼 일어설 것이다. 소멸이 생성을 향해 달려가는 장면이다. 지금 가을은 붉은 단풍으로 뜨겁다. 인간개발연구원에서 가을을 맞이하는 우리네 인생도 단풍처럼 뜨겁게 타오르고, 아름답게 물들고 있다.

바람에 나비처럼 하늘하늘 날아오르는 낙엽이 마치 나비떼 같다. 세월이 저물어 가는 소리가 나비떼의 날개짓처럼 소리 없다. 병마와 싸우는 창업자 장만기 회장을 만난다. 엄경애 여사는 우리 내외를 만나자마자 간밤에 꿈 이야기부터 한다. 어느 모임에서 많은 사람들 중에 유독 나를 만났다는 이야기로 시작한다. 환자의 밝은 미소를 보는 순간 나는 기대이상의 쾌유에 한시름 놓는다.

저 단풍잎이 다 지기 전에 기념집을 만들면 어떨까 하는 생각이 불쑥 떠오른다. 옛 동지 장 회장의 의식이 맑을 때, 지난 세월을 묶어 놓은 45년간의 기념문집을 만들자는 제안을 한다. 한영섭 원장은 즉석에서 동감한다. 이어 편집위원을 구성하고 번개미팅을 가진다. 이렇게 우리 아침형 동호인들은 지난 세월의 애환을 한 땀 한 땀 엮기로 한다.

지난 하루하루는 너무도 힘겨운 새벽길이었다. 모든 아침은 어둠을 지나왔다. 아침형 인간들이 찜통버스를 타고 박석고개를 넘을 때 광화문의 새마을노래가 새벽잠을 깨웠다.
"새벽종이 울렸네. 새 아침이 밝았네…."

세상에는 바람이 분다. 산다는 건 바람 한가운데를 걸어가는 일이다. 어느 날 불어닥친 IMF의 회오리바람은 평생을 허리 휘도록 쌓은 곳간을 쓸어가 버렸다. 그러나 우리는 좌절만 하고 있을 수가 없었다. 비 온 뒤에 땅이 굳어지는 지혜를 선대들은 남겼다. 흙탕물 속에서도 온갖 난간을 헤치고 헤치며 피어난 저 한 송이 수련을 보라. 하늘은 스스로 돕는 자를 돕는다.

●편집후기

이번 기념집에는 에세이클럽 스토리 회원만이 아니라 책 글쓰기 대학 회원들이 참여했다. 글을 처음으로 쓰는 분들도 계셔 조심스럽다. 초보자임에도 불구하고 열정이 넘치는 분들이다. 시간이 촉박했음에도 일정을 지켜 전원 다 내주었다. 고맙고 감사하다.

가재산 총괄 대표와 신광철 작가 그리고 출판에 수고한 행복에너지 권선복 대표, 표지 그림으로 수고한 컬러링 대표 김정아 작가께 감사를 드린다. 그 외의 음양으로 후원해주신 사장님들께도 고마운 마음을 전한다.

도서출판 행복에너지의 책을 읽은 후 후기글을 네이버 및 다음 블로그, 전국 유명 도서 서평란(교보문고, yes24, 인터파크, 알라딘 등)에 게재 후 내용을 도서출판 행복에너지 홈페이지 자유게시판에 올려 주시면 게재해 주신 분들께 행복에너지 신간 도서를 보내드립니다.

www.happybook.or.kr

(도서출판 행복에너지 홈페이지 게시판 공지 참조)

'행복에너지'의 해피 대한민국 프로젝트!
〈모교 책 보내기 운동〉

대한민국의 뿌리, 대한민국의 미래 **청소년·청년**들에게 **책**을 보내주세요.

많은 학교의 도서관이 가난해지고 있습니다. 그만큼 많은 학생들의 마음 또한 가난해지고 있습니다. 학교 도서관에는 색이 바래고 찢어진 책들이 나뒹굽니다. 더럽고 먼지만 앉은 책을 과연 누가 읽고 싶어 할까요?
게임과 스마트폰에 중독된 초·중고생들. 입시의 문턱 앞에서 문제집에만 매달리는 고등학생들. 험난한 취업 준비에 책 읽을 시간조차 없는 대학생들. 아무런 꿈도 없이 정해진 길을 따라서만 가는 젊은이들이 과연 대한민국을 이끌 수 있을까요?

한 권의 책은 한 사람의 인생을 바꾸는 힘을 가지고 있습니다. 한 사람의 인생이 바뀌면 한 나라의 국운이 바뀝니다. **저희 행복에너지에서는 베스트셀러와 각종 기관에서 우수도서로 선정된 도서를 중심으로 〈모교 책 보내기 운동〉을 펼치고 있습니다.** 대한민국의 미래, 젊은이들에게 좋은 책을 보내주십시오. 독자 여러분의 자랑스러운 모교에 보내진 한 권의 책은 더 크게 성장할 대한민국의 발판이 될 것입니다.

도서출판 행복에너지를 성원해주시는 독자 여러분의 많은 관심과 참여 부탁드리겠습니다.

도서출판 **행복에너지** 임직원 일동

아름다운 만남, 새벽을 깨우다

인간개발연구원 창립 45주년 기념 에세이 ················· 장만기 외 59인

글이 들어갈 자리입니다
글이 들어갈 자리입니다

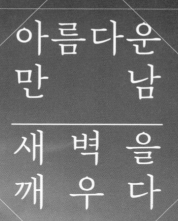

아름다운
만   남

새 벽 을
깨 우 다

장만기 외 59인

45th
ANNIVERSARY

인간개발연구원 창립 45주년 기념 에세이

Better People, Better World를 모토로 45년간 인간경영 철학을 실천한
인간개발연구원과 새벽을 깨우며 2000회 이상 조찬공부를 이어온
HDI 경영자들의 45년간의 세상이야기

도서
출판 **행복에너지**